講談社文庫

揚羽の蝶(上)

半次捕物控

佐藤雅美

講談社

揚羽の蝶・上——目次

揚羽の蝶　半次捕物控――上

第一章　密命

一

筑波颪《つくばおろし》が唸《うな》りをあげて、土をくじるように砂塵を巻き上げている。江戸は真冬だ。

「ごめんなさいまし」

材木町の半次は、調番屋の腰高障子をガラリと開けた。

男が框《かまち》に腰をかけて煙草をくゆらせている。北の定廻《じょうまわ》り岡田伝兵衛の小者である。

「旦那は？」

小者《こもの》はちらりと薄暗い土間に目をやる。

高手小手に縛り上げられた若い男が、顔を腫《は》らしてうつむいている。側《そば》に青竹が転がっているところを見ると、さんざんに痛めつけられたらしい。

「手間をかけると思ってたらたわいのねえ野郎で、あっさり白状しやした。だもので、旦那は用を思い出したと大番屋へ。おめえさんには、大番屋へ来るようにって」

「そうですかい。それじゃ」

大番屋は八丁堀の北にあり、日本橋川を背にしている。調番屋の元締のような番屋で、仮牢もある。

岡田伝兵衛は詰所で帳面を繰っていた。

「旦那」

声をかけると帳面を棚にしまい、

「込み入った話だ。西村の座敷に上がろう」

と岡田伝兵衛は雪駄《せった》を突っかけて先に立つ。大番屋とおなじように日本橋川を背にしている西村は、この辺りでは名の知られた船宿である。

向かい合ってすわった。女が注文を取りにくる。岡田伝兵衛は料理と酒を頼んで、世間話でもするように切り出す。

「おめえ、旅に出たことはあるか？」

「藪から棒にまたなんです？」

半次は苦笑した。

「いいから答えろ。旅に出たことは？」

「御府内から逃げ出した盗賊を追っかけて、下総《しもうさ》の銚子へ一度。銚子は上野《こうずけ》高崎松平様の飛地でございますから、そのからみで高崎へ一度と、二度ばかり出かけたことがございます。ですが、あれが旅といえるかどうか……」

「江戸で、おもに盗っ人をとっ捕まえるのがおまえたちの稼業だ。旅と無縁なのは無理もない」

堅気の人たちは、鹿島や大山などへ、講を組んで遊山《ゆさん》の旅に出かける。岡っ引は、所詮は裏の稼業である。世間を憚《はばか》り、連れ立っての旅に出かけたことなどない。

酒が運ばれてきた。岡田伝兵衛は徳利を手に持ってうながす。半次は猪口《ちょこ》を持った。酒を注ぎながら、

「話というのは他でもない。旅に出てもらいたいのだ」

「旅に？」

「そうだ」

どうせなにかの御用だろうが、

「どちらへ？」

「備前《びぜん》岡山」

「なんですって？」

酒は強いほうでない。猪口を口に近づけ、舌を湿らせた程度で半次はいった。

「備前岡山って、京、大坂の向こうのですか？」

「それ以外のどこに備前岡山がある」

「そんなところへなぜあっしが旅に？」

「もちろん、物見遊山などではない。話は長くなるが子細はこうだ。事の起こりは根岸でのこと……」

こんな風に岡田伝兵衛は語りはじめた。

根岸の里は、〝同じ垣根の幾曲がり〟といって、呉竹《くれたけ》の垣根をあちらこちらで見かける。垣根の中は、だいたいが大店《おおだな》の寮だ。人寂しい里だから、めったと物売りなどやってこないのだが、去年の秋のこと、こんな物売りの声が聞こえた。

「ほかに類なし胡桃餅《くるみもち》。上にかけまするが胡桃と砂糖。匂いまするが肉桂《にっけい》、丁子《ちょうじ》。甘いと安いがご評判」

甘い物に弱いのが、いつの時代でもうら若い娘だ。

「ちょいと」

と木戸を開けて年配の女が呼び止める。

「お嬢さんに、少しばかり見つくろっとくれ」

「あいよ」

股引《ももひき》に半纏《はんてん》、頭に手拭いを頭巾のようにのっけた、いなせな出立《いでた》ち。歳の頃四十前の男は愛想《あいそ》のいい返事をして、胡桃餅を竹の皮に包みながらいった。

「お見かけしたところお嬢さまは、ご養生でございますな」

跳ねっ返りが根岸の里に引き籠もったりはしない。まあね、とばかりに、女は適当に相槌を打った。

「それで病というのは、喘息《ぜんそく》」

「おや、どうしてお分かりなんだい？」

女はびっくりして聞いた。

「当て推量ですよ」

「そうだろうねえ」

「ですがあっしはこう見えても、お店《たな》をしくじるまでは、本町三丁目のさる生薬屋《きぐすりや》で長年《ちょうねん》奉公して薬を調合していた者でござんす。秋は胡桃餅、冬は大福餅、夏は白玉を売り歩きながら、傍ら、自身で調合した売薬を商いさせていただいております。喘息の薬などお手のもの。ちょいと調合して差し上げましょう。もちろん効かなければお代はいただきません」

「といわれてもねえ」

見ず知らずだ。誰でも警戒したくなる。女は身を固くした。

「ははあ、毒が入ってないかと恐れておられますナ。あっしが自身で毒味をして進ぜます。警戒されるにゃあおよばない」

半次はじれったくなって口を挟んだ。

「それで、一服盛ったってんですかい？」

「そうだ」

「そのことが備前岡山への旅とどう関係があるのです？」

「まあ急ぐな」

岡田伝兵衛はたしなめるようにいう。

「湯を沸かしていただけませんか？　それで、こんなところで調合もなんですから、軒下をお貸しください」

女は男のいうがまま台所に招じ入れ、竈《かまど》に釜を載せ、薪《たきぎ》に火をつけた。

男は、薬袋を何袋も手にしていて、匕《さじ》加減よろしく末《こな》を調合し、五袋ばかり小包みにした。

湯はたぎった。柄杓《ひしゃく》で湯飲みに湯を注ぎ、それに一袋を丸ごと入れて掻き混ぜた。

「お毒味を仕ります」

おどけた調子で男はいって半分を飲み、女にも飲ませた。

「苦いわねえ」

女は顔をしかめた。

「良薬は口に苦しです。苦くない薬などありません」

男はそういって続けた。

「あっしらにはどうということのない薬ですが、喘息持ちの方にはとってもよく効きます。四袋置いてまいります。お嬢さまにお試しください。それで、効験あらたかということであればお代を頂戴します。ないということならいただきません。ではいずれ」

男は十日後に姿を見せた。

「あらアー、遅かったわねえ。首を長くして待ってたのよ」

女はそういって男を迎えた。

「先達て調合していただいたあのお薬。とってもお嬢さまに効いて、もっと調合しておもらいなさいって」

「よござんす。ですが、その前にお代を」

「そうそう。いかほど?」

「一分、といいたいところですが三朱」

「あら、お安い。了庵先生のお薬代よりずっと安いわ」

「それよりどうです。発作が起こったときだけ飲むというのでなく、喘息を根元から絶つというお薬は?」

岡田伝兵衛は、そこでお平《ひら》の里芋を口に放り込み、一休みしていう。

「喘息を根元から絶つ薬などというのはありゃあしない。だが、そこが喘息持ちの悲しさ。物陰で話を聞いていたお嬢さまってえ娘が、本当? そんなお薬があるの? と身を乗り出した」

半次は、話が長くなるのを覚悟して、煙草入れからきせるを抜き取った。

「ございますとも」

待ってましたとばかりに男はいった。

「どんな?」

「浅草奥山の長井兵助《へいすけ》をご存じですか?」

「存じません」

娘は首を振った。

「歯薬売りです。ですが、そこいらの歯薬売りとはちと違う。居合抜きを見世物に歯薬を売っている男で、講釈師や浄瑠璃《じょうるり》語《かた》りより、語りはずっと上手《うま》いし面白い」

浅草奥山の名物男の一人である。

「さればです。長井兵助の口上を借りて、効能を、ご披露させていただきましょう」

男は摺子木《すりこぎ》を腰に手挟《たばさ》み、身振り手振りよろしくはじめた。

「憚りながらお立ち会い。野郎めがなにをしよるとお笑い召さるな。所変われば品変わる。浪速《なにわ》の葦《あし》も伊勢の浜荻《はまおぎ》。雀海中に入って蛤《はまぐり》となり、山の薯《いも》が鰻《うなぎ》になり、嫁がひねて姑となる」

蟇《がま》の油売りの、口上のようなものだ。

「宿なしが三界坊《さんがいぼう》、銭のないのはかんかんぼう、輪宝《りんぼう》つけたが武蔵坊《むさしぼう》、手舞いの奴《やっこ》は栃麺棒《とちめんぼう》、家にはかん坊味噌擂《す》り坊主。こちの親方吝《けち》ン坊」

長い口上をそらんじていて、男は傍ら調合をはじめた。

娘は箱入りだ。行楽地の浅草奥山になど、出かけたことがない。立板に水の口上を物珍しげに聞いていた。

「出来上がりました」

男は薬を差し出す。娘はなにも疑わずに飲んだ。

「これは万病にも効きまする」

男は女にもすすめる。女もすすめられるまま飲んだ。

「口上をいま一度」

娘は男にねだる。

「さようにご所望なればいざ」

男は繰り返す。

そのうちじわーっと効いてきた。薬の効能がである。

半次は身を乗り出した。

「石見《いわみ》銀山鼠取りを飲ませたってえわけではないから、砒霜《ひそう》、斑猫《はんみょう》、鴆毒《ちんどく》、烏葛《うかつ》、烏頭《うず》、附子《ぶし》、そのうちのどれかでも飲ませたんですかい?」

知っているかぎりの毒薬を並べた。

岡田伝兵衛は手酌でやりながらいう。

「いや、いが茄子《なす》という、効き目が強いと意識を失う痺れ薬だ。娘も女も、次第に手足が痺れてきて、やがてコトンと眠りに落ちた」

「それで?」

「大店の主人である親は、たとえ爺さんでも男を近づけてはならぬと、寮においていたのは世話を焼いている女と小女《こおんな》だけ。しかも小女は使いに出ていた」

「なるほど、それで男は家捜しして、ありったけの金を盗んだ?」

「およそ十両あったそうだが、盗んだのは金だけではない」

「すると……」

「娘の操《みさお》もだ。娘は親が箱入りにするほどの器量よしで、もとより未通女《おぼこ》だ。その娘を男はさんざんに嬲者《なぶりもの》にした。娘はやがて目が覚めたのだが、痺れは取れていず、抗《あらが》いようがなく、されるがままに凌辱された」

「繰り返しますが、そのことと、あっしが備前岡山に旅をしなければならないのと、どう関わりがあるのです？」

岡田伝兵衛はせかせる半次をまああと制した。

「経緯《いきさつ》を知って、主人はからだを震わせて怒った。そして、きっとこの仇は討ってやる。獄《ごく》門台《もんだい》に首を梟《さら》してやる。そう誓いを立てた」

「差し支えなければ、大店ってえのはどこのお店なのかお教え願えませんか？」

「実をいうと俺も知らぬのだ」

「なぜ？」

「御奉行から下りてきた話で、お店にとっては世間体がある。娘には将来《さき》がある。どこのお店かは明かせないと」

「ですが、お縄にかけると賊も白状せざるを得ず、白状すると、お店や娘のことを、お取り調べの旦那方に明かすことになってしまいますよ」

「そこら辺りは、なにか工夫されるのだろう」

「すると、経緯《いきさつ》を、娘や女に直接糺《ただ》すことはできない？」

「だからこう、詳しく話して聞かせている」

いま一つ釈然としなかったが、

「とにかくそういうわけで、賊を捜し当てるようにという指示が、年番《ねんばん》与力殿を通してそれがしに下りてきた。そこで、なにか手がかりは？　とお尋ねしたら、賊はどうやら備前岡山の者らしいと。俺も知っているのだが、備前で似たような事件があった」

「なるほど。それで、備前岡山へ旅にという話になるのですね」

岡田伝兵衛はうなずいていう。

「前の前の未《ひつじ》の年というから十四年前になる」

まだ岡っ引になる前、深川でのらをついていた頃のことだ。

「備前の各地で、痺れ薬を騙《だま》して飲ませ、昏睡《こんすい》させ、盗みを働くという事件が二度三度と起きた。聞き込みにまわると、事件があった村では、決まって桶直し二人が訪ねている。郡奉《こおり》行は二人をしょっ引いた。白状しない。拷問にかけた。二人は耐え切れずに白状した」

「使われた痺れ薬というのが、根岸でも使われたいが茄子なんですね」

「そうだ。もっとも根岸では粉末を溶かせて飲ませていたが、備前では干したのを煎じて飲ませたという違いはある」

「いが茄子というのはどんな薬草なのです？」

「俺も気になったので、薬種問屋に足を運んで聞いた。高さは身の丈以上に育つそうで、ふつう曼陀羅華《まんだらげ》といっている。花は朝顔に似ているから朝鮮朝顔とも、喘息にも効くから喘息煙草ともいっているのだが、濃すぎると全身が麻痺する。このことは水戸の医者も本に書いているというし、紀州のはなおかなんとかいう医者も効能を応用した外科の手術で評判を取っているという」

「どこにでも生えているのですか？」

「薬用として南蛮《なんばん》辺りから移入（輸入）されたものらしいが、いまでは野生しているのもあるとか」

「でもどうして桶直しが、いが茄子を煎じて飲んだら、痺れて昏睡するというのを知っていたんでしょうねえ？」

「こういうことだった」

岡田伝兵衛は猪口を持つ手を止めた。

「桶直し二人のうちの一人が、いが茄子の効能を小耳に挟み、乾燥させたのを煎じて自身で飲んだ。いが茄子は、茎、葉、花、実を問わず効能があるらしく、話に聞いていた通り、痺れて昏睡した。それで、これはいけると狂言を思いついた」

半次は首をひねった。

「旦那はどうしてそんな、備前岡山なんかで起きた事件を詳しくご存じなのです？」

「事件があったのは備前岡山の領内だが、賊は備中《びっちゅう》倉敷、御料《ごりょう》（天領《てんりょう》）の者で、備前岡山の掛り役人は江戸の御勘定奉行の指示を仰いだ。御勘定奉行は賊を江戸に送るようにと命じられた。一人は獄死した。一人が江戸に送られて裁かれた。というわけで、江戸では騒がれなかったからおぬしなどは知るまいが、背中に皴《ひび》を切らせている俺ら三廻りは、誰もが知っている事件だ」

「恐れ入りました」

「干したのを飲ませる。粉末を溶かしたのを飲ませる。そんな違いはあるが、ともにいが茄子を使い、狙った相手を昏睡させて金品を奪っている。つまり、根岸にあらわれた賊は備前岡山の事件を真似たものと思われる。さっきも申したとおり、備前岡山での事件は江戸で話題にならなかった。ということは、賊は江戸者ではなく備前岡山の者。こう考えて不自然ではない」

「こじつけ過ぎじゃないですか」

「実をいうと、これも世間を憚って表沙汰になっていないのだが、一昨々年も似たような事件が寺島であった」

「寺島で？」

隅田川の向こうの一帯は江戸の景勝地で、根岸と同じように近年は寮なども建てられている。

「備前岡山の殿様の参勤年《さんきんねん》は、子《ね》、寅《とら》、辰《たつ》、午《うま》、申《さる》、戌《いぬ》年で、昨年も一昨々年も参勤年に当たる。その年に事件が起きているということは、賊は、殿様に付き従って来た勤番の武士《さむらい》か足軽《あしがる》小者の類、とも考えられる」

「さあ、それもどうでしょう？」

「いま一つ。娘ははっきり覚えていた。賊はことを終えたあと、娘の裾を掻き合わせながら、こんな戯《ざ》れ歌を唄ったというのだ。節はいいかげんだがな」

岡田伝兵衛はそういって喉を鳴らしはじめた。

〽備前岡山新太郎様が
　お江戸へござれば雨が降る
雨じゃござらぬ十七、八の
　恋の泪《なみだ》が雨になる

「聞いたことがねえ。岡山の歌ですかい？」

「そうらしい」

「岡山には新太郎という、伊達者《だてもの》か洒落者《しゃれもの》がいたのだ」

「新太郎様というのはずっと以前のお殿様だ」

「お殿様？」

「そうだ」

「お殿様が新太郎？」

半次は首をひねって続けた。

「殿様になると何々守とかの、いかめしい官名をお名乗りになる。隠居されてからは、楽翁様とか栄翁様とか、隠居名をお名乗りになる。新太郎なんて、あっしら下々の者が名乗るような名を名乗られるなんておかしい」

「新太郎様の先代は武蔵守を名乗っておられた。武蔵は公方《くぼう》（将軍）様のお膝元だ。そこで、以後武蔵守を名乗るのは遠慮するようにと御公儀からお達しがあり、だったらと新太郎様は何々守というのを名乗らず、隠居するまでずっと新太郎で通したというのだ」

「相当意地っ張りだったんだ。その殿様は」

「臍《へそ》曲がりだったのかもしれねえのだが、とにかく賊は、備前岡山新太郎様の戯れ歌を知っていた。それこれ考え合わせると賊は備前岡山の者で、それも参勤でお殿様に付き従って来た勤番の武士《さむらい》か足軽小者の類で、武士がそのようなことをするとは思えぬから、足軽小者である可能性がとても高いということになった」

「ということは……」

まさか！

「旅は旅でも、岡山松平様の、中間《ちゅうげん》小者か人足《にんそく》にでもなって、荷物を背負って岡山まで下れとおっしゃるのではないでしょうねえ」

「図星だ。そのとおりだ」

冗談じゃない。

「勘弁してくだせえ」

「岡山松平様は今年が御暇年《おいとまねん》で、四月に国にお帰りになる。それまでに出入りの六組飛脚問屋に頼んで中間小者か人足に雇ってもらい、同行して探ってくれ」

「なにもそんな手間暇をかけることはない。根岸といい、寺島といい、この江戸で起きていることで、賊は胡桃餅売りということでござんすから、目星をつけてとっ捕まえるのはさして難しいことじゃねえ。すぐにとはまいりませんが、なんとか捕まえてみせます」

「大店の主人は町内の頭《かしら》に頼んで、この三、四ヵ月、賊の足取りをひそかに追ったそうだ。頭もそういうときのために、日頃手当を弾んでもらっている。ここを先途《せんど》と追った。胡桃餅売りだけでなく、江戸中の饅頭売り、薬売りの類をすべて当たった。だが杳《よう》として行方は知れない。するとだ、賊は頭などが当たれないところ、つまり御屋敷の中に潜んでいる、ということになりはしないか」

そうとは限らない……。

「備前岡山新太郎様の戯れ歌を娘から聞き、主人はかねて岡山松平様の足軽中間、小者人足の類が怪しいと睨んでいた。それで、いよいよそうに違いないということになり、御奉行に話を持ち込んだ。御奉行は年番与力殿に諮《はか》り、寺島でのことなどこれまでの出来事も考慮され、一年ごとに江戸にやって来る勤番の足軽中間、小者人足の類に違いないと目星をつけられた。そして誰か気の利いた岡っ引をといわれた」

岡田伝兵衛は続ける。

「気の利いた岡っ引といってもそうそういるものではない。お前に世辞をいってもはじまらぬが、お前を除いて何人といない。話を下ろしてこられた年番与力は佐久間惣五郎さんで、佐久間さんもそのことをよく知っておられ、半次に、とこそおっしゃられなかったものの、その積もりで俺に話を下ろされたようなのだ」

「買い被られて喜んでいいのやら、悲しんでいいのやら」

「喜んでいいのだ」

「でもなんです。かりにですよ。おっしゃる通りの男をめっけたとして、どうするのです。その場で御用というわけにはまいりますまい。あっしらは旦那方から十手を頂いていて、御府内でこそ御用とやれますが、一歩外へ出ると手も足もでない。そういうことになっております」

「なにもしなくていいのだ。奴は味をしめている。だから来年の参勤年にまたきっとお供して来る。そして、忘れている頃だろうと、同じことを繰り返す。そこを御用とやる」

「お供して来なければ？」

「なにかまた手を考えられるだろう。それは俺らの知ったことではない」

「それらしい男が見当たらなかったら？」

「それも仕方がない。また別の思案をされるということだ」

「しかしなんですねえ。御奉行に年番与力の佐久間様、それに旦那と、御番所を思うがままに動かしておられる。大店の主人ということですが、たいしたお方でござんすねえ。そのお方は」

「まったくだ。これは俺が推量だが、話はもっと上から下りてきているのかもしれない」

「御奉行のもっと上ですか」

「さよう。そんな気がする」

「ならば、お断りできない？」

「うむ」

「お断りすると旦那のお顔を潰してしまうことになる」

「まあな」

岡田伝兵衛は、徳利を振っている。

「声をかけましょうか」

「もういい」

徳利は六本並んでいる。半次はせいぜい一本の半分。残りはすべて岡田伝兵衛が平らげたのだが、さして酔った風でなくいう。

「もちろん、そんな話だから、ただ働きというわけにはいかない。お殿様の行列は備前岡山まで二十日をかけるという。帰りはまあのんびり、ついでに安芸《あき》の宮島、讃岐《さぬき》の金比羅《こんぴら》などに足を延ばすとしてもだ、往復で二ヵ月とかからない。それでも五十両をはずみましょうと大店の主人とやらは申しておるそうだ。旅はできるし、金にはなるし、割り切りようによっては悪い話ではない」

どうでも備前岡山に下らなければならない、ということのようだった。

二

根岸は上野のお山を背にした里で、前方遥かに田畑が広がっている。四季おりおりの花も咲き、鳥も舞う。江戸に近くて野趣《やしゅ》を満喫できるめったにない里、というので、いつしかここに寮、いわゆる別墅《べっしょ》が設けられるようになった。

もとより、立ち寄る気のきいた店はない。ぶらりと一回りして、半次は道を元にとり、町家に出た。

表通りは下谷広小路から続いている通りで、どこにでもある蕎麦屋《そばや》の腰高障子を、

「ごめんよ」

と声をかけて開けた。

「いらっしゃい」

後片付けをしていた男が振り向いて、おや、とばかりに表情を和《やわ》らげる。

「これはお珍しい」

一年ぶりぐらいになる。

「相変わらず繁盛しているようだな」

店の装いからなんとなく分かる。

「お陰様で」

「でも、もう手がすく頃だろう」

昼はとっくに過ぎていて、店内には誰もいない。

「へえ」

「四半刻《しはんとき》（三十分）でいいから付き合ってくれ」

「外へですか？」

「差し支えなけりゃあここでいい」

「おーい」

奥へ声をかけるが返事がない。

「女房が用足しにでも出かけているようなので、ちょいとばかり待っていただけますか。後片付けをすませてしまいます」

「いいとも、俺は急いじゃいねえ」

半次は小上がりの座敷に上がって、煙草盆を引き寄せた。

岡っ引は、何人か下っ引を使っている。半次も、代貸とでもいうべき弥太郎の他、三次、平六、千吉の四人の下っ引を使っていた。

その他、棒手振《ぼてふ》り、辻占《つじうら》売り、地紙売り、卵売りなどいつも市中を流し歩いている者、夜蕎麦売り、湯屋の番頭、料理茶屋や船宿の男衆など、一つ所にいて出入りする客の動きをじっと見つめている者、大工、左官、植木職人、出前持ち、按摩《あんま》など、あちらこちらと呼ばれて出入りする者、それらの者を日頃手なずけていて、なにかと情報《ねた》を取り込んでいた。

ここ坂本町三丁目の蕎麦屋、長寿庵の主人佐助もそんな一人で、なにかがあればすぐさま使いを走らせてくれることになっている。

「お待たせしました」

二合徳利一本につまみを盆にのっけてきて、前におく。

「酒はいい」

「外は寒うございます。温まっていただくだけです」

「そうかい。じゃあ」

猪口に注がれたのを飲み干して、

「話というのは外でもねえ」

と半次は猪口をおいた。

「去年の秋のことだ。根岸の里で、妙な事件があったとかなんとか、小耳に挟んではいねえか？」

「いいえ」

佐助は首を振っていう。

「どんな事件です？」

事件の経緯を誰彼に触れられるのは、大店の主人にとっては迷惑なことだろう。

「上の方に差《さし》があって、詳しいことは話せねえのだが、その頃ひとしきり胡桃餅売りが、根岸を流し歩いていたというような話も耳にしたことはねえか？」

「ここいらは、しょっちゅう物売りがうろついておりますがね。根岸などを流してたんじゃ商売になりません。聞きませんねえ」

「薬売りはどうだ？」

「薬売りだって、あんなところを流してたんじゃあがったりだ」

まあ、そうだ。

「なんだか、取り付く島もない話でござんすねえ」

「申し訳ねえ。ときに坊は」

「手習いに行ってます。あっしに似なくて筋がいいとかで、いえ、お師匠《し》さんの話です。それで本人は、ゆくゆくは手習いのお師匠さんになるんだなどと申しましてねえ……」

昔はいっぱしのワルだったが、すっかり親馬鹿の顔になっている。

「邪魔をした」

盆に南鐐《なんりょう》（二朱、八分の一両）を一枚のっけた。

「よしてくだせえ」

「坊に筆でも買ってやってくんな」

冬の弱々しい日が、ちょっぴり赤みの差している半次の、思案にあまった顔を照らしている。

これから寺島にまわってみるか。

しかし寺島へまわっても……。

半次は、根岸の話も、寺島の話も、作り話ではないかと疑っている。根拠はない。そんな気がするのだ。

無駄かもしれないが、寺島に足を運んでみよう。

橋場の渡しはどっちが近いか。道順を頭に描いた。どっちも同じだ。だったらなにかと誤解を受ける、吉原通いの日本堤の通りより、浅草寺を抜ける通りのほうがいい。

足を浅草方向に向けた。

しかし、なぜ作り話をしなければならない。作り話にしては話ができすぎているし、おいらを小者人足にでもし、五十両もの礼金を払い、備前岡山まで行かせて、一体誰が何の得をする……。

誰も、何の得もしない。だったら作り話ではない。備前岡山松平家の足軽中間の類に、痺れ薬を飲ませて金と操《みさお》を奪った賊がいる。こう素直に信じたほうがいい。

半次は寺島に向けていた足を、日本橋界隈に向け直した。

三

参勤交代も時代が経《た》つにつれて様子が変わり、六組飛脚問屋が通日雇《とおしひやとい》という専業の人足を送り込んで、荷物その他の運送を請け負うようになった。備前岡山松平家に出入りしている六組飛脚問屋は、松平家の上屋敷に近い呉服橋御門外檜物《ひもの》町の亀徳。

その日暮らしの通日雇にすれっからしは少なくない。だからといって、でたらめに人を送っていいというものでもない。六組飛脚問屋はもちろん身許を糺《ただ》すし、請人《うけにん》（保証人）もとる。

「新材木町与次郎兵衛店《だな》、店借り、半次」

出るところへ出ると半次の肩書はこうなるのだが、これだけではもちろん六組飛脚問屋も、「はい、そうですか」と気安く請け合ってくれない。まして、お殿様のお国入りのお供だ。それなりに身許を詮索するだろうと、半次は定廻り岡田伝兵衛の口利きで、一帯を縄張りにしている、臨時廻り山下三郎兵衛の添書《てんしょ》を持参した。

もとより稼業も明かした。

「そうですか。お上の御用を承っておられるのですか」

山賊の親玉のような元締政吉はそういって、さして知恵がまわりそうにないのにしきりに考え込んでいる。

「それで、なにゆえ、通日雇になどなろうとおっしゃるのです？」

「なに、しゃちこばった理由などありゃあしません。ぶっちゃけたところ、あっしはこれまで旅をしたことがない。ですから、お供をして備前岡山まで下り、足を延ばして、安芸の宮島、引き返して讃岐の金比羅、そのあと、大坂、南都《なんと》（奈良）、京を見物し、さらにお伊勢さんへお参りし、帰路は中山道《なかせんどう》をとってと、この際一気に念願の旅を片づけてしまいたいからです」

政吉はまたも考え込む。

「だったら、安芸広島松平（浅野）様の荷物を担いで下られればいい。広島松平様も、御暇年は岡山松平様とおなじでござんすよ」

なぜ岡山松平様の通日雇でなければならないのかといっているのだ。痛いところをつく。

「別に意味があってのことではござんせん」

半次はさりげなく答えた。

「臨時廻りの山下三郎兵衛様に、どこの御家中でもよろしゅうございます、路用《ろよう》の節約と給金稼ぎに、中国筋の御大名のお供をして下りたいのですが、ご存じの六組飛脚問屋をお紹介《ひきあわ》せ願えないでしょうかとお頼みして、こちらへ伺ったまでのことです」

政吉が、それでは安芸広島松平様出入りの六組飛脚問屋、芝の政田屋をお紹介《ひきあわ》せしましょうというと困るのだが、あいにく、亀徳と政田屋は犬猿の仲、間違ってもそのようなことはないというのは調べがついている。

「ですがねえ」

とまた政吉は考え込む。どうして顔に似ず、慎重な男らしい。

「参勤交代のお供をして、荷物を担いで下るというのは、それはきつい。生半可《なまはんか》に勤まる仕事じゃござんせん」

楽な荷物にありつくことだってないではないだろう。

「御大名の御屋敷や御旗本の御屋敷の中間部屋には、江戸中間といって、江戸抱えの、陸尺《ろくしゃく》（駕籠舁《かごか》き）、手廻《てまわ》り（先箱持ちなど）、人足などがごろごろしている。そいつらだって、金になるのは分かっているが、参勤交代のお供をしての担ぎ仕事だけはまっぴらと鼻もひっかけない。それほどきつい」

「荷物はどれもこれもが重いというわけではないでしょう?」

「いいえ」

と政吉は首を振る。

「どれもこれも重いと思われたほうがよろしい。とりわけ重いのが、お金のタテ、御薬のタテ、御畳のタテです」

「タテというのは?」

「長持。あっしらの隠語です」

お金は道中の支払い用、御薬は旅に出るのだから当然必要だろうが、

「なぜ畳を長持なんかに入れて持ち運ぶのです?」

「命を狙う者がいて、床下から槍などで突き刺さないともかぎらない。その切っ先を通させないためにです。畳は二枚ですが、堅く作ったのを、本陣のお殿様の部屋に運び込んで、その上に布団を敷くのです」

「ご大層なことですねえ」

「そうですとも。なによりお殿様のお生命が大事ですからねえ。それに、お殿様が使われる物はみんな自前の物で、布団はいうまでもなく、傘、合羽はもとより、賄い道具一式、漬物

桶もです。その他、風呂桶、水たご（桶）、便器、側筒《そばづつ》、なんでも持ち運ぶのです」

「じゃあ、賄い人も同道される？」

「もちろん。岡山松平様では料理人といっているそうなのですが、みなさん、れっきとしたお武士《さむらい》さんです。お武士さんの料理人が、本陣に着かれるとすぐさま調理にとりかかられ、それをお殿様は召し上がられるのです」

「便器や側筒も持ち運ぶとおっしゃいましたよねえ？」

半次は首をひねった。

「それがどうか？」

「側筒を持ち運ぶというのは分かります」

側筒は尿筒《しとづつ》ともいう。小用に用いる筒だ。小用が近いという人もおられるのだろう。

「便器を持ち運ぶって、どういうことなのです？」

「自前のを使われるのです」

「自前のって？」

「箱型の器になっておりましてねえ。お殿様はそれに腰をかけて用を足される。本陣には便器を置く場所もあり、大は中にある引き出しの砂の上に落ちるようになっているのです。そして、お殿様が用を足される度に、ご家来衆が引き出されて始末される」

側筒や便器の持ち運びは閉口するが、

「賄い道具一式に風呂桶や水たごなどは、そう重くないでしょう」

「重くないものは、国者の中間小者や信用のおける通日雇が運びます。どっちにしろ新米の通日雇は、重い物を運ぶ決まりになっているのです。道中師、宰領ともいってますがね、あっしの手下の道中師が、通日雇を万事差配して、ことに新米にはけっして楽はさせない」

道中師――。これもしょっちゅう聞く稼業だが、その実、なにをやっているのかについてはまるで知らない。

「すると道中師というのは、新米の通日雇に目を光らせるのが、おもな仕事ってえわけですかい？」

政吉は首を振る。

「駕籠や荷物を担いで歩くと腹が減る。それに、通日雇は百人、二百人といる。そいつらにのべつ飯を食わせなければならない。旅は急いでおりますからねえ。ゆっくり食わせるわけにはいかない。それで先へ先へと走って、立場《たてば》、立場で、支度をさせておいて飯を食わせるのです」

東海道五十三次という。次《つぎ》は継ぐという意味で、人馬の継ぎ立て場のことだ。それが五十三あるという意味である。立場は、継ぎ立場の合間合間に適宜設けられている休息所のこと。

「宿場へ着いたら着いたで、宿代の払いから、髪結《かみゆ》いの手配、落とし紙の配布まで、ありとあらゆる手配をする。髪結いなど呼ばない日は一日とてない。あとは、地元地元の馬子《まご》人足、雲助《くもすけ》といっております。こいつらの顔役の相手。なんだかんだと、こいつらのゆすりたかりは凄いですから」

話に聞く道中師というのは、結構骨の折れる仕事をしているらしい。

「しかしなんです。立場でゆっくり飯を食う暇もないほど、なぜ急がなければならないのです？」

政吉は答える。

「路用を節約するためです。備前岡山松平様で、片道三千五、六百両くらいかかるそうです。薩州《さつしゅう》様や紀州様は一万両以上だそうですが、岡山松平様で一日当たりにするとおよそ百八十両。一日延びればそれだけ余分に金がかかる。御屋敷様はどこも金に困っておられます。ですから、一日も早くと急がれるのです」

「江戸から備前岡山まで何里あるのです？」

「百七十五里。最初と最後の日は急ぎませんから、ときには一日十里を超す日だってある。朝はまだ暗い寅《とら》の上刻（午前四時）に宿場を発たれることも再々です。慣れない方には、正直いってきついですよ」

「稼業が稼業です。歩くことには慣れてます」

足を棒にして、江戸の町を歩き回ることだってしばしばある。

「歩くといっても、なんどもお話し申しているように、重い荷物を担いでです」

それで十里はたしかに辛い。

「宿場に着いたからといって、畳の上の、柔らかい布団でぐっすり眠れるとは限らない。備前岡山松平様のご一行は六百人を超す大所帯。旅籠屋《はたごや》に泊まりきれずに、百姓家の土間に筵《むしろ》を敷き、薦《こも》同然の物をかぶって寝るなどということもないではないのです」

それも厳しい。

「重い荷物を担いで岡山へなどというのは、誰もやりたがらない仕事ですから、やっていただけるというのは、亀徳《うち》にとって有り難いことは有り難いのですが……」

「だったら文句はないじゃないですか」

じろりと風体を見まわして、

「あーたに勤まるかどうか……」

「こう見えても、生まれ付きは頑丈にできています」

「途中で音《ね》を上げられても知りませんよ。病気になっても置いてけぼりですからね」

「覚悟しております」

「それから、ご商売がご商売。御用風を吹かせたりして、旅中、ごたごたを起こされないように」

「もちろんです。それより、ごたごたを起こさないためにも、あっしの稼業は伏せておいてください。そうだ、町内の仕事師（鳶）ということにしておいていただきましょう」

「では日時《にちじ》が迫ったらお知らせします」

聞くだけでも恐ろしげな仕事を、なぜ頭を下げてまでやらせてもらわなければならない？　それに、旅に出れば出たで、息を切らせて行列について行くのが精一杯。御奉行から下りてきたという用件——、痺れ薬を飲ませて悪事を働いた賊を捜し当てる、などという用件はそっちのけということになってしまわないか。

不安が募る一方だったが、こんなこともあるのだと思って覚悟を決めるしかなかった。

四

半次は女運が悪い。

深川でのらをついていた頃、羽織といわれている辰巳《たつみ》芸者と惚れ合ったが、女には養わなければならない家族がいて旦那を取る話が持ち上がり、半次は身を引いた。

その後十手を持ち、親分と立てられる身になり、世話をする人がいて女房をもらった。踊りの師匠の一人娘で、わがまま一杯に育ったせいか恐ろしく気性が強く、そのうえどこの誰に聞いたのか羽織との仲を知っていて、とうに切れていたというのにやたらに焼き餅を焼く。

もてあまして、「てえげえにしねえか」と怒鳴ったら、プイと出て行ったきり。二度と戻ってこなかった。

八丁堀の西北、山王の御旅所《おたびしょ》の前、坂本町二丁目の引合茶屋高麗屋《こうらいや》源蔵の女房すみとは、源蔵がからだを壊して別居していたこともあって互いに憎からず思うようになり、逢瀬を重ねた。

源蔵が死んだら、一年ぐらい待って一緒になろうと約束もした。それが、こともあろうにすみは、兄弟のような付き合いをしていた岡っ引仲間と〝浮気〟していた。

その後間もなく源蔵は死んだ。半次はすみを避けた。すみは〝浮気〟を知られたのだと悟った。約束は宙に浮いて、二人ともしょっちゅう顔を合わせるが、いまでは互いにそんなことがありましたかねえ、というような顔をしていた。

魚河岸に近い長浜町で、一膳飯屋を営む常吉という男がいた。元子分で、半次は常吉にちょいとした用をたのんだ。運の悪いことに常吉はそれがきっかけで命を落とした。

常吉にはお芳という恋女房と満で一つの娘がいた。半次は、せめてもの供養にお芳と娘を引き取ろうと思った。ところが、お芳は薄幸な女で、長患いしていた父が死ぬと、あとを追うようにあの世へ逝った。

半次は残された娘を引き取った。三十半ばまでのほとんどを一人者で通したのに、そんなわけで半次は、いまでは、幼い娘を育てているという境遇にあった。

半次は手下、いわゆる下っ引を四人つれている。代貸格の弥太郎は所帯を持っていて、近くの長屋に、残りの三人は、半次が借りている家の二階に住んでいる。家には、炊事洗濯掃除の下働きの女もいる。全員が家を留守にして出払うことはない。一人娘はまあまあ過不足なく育っていた。

だが二階の三人は若い。夜遊びなどで三人揃って帰ってこないこともある。一季半季で雇っている下働きの女には当たり外れがある。炊事洗濯掃除が満足にできず、またなにかと気の利かない女もいる。いまいる、荏原郡《えばらごおり》は世田谷の在からやってきた女もそうだ。二ヵ月も家を空けると、その間、誰が親身になって娘の面倒を見るのかという、気の重い問題もあった。

岡っ引は職人や魚河岸の兄イたちと違って、講を組んで旅に出たりと、人目につくようなことはしない。といって仲間付き合いしないというのでもない。

定廻りが南北各四人、臨時廻りが南北各六人。警察業務に携わっていた同心は二十人いるのだが、彼らを助けていたのが岡っ引で、北の定廻り岡田伝兵衛の手札をいただいている岡っ引二十二人も常時寄合をもっており、半次は新年早々から世話役を引き受けていた。世話役というのに、「旅をしたいので二ヵ月ばかり留守にする」と、突然いいだすのも気が重い。まして、荷物を担いで備前岡山まで出かけるなど、いえたものではない。何事かと仲間は詮索し、取り沙汰する。

それに、一件については口外しないようにと岡田伝兵衛から口止めされている。くれぐれも内密にと、御奉行がおっしゃっておられたというのだ。

半次は苦しい言い訳を探さなければならなくなった。

半次は親を知らない。育ててくれたのは遠縁に当たるとかの婆さんで、時折、品のいい、おばに当たるという、御殿女中風の女《ひと》が、宿下がりとかで二、三日、泊まっていくことがあったが、いつしかその女も姿を見せなくなった。

おばは百両を残してくれていた。それをちびりちびり使っていたのだが、やがて遣いが荒くなった。深川でのらをついていた頃で、門前仲町の嘉兵衛親分に見咎《みとが》められ、出処を追及された。

金はおばが残してくれたもので、おばは大名小路の、揚羽の蝶が御紋の御屋敷に、ご奉公に上がっていたはずですとうろ覚えをいった。嘉兵衛親分はすぐさま調べ上げ、たしかにお前のおばらしい人は、いまは亡くなられているが、御屋敷に上がっておられたと、疑いを解いてくれた。

大名小路に揚羽の蝶が御紋の御家が二家もあるというのは、その頃知らなかった。嘉兵衛親分はとうに亡くなっている。親分がどちらの御屋敷を訪ねて調べたのかは、いまとなっては知る術《すべ》もない。

揚羽の蝶が御紋の御家二家の、根っこは同じである。ともに、権現様（家康）に長久手《ながくて》の戦いで討たれた、池田勝入《しょうにゅう》信輝という人を先祖にしていて、またともに松平の御称号を賜っていた。

一家は因幡《いなば》鳥取三十二万石の池田家。一家は備前岡山三十一万五千石の池田家。家紋の揚羽の蝶は、正確には因幡鳥取のが丸に揚羽の蝶、備前岡山のが輪蝶と違いはあるものの、そんなわけで、江戸者でも池田家二家についてはしばしば混同した。

そのどちらかの御屋敷に、おばは奉公に上がっていたようなのである。

おばが奉公に上がっていたのは、備前岡山のではなく、因幡鳥取の池田家なのかもしれないが、この際、都合よく岡山の池田家としておけばいいことで、大事な話があるからと代貸格の弥太郎をはじめ四人を長火鉢の前に呼んだ。

「ずいぶん昔の話になるがお前《めえ》に……」

と弥太郎に向かって切り出した。

「おばの話をして聞かせたことがあるよなあ」

「へえ」

弥太郎はうなずく。

「なんでも御屋敷へ上がっておられたとか」

「どういうわけか百両も残してもらったので、芥子《けし》坊主を頭に乗っけていた頃からの友だち、稲毛屋の倉ちゃんに両替してもらってちびりちびり使っていたのだが、あっという間になくなっちまったというのも……」

「聞いております」

「実はそのおばが奉公に上がっていた先は、備前岡山の松平様で、おばはなんと、はるばる岡山に下っていたというのだ」

「どうしてそれがお分かりなさったので？」

当然の疑問だ。

「岡田の旦那に頼まれた調べ事があって、岡山松平様の江戸部屋を訪ねた」

御屋敷では中間部屋の誰々を訪ねてきたといえば、門番はたいがい通してくれた。結構いかげんで、難しいことはいわなかった。

「それで、国者の中間とあれこれ話しているうちに、偶然おばの話になって……」

などという口実は自分でも不自然だと思ったが、詮索されることもあるまいと、とぼけて続けた。

「おばは、いまでは無縁仏《むえんぼとけ》になっているというのだ。だから供養《くよう》に、岡山に出かけることにした」

「へえー」

と四人は口を揃えて、驚くというより、あんぐりしていたが、親分が供養にというのだ。からかうことも、お止しなさいと止めることもならず、

「そうですかい」

とのみいった。

「ついては路用がもったいねえ。出入りの六組飛脚問屋は檜物町の亀徳だが、ついでに安芸の宮島から讃岐の金比羅、大坂、京、お伊勢さんと遊山の旅がしてみてえ。通日雇として雇ってもらえねえかと掛け合ってきた」

「なにも荷物を担がれることなどない」

弥太郎が打てば響くようにいう。

「からだもなまってることだし、いい機会だ」

「荷物を担ぐなど、そんなことをされちゃあ俺たちの名折れだ」

三次もつっかかる。

「黙ってりゃあ分かりはしねえ。それに亀徳の元締には、御用聞きというのは伏せて、町内の仕事師ということにしてもらった」

「でもよりによって通日雇になど」

なにを考えておられるんですか？　とどの顔もいっている。

「そんな話だから、俺としても、あまり大っぴらにはしたくねえ」

半次はそういって続けた。

「そこで表向きは、伊勢参りから、京、大坂、足を延ばして金比羅さんまで、物見遊山にということにしておいてもらいたい。世話役なのにと、仲間は訝《いぶか》るかもしれねえが、なに二月《ふたつき》だ。行事らしい行事はないし、その間、弥太郎が代わりを務めますと、岡田の旦那の了解はすでにとっている。仲間の了解もとっておく。給金その他の金の出し入れについては、稲毛屋の倉ちゃんに話を通しておく。これも弥太郎が代わりをやってくれ」

「へえ」

「問題は娘の美代だ」

大事な話があるからと、下働きの女、種に手を引かせて、外に遊びに出している。

「承知の通り種は気の利かねえ不出来な女だが、三月の出代わりを迎えても、行くところがねえから置かせてくれろといっている。むげに追い出すのもかわいそうだし、我慢して、もう半季も置いてやろうと思っているのだが、そんなわけだ、みんな仕事に差し支えのない程度に美代の面倒を見てやってくれ」

「うちのが、面倒見られればいいのですが……」

弥太郎の女房は働き者で、昼間は子供を預け、芝居茶屋の板場で皿洗いをしている。

「なにをいう。とにかく二月だ。あっという間に過ぎらあ。たのんだぜ」

「承知しました」

納得したかどうかはともかく、四人はそう返事した。

仲間にも、それとなく事情を話した。稲毛屋にも足を運び、四人の月々の給金のことなど金の出し入れをたのんだ。支度はすべて終え、人宿《ひとやど》亀徳から知らせが届くのを待った。

五

お殿様の旅立ちは四月の下旬ということだった。この年は、四月の中旬にも、五月雨《さみだれ》が降りはじめようかという年まわりで、桜の花が咲いて散り、春が過ぎ、汗ばむような初夏の盛りに、亀徳から連絡が入った。

岡っ引仲間と稲毛屋倉次郎にしか教えていない。だが、世間はすぐにそうと知る。表向き、お伊勢さんから金比羅さんまでの物見遊山の旅ということにしてあるものだから、気の重いことに、出入り先のあちらこちらから餞別が届けられた。

岡山松平様の御屋敷から荷物を担いで旅立つというのは極秘だ。見送りは平にご容赦をと断っている。ならばと、一夜、親しくしている仲間だけが送別に集まった。

「渡る六郷《ろくごう》が三途《さんず》の川だった、などということにだけはならねえようにな」

口の悪い上野山下の助五郎がこう餞《はなむけ》の言葉を贈ってくれて、会はお開きとなった。

翌朝、美代の寝顔に別れを告げ、弥太郎ら四人と下働きの女種に送られて、材木町の家を出た。

「お早うございます」

声をかけて半次は人宿亀徳の敷居をまたいだ。元締の政吉は、この日は機嫌よく迎える。

「まあ、お上がんなさい」

半次ら岡っ引もそうだが、この手の稼業の男もおなじだ。灯明《とうみょう》を点《つ》けた神棚を背に、長火鉢を置いている。

政吉は長火鉢の前にどっかとすわった。

土間にいた男が続いて上がってくる。

「この男が宰領の信次です。二つ名はドロ亀の信次。箱根の名うての雲助と、雨の日に、真っ黒になって取っ組み合いをやって一歩も引かなかったところからつけられた二つ名ですが、気性はさっぱりしてます。万事、信次の指示にしたがってくだせえ」

この前と違ってずいぶん愛想がいい。そう思う気持ちを見てとったかのように、政吉は頭をかく。

「あれから何度も、臨時廻りの山下三郎兵衛様がお見えになりまして、材木町の半次には借りがある。借りを返さなければならねえ。粗末に扱うようなことがあっては承知しねえ。こうおっしゃられましてねえ」

臨時廻り山下三郎兵衛とは付き合いがない。手札をもらっている定廻り岡田伝兵衛に、「なんだかとてもきつそうで、箱根の関を越せるかどうか」と、半ば本気で愚痴を洩らした。岡田伝兵衛は山下三郎兵衛に、「手心を加えるように口添えを」とでもいったのだろう。

「この前はだいぶん脅すようなことを申しましたが、そんな次第です。信次がなんとかいたします。信次、たのんだぞ」

「お任せくだせえ」

信次は頭を下げ、

「それじゃあ」

とうながす。土間に下り立った。

「出発は明日です。これから御屋敷に出向いて一日かけて支度をし、そのあと今夜は、御屋敷の中間部屋に泊まっていただきます。お家には帰れません。よろしいですね」

「そのつもりです」

「ではこれを羽織ってくだせえ」

紺看板を広げて寄越す。印半纏《しるしばんてん》で、背中に御紋の輪蝶が、白抜きで浮き上がらせてある。

「じゃあ、まいりましょう」

紺看板を羽織ると、気分は早くも〝通日雇〟だから、衣装というものは恐ろしい。

「元締が、たいそうあーたに気を使っておられまして、くれぐれも粗相のないようにと、あっしに」

信次は肩を並べる。

「あっしは何度も人足を宰領して参勤交代のお供をしており、今度も百六十人ばかり連れてめえりますが、人足に気を使うなどはじめてです」

「不束者《ふつつかもの》です。なにぶんよろしくお願い致します」

半次は神妙に頭を下げた。

「軽くて楽な荷物というと、お殿様の身のまわりの品々ということになります……」

宰領の信次は歩きながら話を続ける。

「賄い道具ですが、これは差し障りがあって、国者が運びます。便器に側筒もです」

お殿様の身の安全を守るためとか、いろいろ理由があるのだろう。

「その他というと、布団、風呂桶、水たごなどで、水たごは四荷《しか》を四人で運びます。これがいちばん軽くて楽な荷物です。ただ宿に着いてから、水を汲んだり沸かしたりと、もう一仕事しなければなりませんが、水たご担ぎなんかはどうです？」

荷物は軽いほうがいい。

「ご指示に従います」

「じゃあ、そうしていただきましょう」

信次はそういい、

「本当をいいますとね。どいつもこいつも、むくつけき山賊といった風体の、お殿様の身のまわりの品を運ばせるには気のひける連中ばかりです。あーたのような、こう申しちゃなんですが、ごくふつうの人はめったにいやしない。こっちもむしろ助かります」

「明日の出立も、朝早いのですか？」

そのことが気になっていた。

「参勤交代は、江戸を発つときも国表を発つときも、朝は早くありません。お殿様にだって、ご家来衆にだって、見送り人がついて来るからです。東海道五十三次の最初の継ぎ立て場である品川《しながわ》、その次の継ぎ立て場である川崎辺りまで見送り人はついてきます。ですから五つ時（午前八時）頃に出発し、品川、川崎辺りまではゆっくり進みます」

朝が早ければ人の目を気にしなくてすむのだが……人は見ているようで見ていない。気にしないほうがいいのかもしれない。

「着きました」

信次は御屋敷の門前に立つ。潜《くぐり》は開けっ放しになっている。

「こんちは」

と声をかけて、信次は裏へまわる。

弓、矢、槍、鉄砲、具足、籠、挟み箱、葛《つづら》、櫃《ひつ》、長持、傘、長柄傘、合羽……。いろんな物が、まるで虫干しでもするかのように所狭しと置かれている。人も、人足をはじめ、大勢がうろうろしてごった返している。

「あーたが運ぶのは水たごで、今日は別にすることがありません。ですが二十日間、旅を共にする仲間はみんな五つの鐘を合図に、あの……」

と信次は顎をしゃくる。

「中間部屋の前に集まることになっております。洩れがないかどうかを確認するためです。それまでは、そこいらをぶらぶらしていてください。あっしはあっちこっちへ顔を出さなければなりません。では」

半次は四方を見まわした。もちろん、痺れ薬を飲ませて悪事を働いた賊を、すぐにそうと捜し当てられるものでもなかった。

寝苦しい夜だった。湿気があって生暖かかったせいだろう。空はどんより曇っていて、いまにも雨が降り出すのではないかと思えた。

水たごは、埃をかぶらぬよう、また、肥たごとおなじ構造で見栄《みば》えのいいものではないから、外目にそうと分からぬよう、柿渋を引いた紙子紙《かみこがみ》でくるみ、棒を差して担ぐようになっている。

行列は風呂桶一荷を担ぐ二人のあと。賄い道具などお殿様の身のまわりの品を担ぐ面々よりは前。周りには国者が多い。痺れ薬を飲ませた賊がたしかに国者とすると、運よく、そんな手合がいそうなところに配置された。

雨がぽつりぽつりと降ってきた。簑笠《みのかさ》が一組ずつ配られて順番を待った。

御門が開かれた。先乗騎馬二人がカッカと蹄の音を立てて門外に出て行く。それに弓二十張二十人、手替わり十人、矢箱二荷四人、槍二十本、手替わり十人……と続く。行列はおよそ十丁におよぶ。

風呂桶一荷二人に続いて、半次も水たごを担いで御門を出た。

この前、亀徳の元締政吉からいろんなことを教わった。昨日からのまる一日で、またいろんなことを知った。

幕府は、大名や旗本に朱印状《しゅいんじょう》を渡して、一定数の人馬の無賃での継ぎ立てを保証する。岡山松平家の場合それが五十人五十四。

五十人五十四を超える分についてはもちろん〝御定賃銀《おさだめちんぎん》〟というのを支払う。御定賃銀は相場のおよそ半額。

朱印状や御定賃銀による人馬の継ぎ立ては、宿場のほか、助郷《すけごう》、増助郷《ましすけごう》といって沿道の人たちに強いられる。彼らは継ぎ立て場にいる馬子《まご》人足《にんそく》、いわゆる雲助《くもすけ》に仕事を代わってもらうのだが、その分、金を払わなければならない。それが彼らを長年苦しめていた。

朱印状、継ぎ立て、助郷、増助郷などという言葉はなんとなく耳にしていた。日常の生活に関わりがない。深く考えることがなかった。人には添うてみよ馬には乗ってみよという。身をその場におかなければ理解できないことの一つのようだった。

しかしだからといって、大名が安上がりの旅行をできたというわけではない。宿駅、宿駅の、追い剝ぎに早代わりするような雲助などに担がせられない荷物もいっぱいある。挟み箱や、殿様や家来の駕籠も彼らに担がせられない。そのため国元まで通しで陸尺手廻り人足を雇った。それが〝通日雇〟で、半次は通日雇の一人として雇われたというわけだった。

行列は数寄屋橋御門をくぐって廓外へ出た。その先すぐが尾張町四丁目で、交差する通りは日本橋を起点とする東海道。行列は東海道を右折し、下にイ、下にイと、一路備前岡山を目指した。

第二章　お国入り

一

道中師、ドロ亀の信次はこういっていた。

「どいつもこいつも、むくつけき山賊といった風体の、お殿様の身のまわりの品を運ばせるには気のひける連中ばかりです」

それでも、お殿様の周りには、まあまあの人足を揃えていた。

いが茄子男――痺れ薬を飲ませて悪事を働いた賊――は、定廻り岡田伝兵衛によると、四十前のいなせな洒落者《しゃれもの》で、男っぷりもよかったということだった。

むくつけき山賊といった風体の男なら、根岸の寮の付き添いの女も、端《はな》から警戒して寮になど招き入れない。お殿様の身のまわりの人足は、それゆえどの男もどの男も、いが茄子男に思えてくるから厄介だった。

日本橋から品川まで二里。行列は品川に着いて小休止した。半次らはてんでに腰を下ろし、ドロ亀が手配していたむすびをほおばった。

品川から川崎までは二里半。六郷の渡しを渡るとそこは川崎で、お殿様は駕籠ごと本陣の中に消えた。日は中天にある。品川では小休止だったが、ここでは昼休《ちゅうきゅう》。

半次らにも昼飯が用意されていた。これも、ドロ亀が手配していたものである。

「長門《ながと》の〝カネ棒〟、郡山《こおりやま》の〝八の字〟、紀州の〝お中抜き〟とそれぞれ名のある荷物があるだが……」

ロクと呼ばれている仲間が話しかけてくる。歳の頃は四十前後。お国訛りのきつい軽そうな男で、この男ばかりはいが茄子男のはずがないと対象から外している。

「知っとるだか？」

「いいえ」

半次は首を振った。

「長門のカネ棒というのは、木ではなく、鉄の棒の長持が三竿《さお》。中は石地蔵だべ」

「なんでそんなものを担ぐのです？」

「なにかの罰として御公儀から担ぐように命ぜられたそうだべが、謂《いわ》れは誰も知らねえ。とにかく重い荷物だ」

「郡山の八の字というのもそうなんですね」

「そうだ。向かい鳩の紋のついた長持で、これがまたえらく重い」

「紀州のお中抜きもそうなのですか？」

「いや。そいつは賄い道具一式で、別段重くはねえ。だが早く担がねばなんねえ」

「どうして？」

「御大名はみんな賄い道具一式を二組用意しているだが、紀州のお殿様だけは一組しか用意しておられねえ。それだもんだから、お殿様が御朝飯をいただいてお発ちになると、台所方は道具一式を担ぎ、大急ぎでお殿様を追い抜き、宿へ駆けつけて御昼食の支度をする。御昼食がすんだあともそうだ。そんなわけで台所方がお殿様を追い抜くとき、お殿様は脇へ避けて通す。賄い道具は供廻りの中を抜いて通る。そんなことから、お中抜きといっているだ」

なにか謂れがあるのだろう。

「そういうわけですと、御当家も賄い道具一式を二組用意されている？」

ロクはうなずいていう。

「台所方は賄い道具を片付けてゆっくり行列を追っかけ、つぎの御昼食や御夜食は、もう一組の賄い道具で料理するだア」

「ときに、品川の本陣も建物の傷みがひどかったですが、ここ川崎の本陣はまるで荒れ寺ですねえ。どこもそうなのですか？」

　半次は味噌汁を飲み干して聞いた。

「本陣というのは厄介《やっけえ》なもので、お殿様が泊まられても、御昼食に立ち寄られても、支払いは心付け。一両か多くて二両。にもかかわらず格式があるだから、はあ、やたらな者は泊められねえ。そんなわけで取り続き（経営）がとても苦しいだが、とりわけここ川崎と品川の本陣は、江戸に近くて泊まり客がないも同然だから四苦八苦していて、建物は隙間風が吹き、雨漏りしてるだ」

「なるほど」

「それでお殿様は、川崎や品川では御昼食や休憩にも本陣に立ち寄られなくなり、端場《はしば》茶屋などを利用するようになっただが、去年のことだ、本陣は、なんとかしてくだせえと道中御奉行に訴え出た。今年に入ってすぐだった。道中御奉行から本陣を利用するように、端場茶屋を利用してはならない、とお達しがあった。そんなわけで今度のお国入りには、御当家のお殿様もしぶしぶ本陣を利用しておられるだ」

　本陣というとたいそうな格式の、旅籠《はたご》屋の頭領ぐらいに思っていた。このことも、聞いてみなければ分からないことの一つだった。

「こんな歌を知っておられるだか」

　ロクは口ずさむ。

〽備前の殿様姫路が宿り
　そこで姫路が繁盛する
備前さんなら今云て今じゃ
　有馬さんならまず思案
備前の殿様ぁ蝶々の御紋
　来てはちらちら迷わせる
備前岡山新太郎様が
　お江戸へござれば雨が降る
雨じゃござらぬ十七、八の
　恋の泪が雨になる

うん？　いが茄子男が娘の裾を掻き合わせながら唄ったという戯れ歌ではないか。

すると、この男がいが茄子男？

まさか。こんな軽そうな男が、手のこんだ悪事を働くなど考えられない。

しかし……と、思いがけなくいが茄子男が口にしていた歌を耳にして、半次はロクの横顔をまじまじと見つめた。

ロクは、むすびにたかる蠅を追いながら続ける。

「ずっと昔、新太郎という殿様の時代は、ご当家も金まわりがよかっただから、姫路に泊まったら姫路が繁盛するなどと歌にも唄われただが、いまではそうでもねえ。端場茶屋などを利用するのは、一つには掛かり（経費）を安くあげるためでもあるだ」

ロクの話は続く。

「それでも御当家はまだいいほうだべ。備前岡山の近く、備中足守《びっちゅうあしもり》木下のお殿様など、本陣はおろか端場茶屋や立場茶屋ですら休む金がなく、土手に腰を下ろして一休みするものだから、〝備中、木下、土手休み〟などとからかわれて馬鹿にされてるだ」

「それにしてもロクさんはずいぶんお詳しい」

「そうでもねえだア」

といいながら、満更でもなさそうにロクは頬を緩める。

「参勤交代のお供もしょっちゅう？」

「今度でちょうど十度になるべか」

「御当家のばかり？」

「御当家は七度目だ」

「さっき唄われていた歌、いい歌ですねえ」

さりげなく切り出した。

「うんだア」

「御当家の者なら誰でも知っておられる？」

「古い歌だからなあ。知らねえ者もいるんでねえの」

「お見受けしたところ、ロクさんのお故郷《くに》は陸奥《むつ》のどこか？」

「棚倉《たなくら》だ」

どこら辺りになるのか見当もつかないが、

「なのに、どうして、備前岡山の古い歌を知っていなさる？」

「御当家の中間部屋に居着いているうちに、なんとなく覚えてしまっただ」

ということなら、少数の者だけが知っている歌ということでもなさそうだ。

「それにしても、参勤交代に十度もお供などと、気ままに暮らしておられるようでうらやましい」

「出稼ぎに江戸へ出てきただが、いつしか飲む、打つ、買うを覚えてしまって……」

「故郷には？」

「十八年になるだが、一度も」

ロクは寂しげに首を振る。

「家族は？」

「かかあと娘が一人いただが、どうしているだか」

野良仕事はきつい。江戸の仕事は、人足でも、野良仕事に比べると比較にならないほど楽だという。家計を助けるための出稼ぎは少なくないが、そのため、江戸に居着いてしまう者も少なくない。ロクもそんな一人なのだろう。

川崎でのお殿様の見送りは一刻（二時間）もかかった。行列はようやく腰を上げた。半次も水たごを担いで行列につらなった。

幸いロクは、気安く声をかけてくれた。対象はざっと四、五十人。みんなが、みんな、気安く声をかけてくれるとは限らない。期間は岡山までの二十日。それまでに、いが茄子男を見つけなければならない。

人と打ち解けるのは得意でない。仏頂面でもある。しかしそれでは御役目が果たせない。そっと作り笑いしてみた。ぎごちないのが自分でも分かった。

東海道の、川崎の次の宿駅（継ぎ立場）は神奈川で、最初の日は神奈川泊まりということだった。

暦のうえでは四月の下旬とはいえ、梅雨に入ろうかという時期である。日のまだ高いうちに海沿いの宿場町神奈川に着いた。

半次らには、それから一仕事が待っている。井戸の水を汲み、沸かして風呂桶に運ぶという仕事だ。殿様が風呂を使われたあとの片付けもしなければならない。

日が暮れかけた頃ようやく仕事を終え、斜め向かいの宿に上がった。仕事が仕事だ。宿は本陣に近いところが割り当てられていた。

旅の最初の日をゆっくり進むのは、見送り人と別れを惜しむだけではない。足慣らしのためでもある。とはいえ、神奈川でも日本橋から七里ある。足は棒になっている。飯を食って、風呂で垢を落とすと、欲も得もなく眠りこけた。

尿意をもよおし、目が覚めた。

寝惚け眼で階下に下り、用を足して二階に上がった。

空は晴れ渡って、遅くに出た下弦の月が、神奈川の町を照らしている。

うん？

草木も眠る丑三《うしみつ》刻だろうに、急ぎ足の男が二人、目の前を通り過ぎて本陣に入って行く。

一人は頭をぐりぐりに剃っている。医者だ。急病人でも出たのだろうか。

そうは思ったものの、関わり合いのないことである。すぐに布団に潜り込み、再び欲も得もない眠りに入った。

二

そのころ本陣では、殿、松平（池田）少将上総介《かずさのすけ》を挟んで、近習《きんじゅう》物頭《ものがしら》の生駒喜左衛門《いこまきざえもん》と側小姓頭《そばこしょうがしら》の伊佐恭之介《いさきょうのすけ》が、真夜中というのに額を突き合わせていた。

「これはやはり殿のお命を狙ってのことで、〝大《だい》の字〟様の差し金に違いありません」

側小姓頭の伊佐恭之介が声を殺していう。

「軽々《けいけい》にそのようなこと申すでない」

上総介がたしなめる。

「ですが……」

「陶庵《とうあん》の見立てを待て」

殿様の食物はすべて、れっきとした武士である台所方の料理人が調理する。それを御煮嘗《おになめ》といわれている毒味方が毒味したのち、殿様の御前に差し上げる。

この日御煮嘗は、毒味したのち、からだが痺れるといったあと、コトリと眠りに落ちた。不審である！

事態はただちに殿様上総介に報告された。箸をつけはじめたばかりで、上総介は食事をとるのをやめた。

からだが痺れるといって眠りに落ちたのは御煮嘗だけではなかった。供の者はほとんど旅籠屋に宿をとって泊まるが、側小姓、御金役《おかねやく》など本陣に泊まる者も少なからずいる。それら本陣に泊まる者や台所方の者の食事も、料理人が調理する。そのうちの数人も被害に遭った。からだが痺れるといったあと、眠りに落ちたのである。

思い出されるのは十四年前、二人組の桶直しが備前各地の村々で、いが茄子を煎じたのを騙して飲ませて昏睡させ、金品を奪い取ったという事件である。

二人は備中天領の者だったため、江戸へ送らなければならなくなり、一人は死んだが、一人を江戸へ送った。

特異な事件で、護送に手間暇をかけさせられたこともあり、〝ああ、あの事件〟と、年配の者ならたいてい覚えている。

おなじように、本陣におかれている、〝お金のタテ〟の見張り番を昏睡させ、大胆不敵にも、旅のはじめだからそっくり残っている三千数百両もの大金を狙ってのことではないか――。

誰もがそう思った。

供の中には医者もいる。医者も脈を取り、顔色を見て、命に別条はなさそうだし、いが茄子を煎じたのか、末《こな》にしたのかを飲ませたのでしょうと推測した。

一体誰の仕業《しわざ》か？

誰が痺れ薬を飲ませたのか？

殿上総介の身のまわりを万事差配している、近習物頭生駒喜左衛門と側小姓頭伊佐恭之介は、御膳奉行と台所方全員を呼んで質《ただ》した。

御膳奉行も台所方全員も、

「台所に不審な者が出入りした形跡はありません」

と口を揃える。

すると、台所方の誰かを疑わなければならないことになる。

台所方はれっきとした武士である。軽輩も若干いるが、下士官格の徒格《かち》、準士官格の士《さむらい》鉄砲格が主で、士官格の中小姓格さえいる。

それぞれ親代々の格式と誇りを持って、料理人としての任務に励んでいる。あいつではないか、こいつではないか、などと当てずっぽうには疑ってかかれない。また、いかにも不審といった素振りの者もいない。

しかし現実に御煮嘗《おになめ》役を含めて数人が痺れ薬を飲まされた。これは事実である。放置できない。

近習物頭の生駒喜左衛門と側小姓頭の伊佐恭之介と御膳奉行は、台所方の者を下がらせ、最初の日でくたびれきっているというのに、下手人をどうやって見つけるか、今後起こりうる事態をどう防ぐか、ああでもない、こうでもないと、話し合って深夜におよんだ。

そこへ、御煮嘗が急に悶え苦しみはじめた、と台所方の者が知らせてきた。

御煮嘗は殿の御毒味である。

痺れ薬だけでなく、毒でも盛られていたら一大事である。

側小姓頭伊佐恭之介は、事態を就寝中の殿上総介に報告した。上総介は、陶庵を呼んで診《み》させるようにといった。脇本陣にいる御典医陶庵が呼びにやられた。

御煮嘗は、御典医陶庵、近習物頭生駒喜左衛門、側小姓頭伊佐恭之介、御膳奉行らに看取られながら悶え死んだ。

「御煮嘗は毒を盛られて死んだのかどうか、お調べいただきたい」

側小姓頭伊佐恭之介と近習物頭生駒喜左衛門は、陶庵にそういい、殿上総介とともに陶庵の報告を待っていた。

そして話のついでに、側小姓頭の伊佐恭之介が〝犬の字〟様の差し金に違いありませんといい、上総介が、軽々にそのようなことを申すでないとたしなめた。

「申し上げます。陶庵先生が、見立てが終わったと申しておられます」

側小姓の一人が唐紙《からかみ》越しに声をかける。

「通せ」

唐紙が開いて陶庵が入ってきた。

「いかがでした？」

伊佐恭之介が尋ねる。

陶庵は慎重に、言葉を選ぶように答える。

「御煮嘗や何人かの者の症状から見立てまするに、やはりいが茄子かなんかで製した痺れ薬を飲まされたようです」

「毒薬は？」

伊佐恭之介が畳みかける。

「他の者はすでに痺れもとれ、別条ありません。毒薬が入っていたとすれば御毒味した料理にだけということになります。ですが痺れ薬は、煮炊きした水や湯に忍び込ませたようで、毒薬が仕込まれていたとすれば、機会はそうありません、同時にということになり、他の者にも症状が出なければなりません。それが出ていない。ですから、旅のはじめで御煮嘗が疲れていてかつ心の臓が弱く、御煮嘗だけが痺れ薬に心の臓を圧迫されてのことではないかと思われます。いが茄子も効きすぎると毒になるといいますから……」

「やはり賊の狙いは殿のお命を狙うことではなく、〝お金のタテ〟に入れてある金にあった……」

と近習物頭生駒喜左衛門が応じるのを、側小姓頭伊佐恭之介が制していう。

「しかし御煮嘗は殿の御毒味役で、いずれにしろなにかを飲まされて死んだ。この事実に変わりありません。殿の命が狙われたかどうかということになると、狙われたと思って対処するのが筋、ではありませんか」

理屈は合っている。近習物頭生駒喜左衛門はうなずきながら、

「するとなんだ。台所方に不審の者は見当たらず、本陣には陸尺から手廻りまで大勢の者が出入りしているから、それらの者全員を疑ってかからなければならないことになる？」

「絞ることはできましょう」

と側小姓頭伊佐恭之介。

「陶庵先生によれば、痺れ薬を忍び込ませたのは、煮炊きする水や湯にとのこと。台所方の水は料理人しか扱えません。しかし料理人も井戸端に水を汲みに行く。井戸端にいる者、たとえば風呂桶の水を沸かしている水たご担ぎなどが、大いに怪しいということになります。それも新米の、今年がはじめてという水たご担ぎなどがもっとも怪しい」

そのころ半次は白川夜船で、寝返りを打っていた。

「いやいや、そうとは限らない。十四年前の、いが茄子を使って金品を奪い取った事件を知っていて、それを参考に今度のことを思いついたとも考えられる。だとすれば、古手の仕業かもしれぬ」

生駒喜左衛門はそういって上総介に向き直る。

「どっちにしろです。井戸端でうろうろしていた連中が怪しいということなら、狸寝入りでもしているに違いなく、すぐさま叩き起こし、ひっぱたいてみましょう」

上総介が首を振る。

「御煮嘗が毒薬を飲まされ、悶え死んだ。少将様はお命を狙われた。などとあらぬ噂がたちまち広まる。それでなくともいま、家中はなにかと騒がしい。そのような噂は立てさせたくない。いたずらに騒ぎを大きくするだけだ」

「といわれましても、人の口に戸は立てられません」

上総介はたしなめる。

「騒ぎを知る者はここ本陣にいる、側小姓、御金役、台所方など士分の者だけだ。すぐさま手配して厳重に箝口令《かんこうれい》を敷くよう。御煮嘗役が誰とは料理人以外知らない。御煮嘗役の死は、料理人の一人が病死したとでも触れておけ。御家のためである、この先、妙な噂が立つことのないようにとくれぐれも口を封じておけ」

「すると下手人も表立って捜せずこっそり捜さなければならないということになりますが」

「やむをえまい。しかし手を抜いていいというのではない。だから恭之介、おぬしが自ら指揮をとれ」

「承知いたしました」

伊佐恭之介は一礼して質す。

「それで、下手人が誰と分かったらどうすればよろしいのです？」

「領国までは知らぬ顔をしていて、領内で始末をつけるがよかろう。道中筋で始末などしたらかえって厄介なことになる」

「それで、〝大の字〟様が背後で操っておられたと判明したら？」

上総介は目をつぶってしばし黙した。

「大崎《おおさき》が背後で糸を操るなど、万に一つもあるまい」

「あったらどうします？」

「改めて考える。余に指示を仰げ」

「ははあ」

「さてと」

と上総介は土圭《とけい》に目をやる。

「あと、一刻は眠れる。いま指示したこと、ことに箝口令はくれぐれも守らせるよう。よいな」

「ははあ」

「余は少し眠る。みなは下がれ」

上総介は再び布団に潜り込んだ。

しかし、目も頭も冴え渡り、思いはあちらへ、こちらへと飛んだ。

この年五十三歳の松平少将上総介斉政《なりまさ》には、二つ歳下に掃部助《かもんのすけ》という同腹の弟がいた。掃部助は大崎の下屋敷に住んでいて、通称〝大の字〟様といわれていた。

成人した弟は、異腹だが他にも二人いた。

一人は分家の一万五千石池田丹波守家を継いで山城守を名乗った。いまも健在である。

いま一人は越後椎谷《しいや》堀近江守《おうみのかみ》の養子となり、一万石の大名となった。こちらは、十三年前に死去した。

掃部助だけが、分家に天下《あまくだ》ることもなく、養子に出ることもなく、一般に〝厄介〟といわれている、正式には結婚もできない、部屋住みの身を通していた。

母が兄上総介と同様、正室、酒井雅楽頭《うたのかみ》の女《むすめ》で気位が高く、養子先を選り好みしたということもあった。兄に万が一のことがあった場合、棚からぼた餅のように、備前岡山三十一万五千石の、大守《たいしゅ》の座が転がり込むのを期待していたということもあった。

上総介にとっては、ずっと自分の死を待たれているようなものだ。気分のいいことではない。

上総介は正室を因幡鳥取池田家から迎えていた。正室は、上総介が二十三の歳に男子をあげた。

男子はすくすく育ち、将軍家斉《いえなり》への御目見《おめみえ》もすませ、従四位下《じゅしいのげ》侍従《じじゅう》に叙任され、将軍の偏《へん》諱《き》をいただいて内蔵頭《くらのかみ》斉輝《なりてる》と名乗った。

内蔵頭はさらに関白一条忠良の女を迎えた。二人の間には嫡子（本之丞）も生まれた。

上総介には子がいて孫もできた。部屋住みの掃部助に死を待たれる苦痛はなくなった。

ところが、世には思いがけないこともあるもので、六年前に実子の内蔵頭、五年前に孫の本之丞と相次いでこの世を去った。上総介の男の世継ぎはいなくなった。

娘は二人いた。正室の腹に生まれた一人はとうに土佐の山内家に嫁いでいたが、異腹の腹に生まれたもう一人が正室の許で育てられていた。

できることなら、婿を迎えて跡をとらせたい。

上総介はそう思った。

しかし、娘は数えで四つとまだ幼い。婿を迎えるまでに数年かかる。掃部助にはその頃、十三になる欣之進という伜がいた。掃部助は正室の腹である。その実子だ。血筋はまあまあ。歳の頃は申し分ない。

家中では、欣之進殿を御養子にという声が期せずして起こった。

掃部助は、備前岡山三十一万五千石の大守の座を狙っていた。言い直すと兄上総介の死を待っていた。

掃部助の伜を養子に迎えると、気分としては、まんまとしてやられたことになる。上総介はためらった。

この時代は、もちろん大っぴらにではないが、末期《まつご》養子——当主の死後の養子——も認められるようになり、当主の身に万一のことがあっても、遺領遺跡の相続は認められた。だがあらかじめ養子が決まっているにこしたことはない。そのほうが万一のとき、あからさまにいうと上総介が死んだとき、幕府からとかくのことをいわれなくてすむ。だから、ぜひ欣之進殿を御養子にと家中の者がすすめる。分家末家の者もだ。

跡取りの内蔵頭が死ぬ前の年だった。上総介の実父、隠居して一心斎と名乗っていた先代が危篤に陥った。上総介は参勤年で江戸にいた。許しを得て急ぎ国に帰った。

帰り着いたとき、一心斎はすでにこの世の人ではなかったのだが、そのとき掃部助も国に帰った。

一心斎は隠居してからというもの、住まいの西丸を締め切り、水量豊富な清流旭川を挟んで御城の対岸にある、亭を主にいえば茶屋屋敷、庭を主にいえば後園《こうえん》（現後楽園）と呼ばれている、広大な庭をもつ屋敷で日常を過ごした。

掃部助は、その庭をそぞろ歩きしながらこう洩らしたのだという。

「当主は代々隠居するとここで暮らすそうだが、それがしも殺風景な大崎辺りでくすぶるのでなく、余生はこんな所で送りたいものである」

おのれが死んだら掃部助は間違いなく岡山に下り、茶屋屋敷にでんと居を構え、大殿を気取り、国主然と振る舞うに違いない。

血を分けた同腹の兄弟。それはそれでいい、と思えば思えなくもないが、五十過ぎまでしぶとく待たれていたことがやはり上総介にはひっかかる。

養子縁組の話を先延ばしにした。

それでも周囲は放っておかない。異腹の弟、分家の池田山城守など口をすっぱくしていう。

「もはや男子の出生を願われるのは難しい。よしんば出生があったとしても、世継ぎとして立たれるには十数年を待たねばならず、兄上は六十を遥かに越えられる。欣之進殿を御養子に迎えられませ」

拒む正当な理由がない。娘が育つまでともいえない。

およそ五ヵ月逡巡して、上総介は、欣之進を養子に迎えることに同意した。

欣之進はその頃、旗本の養子になっていた。

掃部助は部屋住みの子だから、いったん三千石の旗本の義子にして、さらに七百石の旗本の養子にしたのだ。

上総介の実子、内蔵頭斉輝は、ついこの前まで潑剌《はつらつ》としていた。本之丞という嫡子もいた。間違っても、岡山三十一万五千石の大守の座は転がり込んできそうもない。欣之進まで部屋住みで朽ちさせるにはしのびない。掃部助がそう思いやってのことである。

掃部助の伜欣之進はかりにも旗本の養子になっている。それが離縁されて戻り、再び大名（上総介）の養子になる――。

なって悪いということはないが、離縁されるということは不束があったということだ。でなければ離縁などされない。その者が再び大名の養子になるのはいかがなものか。

当然こういう理屈が成り立つ。実際、そう理屈をこねられて、幕閣に忌避《きひ》された養子縁組の話もないではない。

備前岡山松平家では要路に大枚の賂《まいない》を使って目をつぶってもらい、欣之進を養家から呼び戻し、邊殿《わたり》と名を変えさせて養子願いの願書を出し、養子縁組を認めてもらった。四年前のことである。

その後この三月――一月前だ――、邊は元服して従四位下《じゅしいのげ》侍従《じじゅう》に叙任され、将軍の偏諱《へんき》をいただいて紀伊守斉成と名乗った。押すに押されぬ国持大名の跡取りとなった。御家（藩）という立場から見ると、備前岡山松平家になんら問題はなかった。

だが、邊が養子になった頃から、家中がぎくしゃくしはじめた。

ただいま現在は上総介が実権を握っている。しかしいずれ上総介は隠居する。もしくは身《み》罷《まか》る。実権は紀伊守（邊）の手に落ちる。

いつの世でも、どんな社会でも、人は実権のある側、余禄もあるし役得もある側へなびく。

野心のある者、現状に不平不満を持ったり、くすぶっている者などが、次期の実権掌握が確実な紀伊守に擦り寄るようになり、大袈裟にいうと上総介派対紀伊守派と家中が割れ、なにかと角突き合わすようになった。

それに、大崎の下屋敷でくすぶっていたはずの、紀伊守の実父掃部助がなにかとしゃしゃりでるようになり、紀伊守派の頭目であるかのように、陰に陽にその存在を誇示《こじ》するようになった。上総介や取り巻きは、心中穏やかでなくなった。

そこへ参勤御暇《おいとま》の許しが出て、国へ帰ろうと江戸を後にした直後に、あろうことか毒味役の御煮嘗《おになめ》が毒味をしたら、痺れたといってコトリと眠りに落ち、やがて悶え苦しんで死んだ。

上総介の取り巻きなら誰もが、〝もしや〟と〝大の字〟様こと、大崎の下屋敷に住む、紀伊守の実父掃部助に疑いの目を向けようというもの。それで、〝大の字〟様の差し金ではありませんか、と側小姓頭伊佐恭之介は上総介にささやいた。

しかし、そうでない可能性、〝お金のタテ〟にある金を狙っただけという可能性もないではない。であれば、いたずらに騒ぎを大きくするだけで、くすぶっているいわゆる御家騒動を一挙に噴き出させてしまう。

大守上総介にとってそれは恥ずべきことである。だから軽々にそのようなことを申すでないと上総介はたしなめ、さらには事件そのものを表沙汰にしないようにと箝口令《かんこうれい》も敷いた。

三

半次は、朝となく、昼となく、夜となく、二六時中、周囲に目配りしている。

だが、どの男がいが茄子男なのか。まるで見当がつかない。

江戸では何本かの指に入る岡っ引だ。カンは働く。なのに、いっこう匂わない。

やはりこの行列に、いが茄子男はいないのではないか、とも思うのだが、ただ、どうも様子がおかしい。誰かに見張られているようなのだ。そんな視線を感じるのだ。

いが茄子男にそうと悟られ、逆に見張られているのかとも思うが、それはやはり考えすぎだと思い直す。

まず、いが茄子男が行列の中にいるかどうか、それ自体があやふやである。

つぎにいたとして、いが茄子男がおのれの存在に気がつくということが考えられない。大店の主人が、御奉行にまで手を伸ばして大枚五十両もの金をはたき、いが茄子男を捜し当てるようにたのんで行列に潜り込ませたなど、想像を絶することだからだ。

にもかかわらず、誰かの視線を感じる。

もしである。万に一つもだ。なんらかの事情があっていが茄子男におのれの存在を悟られ、逆に見張られているというのであれば、これは油断できない。逆に命を狙われるということだってないではない。

それはまあ考えすぎにしても、なぜか見張られているような気がする。

「兄イ」

飯を食い終わり、茶を飲んでいるところへロクが話しかける。

半次は材木町の仕事師（鳶）ということにしてある。ロクのほうが歳上で、人足としてもずっと年期が入っているのに、仕事師だというので、兄イ、兄イ、とロクはなにかと半次を立てている。

「なんです？」

湯飲みをおき、腰の煙草入れに手をやりながら聞いた。

「今日はちょいとした賭場が立つだ」

ロクは壺を振る真似をしていう。

「一緒に行かねえだか？」

陸尺、手廻り、その他あれこれ荷物を担いでいる人足は、あしたはあしたの風が吹くと、浮草のその日暮らしを続けていて、博奕となるとまるで目がない。三度の飯より博奕を好む。

大名屋敷や旗本屋敷などの武家屋敷は、〝治外法権〟になっている。半次ら岡っ引は、そこで賭場が立っていて博奕が行われていると分かっていても手が出せない。それゆえ、中間部屋では年がら年中賭場が開かれており、彼らに博奕はつきものになっている。

参勤交代のお供の途中だからといって我慢しきれるものではない。旅の、足も慣れた三日目というこの日、三島の宿《しゅく》で、とうとう御開帳となったという次第のようだった。

いいが茄子男を捜し当てるには、もとより大勢の男に接しなければならない。博奕は、岡っ引になってから手を出していないが、深川でのらをついていた頃は本業にしていた。嫌いではない。

「むしろお願えしたいくらいだ。ぜひ連れて行ってくだせえ」

半次は二つ返事でいった。

そこは宿ではなく百姓家だった。地元の顔役には話を通してあるとかで、開帳している貸元は、なんのことはない道中師のドロ亀だった。駄賃の上前をハネたうえ、さらに博奕で掠《かす》めとろうというのだから、ドロ亀はたいしたたまといえばいえた。

博奕は骰子《さいころ》の丁半博奕だった。

半次は一分をコマ札に替え、囲みに割って入った。四方に油皿が置かれていて盆を照らしている。張り手の顔もよく見える。

博奕はなんでもそうだ。テラを取る筒《どう》が儲かるようになっている。負けを取り戻そうと、熱くなって突っ込みすぎるのがケガの因《もと》だが、早くも、何人かが目を吊り上がらせている。

博奕は佳境に入っている。

残念ながら、どの顔もどの顔もむくつけき山賊だ。いが茄子男といった顔は見当たらない。

「わしもちょっと」

男が割り込んでくる。国者の、たしか挟み箱を担いでいる男だ。

「どうですらあ。調子は?」

男が話しかけてくる。

「当たったり、外れたりです」

コマ札は一分で、百文のを十枚、五十文のを十二枚に替えた。増えも減りもせずといったところである。

男はあっという間だった。百文のを十六枚だから、おなじく一分をコマ札に替えたようなのだが、逆目逆目と張って、みるみるうちにコマ札をなくした。

見たところ、山賊といった風体ではなく、並の顔をしている。国者でもある。あるいはいが茄子男を捜し当てるきっかけになるかもしれないし、またこの男自身がいが茄子男であるかもしれない。

「どうです。使ってみませんか？」

話の糸口を見つけるように声をかけた。コマ札は倍に増えていた。

「いんや」

と男は首をふって、

「ついてねえときにはいくらおっぺしても、砂浜に水じゃ。それより、一杯《いっぺえ》ご馳走してくれんじゃろうかのう」

「それはいいが、勝ち逃げになる」

「いいんですらあ。ドロ亀はしっかりテラを取っとる。勝ち逃げして文句いわれる筋合はねえ」

まあ、そうだ。

「では」

と腰を上げた。

コマ札は二分に銭の端数がついた。

「一杯やっておくんなさい」

端数を置いて、賭場をあとにした。

ロクに声をかけないのは悪いと思ったが、浮かって熱中しているようなので、置き去りにした。

「あっしは、旅ははじめてで店を知りません。どこかご存じですか?」

外へ出て男に聞いた。男はしたり顔に頷いて、

「ご当家が宿という宿を借り切って、お武士《さむらい》さんに女遊びを厳禁しとられますから、ここ三島の女郎衆も、商売上がったりですることもなくあくびをしているかというとそうでもねえ。代わりに居酒屋に出とります。ええとこへご案内しましょう」

その居酒屋にはしかし、武士《さむらい》が群れていた。三日目の夜ともなると、彼らも退屈するのだ。

「お武士に側で威張られての酒盛りは興ざめですらあ」

男はそういって何軒か居酒屋を覗いたが、どこもかしこも武士で込んでいた。

「せっかくご馳走してもらえるのに。しょうがねえ、蕎麦屋で我慢しますらあ」

蕎麦屋に入って、酒と種物の天麩羅などを肴にたのんだ。

「わしは、鶴八いいます。もっともみんなはそういうてくれん。ハチ、ハチと、まるで犬っ

ころのように呼びやがる。親も因果な名前をつけてくれたもんですらあ」

ロクといいハチといい、人足の名前は簡潔でいい。

「あっしは半次ってえもんです」

「お見受けしたところ、通日雇の人足などには見えんぞな」

なんとなく探るような聞き方が気にならないでもなかったが、

「江戸の仕事師です」

「それがなんで人足なんかに」

「仕事師も、頭《かしら》、兄イと立てられる身になれば不自由はしないんですが、三下はいつまでたっても三下で、かかあも満足にもらえねえ。それで、どうせ独り身の三下だ、誰に迷惑をかけるわけでもなし、思い切って旅をしてみてえと思い立ちましてね。こう見えてもあっしは、十返舎一九の『東海道中膝栗毛』をそらんじるくらい読んだ旅好きなんですよ」

荷物を担いで備前岡山に下るような羽目になってから、貸本屋で借りた『東海道中膝栗毛』を繰り返し二度読んだ。以前も一度読んだことがあるが、東海道を上るからと読み直してみると、またなにやかやと新しい発見があった。

「それで、ええいどうせついでだ、安芸の宮島から、讃岐の金比羅まで足を延ばそう。だったら片道の路用の節約とお小遣い稼ぎに、どこか中国筋の御大名の、御暇《おいとま》行列の荷物でも担いでと、つてをたよってこちらのお殿様の行列に潜り込ませていただいた次第です」

なんだか自分でも言い訳しているような気分だったが、荷物を担いで岡山に下ることになった理由を、半次はそう説明した。

「へえー、そうですかな。それじゃあ備前の瑜伽《ゆが》山蓮台寺《れんだいじ》にも足を運んでもらわにゃあ」

「といいますと？」

「両参りゆうて、金比羅参れば瑜伽参れ、一方参りに福はない、といわれておる寺でしてのう。門前には茶屋、料理屋、旅籠屋が軒を並べておって、磨き上げた遊女がごまんとおります」

「ほう」

「一九とおっしゃいましたが、上方では『西国陸路金草鞋《さいごくりくろきんのわらじ》』という題の、一九の遺稿とやらのニセ本が出まわっておりましてのう。それに蓮台寺の堂宇の立派なこと、旅籠屋の豪華なこと、遊女の美しいことを並べて、喜多さんにこういわせております。弥次さん、狐に騙されとるんじゃあるめえなあ」

「そういうことなら、ぜひ寄らせてもらわなくっちゃあ。もちろん、どなたに聞いても場所はすぐに分かる？」

「岡山から未申《ひつじさる》（西南）の方角に六、七里といったところで、もう少し行くと下津井の湊《みなと》がありますけえ、そこから便船で対岸の金比羅なり宮島なりに行かれればええ」

「そうさせていただきます」

半次は酒に弱い。せいぜい二合。ハチという人足は、一杯ご馳走してもらいたいというはずだった。なかなかにいける口だ。

「ところで、鶴八さんはまたどうして人足なんぞに？」

かわりばんこの身元調べのようで芸がないように思えたが、聞いておくことは聞いておかなければならない。

「お決まりの道順ですらあ」

「といいますと？」

「あなたとは逆で水呑みの小伜じゃが、一度はお江戸を眺めてみてえと勤番のお武士《さむらい》さんにお願いし、小者に雇ってもろうて江戸へ出向いたんですらあ。なんというても天下のお江戸。場末の安女郎までがまばゆく見える。お武士さんは御暇《おいとま》で帰られたんじゃが、わしはなんだかんだと理由をつくって中間部屋に居座った。そして気がついたらかれこれ二十年。いまさら堅気には戻れんし、そのうちどっかで野垂れ死にするんじゃろうなあ」

二十年というと、いが茄子男の事件を知っていて不思議はない。風体は口でいうほど悪くない。すれてもいない。軽くもない。こいつはひょっとして、と思ったが焦ることはない。

「野垂れ死にといえば、似たようなものでござんすよ」

適当に相槌を打ちながら、できるだけ打ち解けようと、さらに酒をすすめた。

めた。

四

殿上総介から、極秘に下手人探索を命ぜられた側小姓頭伊佐恭之介は、慎重に行動をはじめた。

台所方に不審な者はいない、不審な者は出入りしなかった、というのを御膳奉行にいま一度確認させた。御膳奉行は、それがしの目に狂いがあれば腹を切りますとまでいって、再度否認した。

供の武士《さむらい》の誰か、という線もいちおうは疑っておかねばならない。〝お金のタテ〟を狙ってのことなら、金に不自由してのことだから、素行のよくない者、金遣いが荒い者などを、横目付に命じて洗い出させた。

国元からやってきて、単身赴任の二重生活を余儀なくされている勤番者は、例外なく金に困っている。金に困っていない者などいない。だから、金遣いが荒い者、素行のよくない者はおのずと目につく。

何人か名が挙げられた。彼らの神奈川での夜の動きが調べられた。本陣の周囲をうろついていた者はいなかった。一人として本陣に近づいていなかった。

続いて横目付に、国者の人足の中から信用のおける者を捜し出せと命じた。

こつこつと二十年以上も挟み箱を持ち運んでいる鶴八という男が、確かな請人《うけにん》もおりますし信用もおけますと横目付はいう。

会って糺すと、十四年前のいが茄子男の事件を知っているという。

伊佐恭之介は神奈川宿での一件は伏せ、いが茄子を使って〝お金のタテ〟の金を狙っている男が忍び込んでいるらしい、極秘に突き止めてもらいたいといった。

いが茄子を忍び込ませるのは、湯や水にという可能性が強い。だからことに井戸端で仕事をする者、水たご担ぎなどが怪しい。それも新米か、十四年前のいが茄子男の事件を知っている古株が怪しいともいった。

水たご担ぎと鶴八は、行列の近い所にいて、だいたいおなじ宿に泊まっていた。水たご担ぎは四荷四人。履歴などすぐに分かる。十五、六年前を最初に何度かお供をしているのが一人いた。ロクと呼ばれている男だ。そして新米の水たご担ぎもいた。半次という男で、素性はなにやら怪しげだった。

ハチはちらちら半次の様子を窺った。

半次が、誰かに見張られている、誰かの視線を感じると思ったのは正しかった。

そして三島の宿でハチは半次に接触し、コマ札を使いませんかと半次に話しかけられたのをきっかけに、一杯ご馳走してもらえませんかともちかけた。

いが茄子男を捜し当てるきっかけになるかもしれない。あるいはこの男がいが茄子男かもしれない。

半次は半次でそう計算して、蕎麦屋でハチと向かい合った。

互いに腹に一物を持っての、腹の探り合いだったが、ハチの見るところ、半次が並べ立てた、讃岐の金比羅から安芸の宮島辺りまで旅をしたいから荷物を担いで岡山に下ることになったという理由は、いかにも不自然だった。そう側小姓頭伊佐恭之介に報告した。

伊佐恭之介は道中師のドロ亀を呼んで半次の素性を糺した。ドロ亀に半次をかばわなければならない理由はない。いずれ御重役になられる伊佐恭之介とは、親密にしておいたほうがいい。あっさり打ち明けた。

「山下三郎兵衛という臨時廻りの添書《てんしょ》を持参してきた、そうとう腕のいい岡っ引だそうでござんす」

岡っ引？　意外な正体だ。

ドロ亀は続けていう。

「元締が、荷物を担いで岡山まで下るのは、とてもきつうござんすよというのを、なんだかんだと理屈をこねくりまわし、臨時廻りに口添えまでさせて、あっしの配下に潜り込んだのです。元締が、できるだけ軽い荷物をとおっしゃるので水たごを担がせているのですが、腕のいい岡っ引ということなら金に不自由はしていないはずで、たしかに怪しげな男ではあります」

参勤御暇のお供などとまるで無縁の岡っ引が、突然、大名の〝お金のタテ〟の金に狙いをつけるなど、思いついたとしてもそれはかなり不自然だ。

岡っ引はもともと、金のためならなんでもする。強請《ゆす》り、たかり、騙《かた》り、盗み、ことによっては人殺し、なんでもやる。狙いは、〝犬の字〟様かあるいはその取り巻きにこっそり頼まれ、相応の報酬を約束されて供立てに潜り込み、殿のお命を奪うことにあった……。

この前、御典医は毒を盛ったのではないようだといったが、御煮嘗《おになめ》だけが夜中に苦しみだし、悶え死んだ。誰かが毒を盛って殿のお命を狙ったという線が消えたわけではない。すると、ひょっとして半次とかいう岡っ引が下手人……。

いま一度、殿のお命を狙うかどうかはともかく、岡っ引はとぼけて岡山まで下ろう。岡山に入ればこっちのもの。とっ捕まえて拷問にかける。かりに、殿のお命を狙った者ではないと分かっても、面倒だからそのあとこっそり仏にしてしまう。

伊佐恭之介はひそかにこう考えた。

五

熱田大神宮の門前にあるところから宮《みや》と呼ばれている宿駅があり、宮からは海上七里を〝焼き蛤〟で有名な宿駅桑名まで舟行する。備前岡山松平（池田）家の行列は、渡しに乗らず、宮から北上して名古屋経由美濃路をとった。

池田家の先祖は摂津の住人で、池田家を興したのは、長久手の戦いで闘死した池田勝入信輝。信輝は織田信長の乳兄弟。つまり信輝の母は信長の乳母《めのと》で、信輝の父、信長の乳母の夫恒利《つねとし》の墓が、先年、美濃国《みののくに》池田郡本郷村（現揖斐郡《いびぐん》）の龍徳寺にあることが分かった。以来殿上総介は参勤交代で往復する途中、幕府の許しを得て、宮からは美濃路をとって墓参りした。

一九の『東海道中膝栗毛』にある道順を外れ、脇往還に入ったことがなんとなく旅を寂しくさせたが、目的は旅心を満喫することにない。いが茄子男を探すことにある。黙って従うしかない。

とはいえ、旅も半ばに入っているというのに、いが茄子男の影はいまもって発見できない。もっとも、どうあっても突き止めなければならないというのではない。その点まあまあ気は楽だった。

殿上総介の墓参りがすみ、中山道《なかせんどう》垂井の宿が泊まりのこの夜、ロクがささやく。

「話があるだ。外に出よう」

宿場外れのことを棒端《ぼうはな》という。言葉は『膝栗毛』にも出てくる。ロクは棒端の、馬子人足でも敬遠する、薄汚いうどん屋に入った。

「耳に入《へえ》ってるだか？」

ロクがささやく。

「なにが?」

「いが茄子という、末《こな》を水に溶かしたか、煎じたかしたのを飲むと、痺れて眠ってしまう薬があるそうだが、そいつを飲ませて〝お金のタテ〟の金を奪おうとした賊がいたそうだ」

「なんだって!」

いが茄子男はやはりいたのだ。

「そいつは、いつのことです?」

「最初の泊まりの日、神奈川の宿でのことというだ。旅は長くなるほど〝お金のタテ〟の金は減る。だから、初日の、金がたっぷり入っている日を狙ったとか」

「それで?」

「やったのは人足で、とぼけて行列に加わっているに違えねえというので、横目付がしきりに嗅ぎまわっているというだ」

事実なら当然だろう。

「それで末にしろ、煎じたのにしろ、料理人の水桶に忍び込ませたに違えねえということになり、いつも井戸端で仕事をしている者に疑いがかかることになっただ」

「まさか?」

「ほんとだ」

ロクはそこで一段と声を細める。

「おらたち水たご担ぎは常時井戸端にいて、水を汲んだり沸かしたりしている。それでおらたちにとくに疑いの目が向けられるようになっただが、とりわけ古株のおらと新米の兄イに嫌疑がかかっているというだ」

まさか！

いやしかし、誰かに見張られているという、不気味な視線はずっと感じていた。思い当たるフシはある。

「このまま旅を続けると、どうもやばい感じが、おらはするだ」

「というと？」

「備前の国に入ってしまうとあっちのもので、おらのように無宿同然の者は、煮て食おうが焼いて食おうが勝手次第。たしかにやっていねえと分かっても、ええい面倒だと、仏にされちまう」

「いくらなんでも、そんな非道なことをなさるはずがねえ」

「いやあ、ないとはいえねえ」

「それで？」

「兄イに知恵を借りようと、こう相談をもちかけただ」

「うーむ」

半次は灰吹に火玉を叩き落としたばかりというのに、続けざまに刻みをきせるに詰めて煙草を吹かした。

「もちろん、このまま逃げ出すのがいっち無難だが、駄賃は三分の二が後払い。前渡しの三分の一は、博奕ですってんてんだし、岡山まで行かなければ身動きがとれねえ。どうしたらいいべ？」

いが茄子男を、捜し当てることができなければできないでいい。定廻り岡田伝兵衛はそういった。気持ちのどこかでは気楽に構えていた。

ロクの話によると、行列の中に、たしかにいが茄子男は潜り込んでいる。

いやいやだが約束した。五十両という大金も前払いでいただいている。すると、どうあってもいが茄子男を捜し当てなければならない。ここは一歩も退けない。半次はいった。

「おいらも、駄賃の残りをいただかなければこの先、安芸の宮島にも、讃岐の金比羅にも足を運べねえ。なに、やっちゃあいねえんだから、嫌疑をかけてるほうだって、すぐに疑いを解くさ。それともロクさん、あんたがやった？」

「馬鹿こくでねえ。そんな度胸があったら、はあ、おらあとっくに道中師か元締になって、人足の上前をハネてるだ」

「しかし、〝お金のタテ〟の金を狙うなど、世の中には大胆不敵なヤツがいるものだ」

そしてそいつが、ずっと探していたいが茄子男？――。

驚きで心はまだ揺れているが、いるのかいないのか分からない、雲や霞を追っかけていたような状態だったのに比べると、いると分かって半次の心はむしろ軽くなった。

六

川留めにも遭わず、旅は十四日目の伏見の泊まりを迎えた。

大名は特別の用があって幕府の許しを得ていないかぎり、京に立ち寄るのを禁じられている。こっそりお忍びで立ち寄る大名もいないではなかったが、たいていは大津と伏見の間を、京を横目に行き来した。

伏見は京の玄関口である。大坂へ向かう者は伏見から三十石船に乗って下り、大坂から上って来る者は伏見で船を下りる。賑《にぎ》やかな町で、幅五、六間ばかりの入り堀の向こう、中書《ちゅうしょ》島《じま》には、上方では隠れもない遊郭があった。

「この前三島でご馳走になったお返しに、中書島で一杯、いかがですかのう？　なに上がりはしません。女を素見《ひやか》して飲み屋で一杯やるだけですらあ」

ハチが誘いをかける。

三島の蕎麦屋で一杯やったとき、ハチは探るような聞き方をした。ロクによると、ロクとおのれは、いが茄子男の嫌疑がかけられているのだという。ハチは、横目付かなんかに言い含められて、探りを入れてきたのかもしれないが、そうであったとしたらなおさら、いが茄子男の正体を探る、なにか手がかりを摑めるかもしれない。

「お言葉に甘えて、ご馳走になりましょう」

「ロクさんもどうですかのう？」

ハチは側にいたロクにも声をかける。

「ご馳走していただけるのなら」

「二人も三人も一緒です。なに、昨日、守山の宿でちいとばかり稼がせてもらったんですらあ」

ハチは壺を振る真似をする。

中書島へは橋がない。船着き場からの通い船を利用する。ハチが三人分の渡し賃を払って、船に乗った。

ハチが話しかける。

「御家中には、あれをするなこれをするなと、しょっちゅう道中法度《どうちゅうはっと》が出されとるんですがね。伏見にかぎっては、名指しでしばしば禁足令が出されておりますらあ」

たとえば、宝暦二年（一七五二）十二月には、次のようなのがだされた。

「伏見に旅宿の節、家来ども他出いたし、猥《みだ》りなる様子これあり候。旅中の儀はわけて念入りになされ、左様の儀はこれあるまじき儀に候間、旅宿の外へは堅く他出などつかまつらず、諸事、猥りがましき儀これなき様、きっと申し付けらる可《べ》く候」

「じゃが、しばしば法度や禁足令が出されておるということは、しょっちゅうそのようなことが行われていたということで、今にいろんな話が残されていますらあ」

三島でのときは、探るような聞き方だった。その後は立ち話をする程度。今日も、探りを入れるようになにかと聞き糺すのだろうと思った。そうではなかった。

ハチはどうでもいい話をし、船は櫂《かい》の滴《しずく》を跳ね上げながら、なまめかしい紅灯の巷《ちまた》に近づく。

中書島の船着き場を上がった所に吉原《なか》の大門には及びもないが、とにかく門があり、くぐるとそこから妓楼《ぎろう》が続いていた。

「享保《きょうほう》の頃いいますけえ、宝暦の禁足令が出る二十数年前のことですらあ。若いお武士《さむらい》がこの妓楼に上がった。それはええが法外な値を吹っかけられましてのう」

ハチはときどき、格子の中にいる女を素見《ひやか》しながら話を続ける。

「お武士は懐が浅かった。そこで、有り金をそっくりはたく、あとは棒引、ということで話がついた。じゃが真夜中。通い船はもうない。特別に船を差し立てねばならん。金はねえ。じゃあ送ってさしあげましょう、と妓楼の男たちが親切にいってくれたまではよかったんじゃが……、この角を曲がったところですらあ」

ハチは角を曲がって左に折れ、とある居酒屋の暖簾《のれん》をくぐって適当に酒をたのむ。

「妓楼の男たちは、どういうわけか数人乗り込んでくる。そして入り堀の半ばで身ぐるみを剝ぎ、大小まで奪うた。若いお武士は、人をたのみ、宿に走ってもろうて供の一人じゃった義父に相談した。義父は衣服を用意してきて、口をぬぐうとるようにといった。一件を知っとるのは二人だけのはず。なのに、これが洩れたんじゃなあ。岡山に着いた頃には、誰一人知らぬもののない不祥事として評判になっとった」

秘事は洩れるもの。人の口に戸は立てられないもの。いが茄子を使っての一件も、徐々に広まりかけていた。

「それで、養家に迷惑がかかるというんで、若いお武士は養子縁組を解消し、出奔して隠れ住んだ。それはええのじゃが、実父が脇差を持って訪ねて来て腹を切るようにすすめる。かくなる上はと、お武士さんは腹を切って果てたんじゃ」

「哀れな話でござんすねえ」

「二十年も中間部屋に詰めとりますと、いろんな話を耳にしますんじゃ。そのうちの一つじゃが、伏見に来ると、必ずこの話を思い出しますらあ」

ロクはこのまま旅をつづけると、どうもやばい感じがするといっていた。

宿を出るときからずっと、周囲に気を配っていた。そんな気配はない。この居酒屋の暖簾をくぐってからも、辺りの男たちの様子をそれとなく窺った。おかしな様子の男は見かけない。

話にもなにか意味があるのかと、注意深く聞いていたが、ただの世間話のようである。すると、とくに意図があって近づいてきたのではないようだが、油断はならない。

「ときに」

と半次のほうからもちかけた。

「いが茄子を使って、〝お金のタテ〟の金を狙った賊がいるという噂が立っておりますが、あれは本当ですか？」

「ああ、あの噂じゃな」

ハチは軽くいなすようにいって、

「まことしやかにそうささやく者もいるようじゃが、とてもそんなことできるわけねえ。あれは作り話ですらあ。というのも、おまえさん方はご存じなかろうが、十四年前備前の国で、いが茄子を煎じたのを騙して飲ませ、金品を奪い取るという事件があったんじゃ」

ハチは国者だ。一件を知っていて不思議はない。

「その事件を覚えとる誰かが、いが茄子を煎じたのを、〝お金のタテ〟の見張りに飲ませたら、みんなからだが痺れて寝込んでしまう、まんまと大金をせしめることができるとでも、与太話をしたんじゃろう。それが、事実そういうことがあったとささやかれるようになったんじゃないんですかのう」

話に澱みがない。とまどったところもない。いが茄子男の話は作り話？

「でもだ」

ロクが割って入る。

「料理に使う水か湯に忍び込ませたに違いねえだから、井戸端で仕事をしている者、おらたちのことだ、そいつらが怪しいと、横目付はおらたちに目をつけてるというだ。そんな話を耳にしたことはねえべか？」

「はははは」

ハチは笑い飛ばす。

「もしそうじゃとしたら、横目付が放っておかねえ。途中立ち寄った龍徳寺の物置、ここ伏見にもある蔵屋敷の蔵にでも放り込んで、ひっぱたいて調べますらあ。らっちもねえ」

ハチのいうとおり、いが茄子男の話は作り話ということなら、やはり雲か霞を追っかけていることになるが……。

いや、そんなことはない。

いが茄子男は参勤交代のお供をしている足軽中間小者の類いであるに違いないと、定廻り岡田伝兵衛がいうのでこの行列に潜り込んでいる。

そこへ、いが茄子を使って、〝お金のタテ〟の金を狙った者がいるという噂が立った。

これはけっして偶然ではない。

ハチはあっさり否定するが、たしかにいる。ひょっとしてハチがいが茄子男。だからむしろ、ありそうな作り話だと打ち消している……。

「とにかく」

とロクも杯を重ねながら、

「妙なことになってはかなわねえだから、岡山で残りの駄賃をもらったら、おらはすぐに引き返すだ」

「半次さんは？」

「急ぐ旅でもなし、鶴八さんに教えてもらった瑜伽山蓮台寺にでも、まず出かけてみようと思っております」

「そうされるがええですらあ」

半次、ロク、ハチはおなじ宿で、いったん床についたハチはこっそり宿を抜け出し、側小姓頭伊佐恭之介の許に顔を出した。

「いまさっきまで、ロクいう古株と、半次いう岡っ引と一杯やっとりました」

ハチが切り出し、伊佐恭之介が聞く。

「それで？」

「いよいよ下手人は、ロクいう古株か、半次いう岡っ引に相違ねえと確信しました。二人はいつもつるんでおりましたけえ、あるいは仲間かもしれんですらあ」

「根拠は？」

「二人とも、いが茄子一件のお調べが、どの程度すすんでいるかということにことのほか関心を持っとって、わしになにか知っとらんかとしきりに探りを入れてきたんですらあ。それに、岡山に着いて残りの駄賃をもろうたら、やばいからすぐに岡山を後にするとも申しとりました。持ち物をお調べになると、なにか証拠の品が出てまいるかもしれません」

「証拠の品がのう」

「それで、岡山に着いたその夜は、なんとしてでも岡山に引き留めますから、その夜のうちに引っ括《くく》ったほうがいいんじゃないかと」

「分かった。次第手順は後日伝える。以後も抜かりなく二人に気を配っているよう」

「ははあ」

伏見の次は、山崎路（山陽道）を通って、芥川休、郡山（現茨木市）泊――。西宮休、兵庫泊――。大蔵谷休、加古川泊――。加古川で川留めに遭い、一日余分に滞在して、姫路休、正条泊――。播磨と備前の国境《くにざかい》の船坂峠を越して三石《みついし》休、最後の泊まりの片上泊――。

岡山までは、途中一日市《ひといち》で休んで、六里。いよいよ最後の日になった。

やはりいちばん臭いのは、ハチという挟み箱担ぎ――。半次はそう思っている。伏見の宿で、さりげなくいが茄子男の存在を否定したのがひっかかるのだ。もちろん確信はないが、旅はこの日が最後――。

江戸からやってきた、ドロ亀が差配する人足は、トンボ返りで帰る者、適当な荷を担いで帰る者、岡山に荷は少ないから大坂まで戻って大坂から荷を担いで帰る者、岡山に残って一年後の参勤交代でまた荷を担いで帰る者とさまざまだ。

ロクはトンボ返りで帰るといっている。半次は、ハチがいが茄子男であるかどうかを確認しなければならない。

岡山に着いたら、とりあえずハチを瑜伽山蓮台寺とやらに誘って、それでも確信がもてなかったら、なんだかんだと理由をこじつけて、岡山に居座ろうと思っている。

行列は滞りなく進み、遠くに、烏城《うじょう》とかいう御城の天守閣が見える辺りから、徐々に左に折れ、やがて右に折れた。そして旭川の二つある島にかかる、小橋、中橋、京橋の三つの橋を渡った。御城は、今度は北に見える。

行列は北に向かった。

第三章　雨の茅葺《かやぶ》き小屋

一

岡山烏城は清流旭川を背にする。西南に、二之丸、三之曲輪《くるわ》、三之外曲輪と広がっていて、中級武士の屋敷が三之外曲輪に、内側三之曲輪に町屋があるという縄張りになっている。町屋が郭内に取り込まれているのだ。

行列はその町屋を北に向かっている。

町屋はすぐに切れ、堀端に出た。行列は歩みを止めずに南門を入って行く。そこは上級武士が屋敷を構える二之丸である。

弓、槍、鉄砲などは、本丸内の鉄砲蔵、槍櫓、弓櫓などにおさめる。風呂桶も本丸内のなんとか櫓にしまうとのことで、外下馬門、内下馬門と門をくぐって本丸内に入った。

風呂桶を櫓の中にしまい終えた。

江戸からの通日雇は、荷物をしまい終わったら、京橋に近い橋本町の人宿《ひとやど》三休に集まるようにとドロ亀に指示されている。

江戸からの通日雇はぞろぞろと人宿三休に向かった。

「兄イ」

ロクが話しかけてくる。

「おいらは駄賃をもらったらすぐに岡山《ここ》をずらかる。しつこいようだが、兄イもそうしたほうがいいんでねえの？」

半次は残って、いが茄子男を突き止めなければならない。

「妙なことはやっちゃあいねえし、鶴八さんも、古い事件が、あったかのようにささやかれるようになったんだと笑い飛ばしていなすった。心配《しんぺえ》はロクさんの思い過ごしでござんすよ」

「だったらいいだが……」

ドロ亀は三休の表で待っていて、一人ひとりに残りの駄賃を渡している。

半次もロクも受け取った。

「じゃあ、兄イ、気をつけて」

「ロクさんも」

ロクは振り返りもせず、駆けるように京橋の方へ向かった。

半次は足をすすいで人宿三休に上がった。

風呂をつかって夕飯を食い終わった。

岡山城下には遊郭も岡場所もない。

新太郎というお殿様は学問（陽明学）に打ち込んだお人だそうで、そのお人が「傾城《けいせい》（遊女）・歌舞音曲停止《かぶおんぎよくちようじ》」という法度《はつと》を打ち出して以来、後代に、城下を遠く離れた瑜伽山蓮台寺門前の遊女がお目こぼしに与《あず》かるようになったものの、城下での遊郭岡場所の類いは厳禁されていた。

それでいて、みんな懐が温かい。すると、人足のやることは決まっている。博奕だ。もっともこれまた大っぴらにはできない。人宿の奥の蔵を借り切ってとのことだった。

半次も誘われた。断ることでもない。盆を囲んで丁だの半だのとコマ札を張っていると、

「やっとられますのう」

いつ姿を見せたのか、ハチが声をかけて割り込む。

ハチは、岡山ではいつも人宿三休の世話で、六家ある国老《くにろう》（家老）の屋敷に、手廻りとして潜り込んでいるということだった。

国老はいずれも万石以上。江戸でいうなら大名同然で、陸尺も手廻りも必要としたのであ

る。

「この前の話ですがねえ、鶴八さん」

半次はコマ札を弄《もてあそ》びながら話しかけた。

「こうやって知り合えたのもなにかのご縁。ついでだから、明日にでも瑜伽山蓮台寺とやらまで案内してくれませんか」

「ええですよ」

ハチは心安くいって声をひそめる。

「それより出て行かんですか？」

「どこへ？」

「決まっとるじゃあないですか」

ハチは周りの者に聞こえないよう、そっと小指を立てる。

「ご当地は傾城と歌舞音曲は停止でしょう。岡場所もないってえじゃないですか」

「地元の者しか知らん場所があるんですよ」

だったらいまここでコマ札を張っている者たちも、嗅ぎつけて出かけるはずだが、

「無理にとはいわんですがね」

誘いを断ると、瑜伽山への同道を断られるかもしれない。わけありらしい場所に行けば行ったで、手がかりらしいものをハチから聞きだせる……。

「お供させていただきます」

ちょい負けだったが、コマ札を小粒に替えて外に出た。

雨が音を立てて降りはじめた。伏見を過ぎた辺りから梅雨に入り、その後ぐずっていたのだが、本降りになったのだろう。

雨の中をわざわざ……と気が重くならないでもなかったが乗りかかった船だ。

「ややこしい店じゃから、中山下《なかさんげ》というとる三之外曲輪の、外の町屋にあって、道程《みちのり》は少々あるんですらあ」

ハチはそういい、ぶら提灯を持って先に立つ。半次は後に続いた。

この日ハチは手早く挟み箱を片付けると、側小姓頭伊佐恭之介の指揮に従っている横目付と、横目付の手先、岡山にもいる岡っ引を案内し、小橋の袂《たもと》でロクがやって来るのを待った。

上方へは船便もあるが、ロクは陸路を歩き慣れている。江戸へとって返すとすれば陸路に違いなく、京橋、中橋、小橋と渡って山陽道を上るはずだからである。

ロクは急ぎ足でやってきた。手先は下っ引を数人連れていてなんなくロクを押さえ込み、猿轡《さるぐつわ》を嚙ませて駕籠に放り込んだ。駕籠は小橋、中橋、京橋と渡って、山陽道を西に走った。

続けてハチは、人宿三休に半次を訪ねた。半次はこのあと、旅に出るといっている。領外に出すと厄介だ。この夜の内に、なんとしてでも引っ括らなければならない、からである。

雨は激しくなって、からげている裸の尻を跳《はね》が打つ。尻は泥だらけだ。

風呂で汗を流したばかりというのに、〝なんてこった〟と腹の中で舌打ちしながら、半次はハチの後に続いた。

両側が武家屋敷で、それがどこまでも続いている。江戸でいうなら、番町か小石川のようなところらしい。

通りには、人っ子一人見かけない。ハチと半次の傘に降り注ぐ雨足の音が辺りに響き渡るだけだが、それも激しい雨音に掻き消されている。

はっと、なにかに気づいたように、ハチが足を止めていう。

「ここにおる仲間も誘うちゃろう」

江戸でいうなら、千石はとっていようという構えの屋敷だ。

「この雨じゃ。外で待っとってもらうのもなんじゃから、ご一緒に」

ハチが誘う。武家屋敷である。気安く入れるのだろうかと、首を捻っていると、

「江戸の大名屋敷とおなじですけえ。中間部屋への出入りを咎める人はおらんです」

ハチは潜《くぐり》をくぐる。半次も後に続いた。

頭上でごそっと音がする。見上げた。なにかがふわりと被さる。

網だ。投網《とあみ》の網だ。

辺りに潜んでいたのだろう。男が四、五人、ばたばたと近寄ってきて、網の上からのしかかる。

ハチはいが茄子男ではなく、横目付かなんかの手先だったのか。

瞬間そう思ったが、時すでに遅かった。両手両足をぐるぐる巻きにされ、猿轡を嚙まされた。

暗闇を見透かすと、四手《よつで》駕籠《かご》がおかれている。なんでこんなところに、と思う間もなかった。駕籠に放り込まれた。

門が開けられ、駕籠が持ち上げられる。

駕籠舁きは、エイホウ、エイホウ、と調子をとりながら、雨の中をどこかへ駆けっていく。

どこへ向かっているのか？　地形を知らない。見当もつかない。

ロクは何度もいった。

「このまま旅を続けると、どうもやばい感じが、おらはするだ」

今日もいった。

「駄賃をもらったらすぐに岡山《ここ》をずらかる。しつこいようだが、兄イもそうしたほうがいいんでねえの？」

ロクはこうもいった。

「いが茄子を使って〝お金のタテ〟の金を狙った賊がいる。常時井戸端にいて、水を汲んだり沸かしたりしている水たご担ぎに疑いの目が向けられるようになっただが、とりわけ古株のおらと新米の兄イに嫌疑がかかってるだ」

ロクのいうとおり、あらぬ嫌疑をかけられてのことのようだが……。

「クシャン」

鼻水が出た。雨が降りはじめるとともに、冷え込みだしたらしい。

それで……と駕籠に揺られながら半次は引き続き思いを巡らしている。

ロクとおのれにかけられた嫌疑は、いよいよ相違ないということになり、かねて探りを入れていたハチの手引きで引っ括られ、どこかへ連れ去られようとしている。

ではどうして、本物のいが茄子男ではなく、そいつを追っていたおのれがこういうことになった……。

それに、本物のいが茄子男と思うのなら、堂々と捕まえ、岡山にもあるに違いない牢にでも放り込んで、思う存分調べればいい。それが見せしめにもなる。

なのに、なぜ捕まえるのに手をかけ、駕籠に乗せて、どこか遠くに連れ去ろうとしている？

安芸宮島まで物見遊山がてらの仕事師ということにしてあるが、道中師のドロ亀だけは岡っ引という正体を知っている。

奴が、横目付か誰かにそう洩らした？　だとして、横目付は岡っ引というのをどう考える？

公儀の隠密で、殿のお命を狙ったとでも考える？　だから手をかけ、どこか遠くに連れ去って、ひそかにバッサリやろうとしている？　いや、それは考えすぎだ。

「こりゃあひでえ雨じゃ」

「篠《しの》つく雨いうのはこのことじゃ」

駕籠舁きはてんでに愚痴をこぼす。駕籠は四枚肩で、駕籠舁き四人に、一人か二人、岡っ引らしいのがついて来ている。

「お客さん、酒手《さかて》を、と本当ならねだりてえところじゃが、ぐるぐる巻きが相手じゃあどうにもならん」

「おおそうじゃ。胴巻きを確かめ、山分けいうのはどうじゃ」

誰かがいう。

「そうしよう」

男たちは全員、声を揃えて駕籠を止めた。

冗談じゃねえぜ！　といおうとしたが、猿轡を嚙まされている。声は出ない。

眉が太くて目のぐりっとした男が懐に手を突っ込む。

胴巻きには小判で十枚と、この日もらった駄賃の小判一枚と銀二十四匁が入っている。

江戸の日傭取《ひようとり》なんかだと、給金の一年分である。

「こりゃあすげえ」

男は声を張り上げる。

「みんな、平等に山分けしちゃるから、このことは内緒でえ」

「合点《がってん》、承知じゃ」

小川かなにかにペタリと物を投げ捨てる音がする。空になった胴巻きを放り投げたのだ。文なしになった。かりにこの先逃げ出すことができたとしても、身動きがとれない。物乞いも一日なら我慢できるが、二日は辛い。

ふわっと、駕籠が持ち上げられた。

エイホウ、エイホウ。

駕籠舁きは掛け声をかけながら、また走り続ける。

雨足は衰えない。駕籠は縁取《ふちど》りした茣蓙《ござ》で囲われているが、雨は容赦なく忍び込み、下帯までずぶ濡れになっている。

どのくらい走れば気がすむのか。どこまでもどこまでも走り続ける。

おっと。からだがずるりと傾く。石段でも上っているのか。やがて止まった。どうやら着いたらしい。

一刻（二時間）も揺られていたろう。すると城下から二里は離れている？

茣蓙が撥ね開けられた。

「よっこらしょ」

手が伸びてきて、二人がかりで担ぎ上げる。

頭をそらせて周囲の様子を窺った。農家のようだがよく分からない。

二人は物置らしい建物に近づき、戸を開けて中に入る。

牛の糞の臭いがする。牛小屋なのか。柱があってご丁寧にそこへくくりつける。

「よし、これでええ」

二人は出て行く。足音が遠ざかる。駕籠舁きは岡山城下へ戻ったのか。シンと静まり返る。

どうやら、一人ぼっちにされてしまったらしい。

こんなふうにされる理由は依然分からない。はっきりしているのは、人里離れたところで取り調べられようとしていることで、成り行きによっては、こっそり命を奪おうとしているのではないかということだ。

なにがなんでも、どんなことがあっても、隙を見つけて逃げ出さねばならない。こんなところで髑髏《しゃれこうべ》になるなど、真っ平だ。

うーん。

呻き声である。牛のではない。人のだ。

目を透かした。明かりがなくて見えないが、たしかに人がいる。

ロクではないのか。ロクも捕まえられてここへ運ばれているのではないか。ロクが「やばい」というのをもう少し真面目に聞いていれば、こんなことにはならなかったのだ。うかつだった。

冷え込む。ぐんぐん冷え込む。ずぶ濡れのところへだからこたえる。鼻水もくしゃみも止まらない。

風邪は人並みに引く。気は張っているが、このままだと危ない。

なんとしてでも縄をほどき、夜が明けるまでに逃げ出さなければならない。

そうは思うものの、ぐるぐる巻きにした男は岡っ引かなんかのようで心得があるらしく、手やからだを揺すっても縄は緩むどころか、雨を含んでいるからだろう、ますます食い込む。

離れたところで呻き声を上げているロクも、それは多分おなじだ。

二

はっと目が覚めた。

うとうと眠り込んでしまったらしい。あちらこちらの隙間から明かりが差し込んでいる。

雨は小降りになったようで、明け烏《あ がらす》が騒がしく鳴き喚いている。

辺りを見まわした。かつては牛を飼っていたことのある物置らしく、離れたところの柱に繋がれているロクと目が合った。ロクも猿轡を噛まされていて、悲しそうに頷く。

ゴーン。

寺のだろう、鐘が鳴りはじめた。明け六つの鐘、五つの鐘と聞いている。今度は四つ（午前十時）の鐘のはずだ。

捨て鐘が三つ突かれたあと、鐘が四つ鳴り響いた。

それが合図であるかのように、蹄の音が遠くに聞こえ、近づいて来て止まり、馬がいななく。

武士《さむらい》がこの農家らしい屋敷を訪ねて来たのだ。ということは、〝お金のタテ〟の金を狙ったいが茄子男の嫌疑をかけられているのだから、これから調べがはじまる……。

ガラッと物置の戸が開かれ、男が二人入って来てロクに近づく。一人は武士で、一人は岡っ引の風体だ。ロクは後ろ手に腰縄を打たれているという恰好で引きずり出される。どうやらロクが先に調べられるらしい。

戸が閉められた。雨は再び激しくなっていて、足音は雨の音に掻き消された。

農家と思っていたが屋敷は広いのか。それからまたシンと静まり返って、物音一つ聞こえなくなった。

とめどもなく、くしゃみと鼻水が出る。ぶるっと震えもくる。案じたとおり、風邪を引いてしまったらしい。

ロクは戻って来ない。じれったいほど長引いている。

ウン？　ロクが戻って来ると思っているのは間違いで、ロクは戻って来ないのではないか。

そう思った瞬間、遠くに異様な叫びが聞こえた。獣の悲鳴のようでもあるが、人の悲鳴のようでもある。耳を澄ませた。悲鳴は二度と聞こえてこない。

ソラ耳、ではない。たしかに聞こえた。するとロクは、武士の刃《やいば》にかかった……。

大のほうは堪《こら》えているが、小は我慢ならない。垂れ流しになっている。腹も空く。夕飯を食ったきりである。空いて当然だ。

九つ（正午）の鐘もとっくに聞いた。やがて八つ（午後二時）の鐘が鳴ろう。

足音が聞こえる。ロクが連れ戻されてきたのか。

ガラッと戸が開けられる。さっきの二人、武士と岡っ引らしい風体の男だ。足にかけている縄だけほどく。

「立て」

立とうとしたら、足弱《あしよわ》になったかのように一瞬よろけた。

岡っ引らしい風体の男が、あらためて腰縄を打っていう。

「出ろ」

武士が先に立つ。雨は止むことなく降り続いていて、おなじ敷地内の、遠くにある建物を煙らせている。

武士は建物に近づく。豪農の屋敷のようでもあれば、武家の屋敷のようでもある。米蔵のような蔵も何棟か建っている。ただ、荒れ寺のように朽ちていて、ふだんここに人が住んでいるようには思えない。

引き戸が開けられ、土間に引き据えられた。

「連れて参りました」

武士が土間続きの奥に声をかける。そこに炉が切ってあるのだろう、枯れ枝かなにかがはじける音がする。

腹も減っているが暖も欲しい。そう思うとまた、ブルッと震えがきてくしゃみがでた。

「こっちへ連れてこい」

奥から声がかかる。奥の土間に行けと、岡っ引らしいのがうながす。

そこは台所らしく、打裂《ぶっさき》羽織に野袴という出立《いでた》ちの武士が、炉を背にして框《かまち》に腰を下ろしている。床も汚れているのだろう、草鞋《わらじ》は履いたままだ。

さっきも素早く窺った。ここでもすぐに目で探した。ロクの姿は見えない。途中で擦れ違っていない。するとロクはやはり始末されて、埋められるか川に流されるかした？

「猿轡を外してやれ」

打裂羽織の武士、側小姓頭伊佐恭之介は、武士、横目付に命令する。

横目付は猿轡を外す。

ふーっ。半次は大きく息をした。

「そのほう。江戸の岡っ引で半次と申す者らしいのォ」

伊佐恭之介は声をかけて目を瞠《みは》った。

似ている。大崎屋敷の掃部助様、殿の弟君に生き写しなのだ。掃部助様と殿は同腹の兄弟というのにそれほど似ていないのだが、この岡っ引は殿にもどことなく似ている。

殿は掃部助様に命を狙われたかもしれず、疑わしい男をここにしょっぴいた。その男がなぜ、掃部助様にも殿にも似ている？

ひょっとしてこの男もまた一心斎様のお子？　殿や掃部助様にとっては異腹の弟？　異腹の弟が兄掃部助様にそそのかされてもう一人の兄、殿を狙った？

そんな馬鹿な！

「たしかにあっしは岡っ引です」

なぜ、〝江戸の岡っ引〟と声をかけられたのか。半次に見当はついている。ドロ亀が、素性を明かしたのだ。だったらとぼけてもはじまらない。半次はそういって続けた。

「ですが、どうしてこのような理不尽をなさるのでございます？」

伊佐恭之介は混乱した頭を整理するように、頭を振った。

「なんのために供立てに潜り込んだ？」

「なんのためって……」

といって半次はとまどった。

卯建《うだつ》の上がらない仕事師で、讃岐の金比羅から安芸宮島辺りまで旅をしたかったのですが金がありません、ですから供立てに潜り込んだのです――という理由は、素性がばれたいまとなってはいかにもおかしい。

「どうなのだ？」

伊佐恭之介は鞭をしごいていう。

かけられている嫌疑は、いが茄子男ではないだろうかというものだ。旅の最初の夜、神奈川の宿で、いが茄子を使って〝お金のタテ〟を狙った賊がいるらしく、その賊ではないかと疑われている。

だが、こんなところまで連れて来てこっそり調べるなど、手の込みようから考えるに、ほかになにか深い根があるようだ。

いが茄子男を追っていたという事実を素直に語ったほうが、むしろ根の深そうな嫌疑を晴らすことにならないか。嘘を塗り固めて不審をいっそう深めるより、そのほうが、死中に活を求めることになりはしないか。

半次は神妙にきりだした。

「こうなっちゃあ、致し方ありません。本当のことをお話し申し上げます。あっしは、実はいが茄子男を追っておりました」

「いが茄子男?」

伊佐恭之介は怪訝《けげん》に首を傾《かし》げる。

「十四年前の未《ひつじ》の年のことだそうでございます。ご当地岡山で、いが茄子を煎じて騙して飲ませ、昏睡させて金品を奪い取るという事件があったそうでございます。さようでございましょう?」

「江戸の岡っ引風情《ふぜい》がどうしてそんな事件を知っておる?」

「賊は桶直し二人で、うち一人は獄死したそうですが、一人は江戸の御勘定奉行所に送られ、江戸で裁かれております。あっしらにはよく知られている事件でございます」

定廻り岡田伝兵衛に聞かされて知った事件だが、とぼけてそういった。

「それで?」

「おなじような事件が江戸で、一年前と三年前の二度起きました。三年前のは寺島、昨年のは根岸で起きたのですが、根岸でのは金品を奪われたうえ、娘の操まで奪われました」

伊佐恭之介は耳を澄ませている。

「娘の父親は大店《おおだな》の主人で、なんとしても敵を討ちたいと思い、江戸の御奉行に大枚をはたいてでしょう、相談をもちかけた。手がかりは十四年前に岡山でおなじような事件があったこと。賊が、戯《ざ》れ歌――、備前岡山新太郎様がお江戸へござれば雨が降る云々《うんぬん》の戯れ歌を唄っていたこと。事件はいずれも岡山松平様の参勤年にあったことなどです。クション」

くしゃみがでて、鼻水がポトリと落ちた。

「それで賊は、参勤御暇のお供をして江戸と岡山を行き来している国者の、足軽中間小者の類いではないかということになり、なんとしてでもその賊を捜し当ててもらいたいと……。ええ、定廻りの旦那を通じてあっしに話が持ち込まれたってえわけでございます」

伊佐恭之介はまた首を傾げる。

「それで、いが茄子男を捜し当ててどうしようというのだ？」

「いずれまた江戸へやって来るに違いありません。そのときこっそり捕まえるなりして、大店の主人は敵を討たれるつもりなんでしょうが、はっきりこうとは伺っておりません。ただ捜し当てるだけでいいと……」

「礼金はいくら貰った？」

「五十両です」

「大金だ」

「こう申しちゃあなんですが、江戸の岡っ引は懐手《ふところで》で安穏《あんのん》に暮らしております。五十両をいただけるからといって、重い荷物を担いで何日も歩き続ける苦労など望んではおりません。話が御奉行からというのでなければ、断っております」

「なるほど。聞けばいかにももっともだ」

といって伊佐恭之介はまた鞭をしごく。

「では聞くが、おぬしの薬を入れている小箱の中に、なぜいが茄子の末《こな》が入っていた?」

「なんですって?」

一瞬なんのことか理解できなかった。

「いが茄子の末がどうしたですって?」

「おぬしの小箱の中に入っていたのだ」

「そんな馬鹿な!」

「とぼけるのか」

「いが茄子の末だなんて。あっしはそもそも、いが茄子など見たこともない」

「動かぬ証拠がある」

伊佐恭之介は背後に手をまわし、風呂敷包みを手にとり、薬の小箱を差し示す。

「これはお前のだな?」

「さようでございます」

「この中に、それ、入っているではないか」

末を指につまんでさらさらと落とす。

どういうことだ？　なぜ小箱の中にそんなのが入っている？

そうか！　そういうことだったのか！

いが茄子男は、やはりハチこと鶴八だったのだ。

ハチは、偶然だったかなにかで、横目付の手先になった。そして、伏見の宿でもっともらしく中書島に誘った。

その間に仲間が小箱の中に、いが茄子の末を忍び込ませた……。

旅に必要な品々は、風呂敷に入れて持ち歩いている。翌朝、伏見の宿で風呂敷を開こうとしたとき、細結《こまむす》びになっていて開くのに手間どった。いつも蝶結びにするのに変だなあと思った。

ハチの仲間が、いが茄子の末かなんかを忍び込ませたあと、細結びに結んでしまったのだ。そして、横目付に、こっそり風呂敷包みを開いて小箱をあらためたら、こんな妙な物が入っておりましたとでも注進におよんだ……。

そんな筋書きなのだ。するとおなじように、ロクも風呂敷包みの中に末を入れられた？

そうだ。ロクはどうした？　この雨で川という川は水嵩《みずかさ》が増していよう。バッサリやられて、川にでも流されたか。

「おぬしはいが茄子男を追っていたと申す。また十四年前のいが茄子事件をはじめ、なにやかやといろんなことに詳しい。そのおぬしの小箱の中に、問題のいが茄子が入っていた。偶然とは思えぬ」

伊佐恭之介はそういって続ける。

「おぬしはなんでも、たってと出入りの亀徳の元締に頼み込み、そのうえ荷の軽い水たご担ぎにしてもらったという。狙いはなんだ?」

「はっきり申し上げましょう。あっしが追っていたいが茄子男はハチこと鶴八です。ハチがこっそり、あっしの小箱の中に、いが茄子の末を忍び込ませ、あっしに濡れ衣を着せようとしているのです」

「ハチのことは十分調べておる。岡山と江戸とを二十年も往復し、コツコツ働いている真面目な手廻りだ。しっかりした請人もおる。人別《にんべつ》は岡山にあり、所帯も持っておる。悪口をいう者など一人もおらぬ」

「だからといって、ハチがいが茄子男ではないということにはなりますまい」

「ハチがあのような大胆不敵なことなどしでかすわけがない。いやだから、探索を頼んだのだ」

「そいつは、たとえていえば、盗っ人に店番を頼んだようなものではございませんか。こういっちゃあなんですが、旦那のお目は霞んでいなさる?」

「なにイ」

「それにお伺いしますが、なぜこう理不尽にも縄をかけられるのです。またなぜこんな、わけの分からないところで、お取り調べになるのです。あっしは先刻ご承知のように、お上の十手をお預かりしている江戸の御用聞きです。北の定廻り岡田伝兵衛様から給金も頂いており、新材木町に人別もあります。ご不審でしたら、江戸に問い合わせてみてください。怪しい者ではないし、もとよりいが茄子男などではありません」

「じゃあこれはなんだ？」

といってまた伊佐恭之介は小箱の中をまさぐる。

「薬屋に確かめさせると、これは附子《ぶし》という毒薬だそうではないか。なぜこのような物を持ち歩いておる？」

もう驚かない。

「だから、そいつもハチが忍び込ませたんでござんしょうよ」

「なんでもハチのせいにして言い逃れようとするのだな」

「下手人は足元にいるってえのに、よくよくお目が霞んでおられるのだ」

伊佐恭之介は、黙して顎に手をやった。

手廻りのハチは水たご担ぎの古株と新米が怪しいといった。道中師のドロ亀に糺すと、新米はなんと江戸の岡っ引だという。

伊佐恭之介は、ハチに命じて、さらに岡っ引とロクの身辺を探らせた。

いよいよもって相違ありません、あの二人が下手人です、とハチはいう。

そのこともさることながら、伊佐恭之介は、江戸の岡っ引が供立てに潜り込むこと自体が、そもそもおかしいと思っている。殿のお命を狙った者がいたとしたら、そいつは半次という名の岡っ引ではないかと疑っている。

岡山に入ればこっちのもの。とっ捕まえて拷問にかける。かりに、殿のお命を狙った者でないと分かっても、面倒だからそのあとこっそり仏にしてしまう。

そう考えていた。岡山に入った。ただちにハチと横目付に命じた。

ロクと岡っ引を捕まえ、備中との国境に近い、いまは廃屋《はいおく》になっている豪農の屋敷に閉じ込めよと。

ハチと横目付はまずロクを捕まえ、ただちに豪農の廃屋に送った。続けて半次を誘い出し、これまたぐるぐる巻きにして廃屋に送った。

半次が投網をかけられた武家屋敷は伊佐恭之介の屋敷で、伊佐恭之介はすぐさま手荷物の風呂敷包みをあらためた。薬を入れた小箱があってその中から、怪しげな薬がでてきた。

生薬屋を呼んで調べさせた。いが茄子と附子だった。

いよいよもって犯人に相違ない。しかも、いが茄子だけでなく毒薬の附子まで所持している。するとやはり御煮嘗《おになめ》は毒殺された……。殿も毒殺されようとしたのかもしれない、ということになる。

翌日、殿上総介にそう報告して、伊佐恭之介は豪農の廃屋に馬を飛ばした。

裏をとるため、先にロクを調べた。拷問にもかけた。なにも知らない。共犯者ではないらしい。

生かしておくと面倒だ。夜を待って仏にし、目と鼻の先の備中の山中に捨てさせるなり、川に流させるなり、しようといまは蔵に閉じ込めている。

備前は松平（池田）家の一国支配だが、備中は地頭、領主が入り乱れている。めったにないことだが、死体が見つかったとしても厄介だから、犯人を探索するというようなことはせず、行き倒れということであっさり片づけることが多い。

続けて、岡っ引を呼んだ。

殿があの日、毒殺されようとしたのなら、仕掛人は掃部助様。手を下した者がいるのなら、その男は江戸の岡っ引。そう推測をつけている。

ところが岡っ引は、どういうわけか弟君の掃部助様に似ている。殿にも似ている。するとこの男は一心斎様の御子……かもしれないと思ったら、伊佐恭之介の頭は混乱し、混乱はまだ続いている。

岡っ引が本当に一心斎様の御子なら、独断で事は運べない。殿のお耳に入れ、あらためて指示を仰がなければならない。

伊佐恭之介はそれとなく矛先を転じた。

「そのほう、江戸の新材木町に人別があると申したな？」

半次はまたくしゃみをして、

「へえ」

「何代前からの江戸者だ？」

「さあ……」

「何代前かくらいは分かるだろう。それとも、どこぞから流れ込んだ無宿で、岡っ引というのも嘘っぱちか？」

半次は首をひねった。

「そのことはお調べとどんな関係があるんでござんす？」

「つべこべ申さず、尋ねたことに答えよ」

「近くの堀留町でとれたんですがね。天涯孤独の身で親を知らねえんですよ」

「身寄りはないのか？」

「遠縁に当たるとかの婆さんに育てられたんですが、またなぜそんなことを？」

「だったら婆さんからなにかを聞いていよう？」

「婆さんはおばに頼まれたとかで、とくになにも……」

「おばという人は同居していなかったのか？」

「御屋敷に上がっていて、時折、宿下がりとかで帰ってきておりました」

「御屋敷！　どこの御屋敷だ？」

「子供の頃のことで詳しくは存じませんが、なんでも揚羽の蝶が御紋の御屋敷とか」

うん！　ごくりと伊佐恭之介は生唾《なまつば》を飲み込んでいう。

「揚羽の蝶が御紋の御屋敷といえば、大きなところでは因州鳥取と備前の当家だが、そのどっちだ？」

「あいにく存じません。芥子《けし》坊主を頭にのっけていた子供の頃、なんとなくそう耳にしていただけで、他になにも聞いちゃいねえし、覚えてもおりません」

「名は？　おばとやらの？」

「そいつも。ですが一体《いってえ》、なんの関わりがあるんです？　そんなことより、この縄をほどいてくれませんか。肉に食い込んで痛くてしょうがねえ」

「いくつになる？」

半次は舌打ちした。

「いいから答えろ」

「たしかなことは存じません。なんでも生まれたのは御改革がはじまった頃だとか」

「すると三十六か七？」

「そんな見当でござんしょう」

御改革がはじまった頃というと、一心斎様がまだ矍鑠《かくしゃく》としておられた頃だ。しかもおばとやらは、因州か備前かのどちらかは分からないが、揚羽の蝶が御紋の御屋敷に上がっていたのだという。

いよいよもってこの男は、一心斎様の御子、なのかもしれない。

「ときに」

と伊佐恭之介はさらに探りを入れる。

「岡っ引には縄張りがあるそうだが、そのほう、大崎辺りも縄張りにしているのか？」

「大崎って品川の方角のですか？」

「そうだ」

「あそこは御府内の外れ。あんな田舎を縄張りにしているようじゃ、商売《しょうべえ》は上がったりです」

掃部助様はふだん大崎に住んでおられるというだけで、しょっちゅう築地の中屋敷にお見えになっている。殿が在国中は、丸の内の、上屋敷にも中屋敷にものべつ顔を出しておられる。この岡っ引が大崎を縄張りにしていないからといって、掃部助様とつながりがないということにはならない。

「お前は、北の定廻り同心某を通じて江戸町奉行から話があり、いが茄子男を捜し当てるために供立てに潜り込んだと申した。そうだな？」

「たしかに」

「お前はさらに、江戸へ問い合わせてもらえば分かるとも申した」

「さよう申しました」

「かりに問い合わせたとしよう。さようでございますと、北の定廻り同心某や江戸町奉行が、すんなり答えると思うか」

　多分無視するだろう。いかなる理由があろうと、大名の家中に、岡っ引を送って探りを入れるなど、あってはならないことだからだ。

「どうなのだ？」

　ここは突っ張るしかない。

「答えていただけると思います」

「いいかげんなことを申すな！　だいいちそんなこと、問い合わせられるわけがない。諸家（諸藩）は、江戸の町方とは、なるべく関わらぬようにしておる。いたずらに騒ぎを起こすような馬鹿な真似を、誰がすすんでするものか」

「しかしあっしとしては、申し分を聞いていただけないからには、江戸へ問い合わせていただくしか申し開く手はない」

「こちらが問い合わせなどしそうもないのをいいことに、口からでまかせを並べ立てておるのであろう。不届きにも程がある」

　伊佐恭之介は一喝し、半次の腹を窺うように凄みをきかせた。

「全体、お前は誰にたのまれて、いが茄子を飲ませるだけでなく毒まで盛った？」

半次はようやく理解した。

「どうやらあっしが誰かにたのまれ、毒を盛って、どなたかのお命を狙ったと、お疑いのようですねえ」

「そうだ。そのとおりだ」

「あっしの申したことに嘘偽りはありません。〝お金のタテ〟の金も狙っておりません。誰かにたのまれ、毒を盛ってどなたかのお命を狙ったなどということもありません」

半次という岡っ引の目に、動揺の色は浮かばなかった。

半次の腰縄は岡山の岡っ引がとっていて、横目付が立会人のようにひかえている。

伊佐恭之介は横目付に視線を送って顎をしゃくった。

「そいつを元のところに戻していま一度つないでおけ」

「お待ちください」

半次は声をかけた。

「あっしをどうするおつもりなのです？」

伊佐恭之介は無視してせかせる。

「早く！」

「ロクさんを、ロクさんをどうしなすったんです？」

伊佐恭之介は目でうながす。

横目付と岡山の岡っ引は半次を引っ立てて、雨の戸外に出て行く。

伊佐恭之介は火の消えたような炉の側にすわりなおし、柴を放り込んだ。

江戸の岡っ引のいうとおりなのかもしれない。賊は、あるいはハチとその仲間……。

しかしすると、岡っ引の小箱にあった附子はどう説明がつく。賊がハチとその仲間だったとすると、狙いは〝お金のタテ〟の金にある。殿のお命を狙うことにはない。

御煮嘗が毒殺されたことはひた隠しに隠してあり、知らないはずで、岡っ引に疑いの目を向けさせるため、ハチとその仲間が、岡っ引の小箱にいが茄子を忍び込ませるというのはありうる。附子を忍び込ませるというのはありえない。

附子は忍び込ませたのではなく、もともと小箱に入っていた。やはりあの岡っ引が殿を毒殺しようとした……。

それとも、ハチとその仲間こそ、掃部助様の差し金で、殿のお命を狙った賊。御煮嘗が死んだことをなんとなく知り、岡っ引に濡れ衣を着せるため、岡っ引の小箱にいが茄子だけでなく、附子を忍び込ませた……。

ハチとその仲間にも疑いの目を向けなければならないのかもしれないが、岡っ引のほうがやはり数段疑わしい。

しかしそれにしてもなぜあの岡っ引は、掃部助様にも殿にも似ている……。

ガラッと音がして横目付が声をかける。

「つないでまいりました」

「こっちへ」

横目付も炉に手をかざす。

「岡山へ戻らなければならなくなった」

「では二人とも始末しますので？」

「いや、岡っ引のほうは糺さなければならないことがまだある。古株のほうだけ、今夜にでも始末しろ。けっして我らの仕業《しわざ》と分かるような跡を残してはならぬ。いいな」

「はい」

「それで、岡っ引のほうはひどい風邪を引いているようだ。始末するにしても、いまのところは生かしておかねばならぬ。街道筋にでも走って古着でも買ってきて着替えさせろ」

伊佐恭之介はそういい、小粒を少々、横目付の前に並べた。

三

松平（池田）内蔵頭《くらのかみ》治政《はるまさ》——。隠居して一心斎と名乗った、殿上総介の実父は型破りの〝傑物〟だった。逸話をいくつも残しているがその一つ——。

隠居する前のこと、中沢道二《なかざわどうに》という都下に鳴り響いた心学者がいた。権門勢家《けんもんせいか》が競い合うように招き、有り難く講話を拝聴した。

仮名《かな》の著述が多くて分かりやすく、〝堪忍第一なり〟として教えた以下の道歌など世を挙げて愛誦した。

堪忍がなる堪忍が堪忍か
ならぬ堪忍するが堪忍

一心斎もある日、中沢道二を屋敷に招いた。中沢道二は約束の刻限、巳《み》の上刻（午前十時）に訪ねた。控えの間に通されたものの、取り次ぎが出てこない。しばらく待たされ、やっと出てきた取り次ぎに来意を告げた。

取り次ぎは奥に引っ込んだ。だがどういうわけかそのまま放っておかれ、午《ひる》になった。腹もへる。何度か人を呼んだ。寂として声がない。

とこうするうち、自鳴鐘《じめいしょう》（時計）の音が聞こえた。なんと申《さる》の刻（午後四時）である。我慢もこれまでと、声を荒げた。

ようやく用人が顔をだす。

「お招きにあずかって参りましたのに、いかなることでござる？」

中沢道二は口をとがらせて文句をいった。用人はまたまた奥に引っ込み、やがてでてきていった。

「しからば奥へ」

主人（一心斎）はさぞや神妙に迎えることならんと、中沢道二はしずしずと奥に向かった。

おかしなことに突然三絃《さんげん》（三味線）の音が鳴り響き、通された部屋は酒宴も真っ盛り。杯《はい》盤狼藉《ばんろうぜき》の有り様で、坐客は大盃の酒を飲み干し、

「まず、一献」

とすすめる。童女が酌をして、なみなみと注ぐ。

「下戸《げこ》です」

中沢道二は固辞した。

「なにをおっしゃられる」

坐客はからむようにすすめる。

「飲めぬと申しております」

中沢道二は顔をひきつらせて固辞した。

「かほどまでにおすすめしているのに、飲めぬとは失敬な」

坐客は怒って大盃の酒を中沢道二の頭にぶっかけた。

あまりの仕打ちに、中沢道二は真っ赤になって嗔《いか》った。

「人を招いておいて、なにゆえかかる所業におよばれるか！」

憤然と席を立とうとした。そこで一座の者は声を和した。

「ならぬ堪忍するが堪忍」

「足下の心学未熟なり未熟なり」

中沢道二は怒りに震えて席を後にし、背後にどっと笑い声が起こった。

松平一心斎の逸話をいま一つ。

これもまだ隠居する前のこと——。一心斎は幕府に届けを出して熱海に湯治に出かけ、本陣今井半大夫の家に宿をとった。おりから、いまをときめく老中首座、御改革の総元締、寛政の改革をはじめた張本人、松平越中守定信《えっちゅうのかみさだのぶ》が、伊豆の海岸巡視のため三島に着し、やがて熱海にやってくると報が入った。

一心斎はすぐに本陣を見下ろす畑の、所納高《しょのうだか》（作物代）と薪の有無を尋ねた。そのうえで、越中守に使者を送ってこういわせた。

「（将軍の）御用の御出張なれば、それがしは引き払います。どうぞ本陣にお泊まりください」

「その儀にはおよばず」

越中守はそう返事した。

一心斎は再度使者を送った。越中守は再度謝辞した。

もし越中守が受け入れたら、一心斎は所納高を払って畑を借り、篝火《かがりび》を煌々《こうこう》と焚いて野陣を敷くつもりでいた。

〝文武〞〝文武〞と四角四面で堅苦しい越中守を、あてこするつもりだったのだ。

案に相違して越中守は謝辞した。越中守は熱海の名主宅に泊まることになっている。しからばと、一心斎は越中守が三島から熱海にやってくる道順を調べ、道順にある小高い家を借りた。

一心斎は側女《そばめ》や侍女を大勢連れて来ている。女たちに美飾させ、おのれも伊達《だて》な衣服に身を固め、さらに熱海の酌婦を総揚げした。

そして四方の障子を開き、清掻《すががき》よろしく三絃を連奏させて笛を吹かせ、二挺鼓《にちょうつづみ》で女たちを舞わせた。騒ぎ放題に騒いだ。

やがて下の道を越中守が通りかかった。

越中守は、御改革の柱として、奢侈《しゃし》贅沢《ぜいたく》を厳禁している。けしからぬ騒ぎである。名主宅に落ち着くとすぐ、何者の仕業なのか、調べるようにと家来に命じた。

家来は小高い家に駆けつけた。家はなにごともなかったかのように静まり返っていた。

一心斎はさっさと宿に引き上げていた。

この逸話には続きがある。

松平内蔵頭（一心斎）様ご一行の衣服は、ことのほか美麗であると評判になっていた。

熱海への途中、通り過ぎた小田原でもだ。帰りにまた小田原を通られる。いかなる美服を召しておられるのか。ぜひともこの目で見たいものと、小田原の士庶、武士に町民の、ことに女たちが、帰りを通りで待ち構えた。

やがて行列がぞろぞろやってきた。意外や意外、供の侍も、御女中も、みんな擦り切れた古着をまとっていた。小田原の女たちは唖然呆然行列を見送った。

一心斎は、熱海で古着という古着を買い集めて着せ替えさせた。ために熱海の古着は値段が倍になってしまったほどで、一心斎は、とかく人の意表を衝くのが好きな殿様だった。

その頃江戸で歌われた落書にこんなのがある。

越中も越されぬ山が二つある
　京で中山、備前岡山

〝越中〟というのは、老中首座松平越中守定信のこと、〝京で中山〟というのは、中山権大《ごんのだい》納言《なごん》愛親《なるちか》のことである。

光格天皇《こうかくてんのう》が実父の閑院宮《かんいんのみや》典仁親王《すけひとしんのう》に太上《だじょう》天皇という称号（尊号）を贈ろうとし、これに松平越中守が反対したいわゆる尊号事件で、越中守の反対に敢然と立ち向かったのが中山愛親だ。

その中山愛親と、備前岡山、つまり一心斎は同格に扱われている。そう江戸の人の印象に残ったほど、一心斎は反骨精神の旺盛な殿様だった。逸話に見たとおりである。後《のち》の池田（備前岡山）の始祖、新太郎光政の「傾城・歌舞音曲停止」をも、解禁したわけではないが、一心斎は公然と無視した。

在府中は歌舞伎にこり、たとえば河原崎座の四代目、市川八百蔵《やおぞう》を贔屓《ひいき》にし、自ら作詞振付した「浅妻船」を八百蔵に踊らせた。帰国中は、瑜伽山蓮台寺門前町の、壮大な芝居小屋建築を認め、大坂の千両役者を招いて日夜興行を打たせた。門前町での遊郭のような茶屋営業も認めた。賭博も暗黙裏に認めた。

それやこれやで、当然、幕閣の反発を招いた。松平越中守が幕閣を去った翌年、寛政六年（一七九四）、暗に退隠を命ぜられ、跡を継嗣《けいし》の上総介に譲って隠居し、一心斎と名乗った。

大名（殿様）はある意味で種付け馬のような存在だった。後に、よほど緩和されたが、表向き、跡継ぎがいなければ御家は無条件に断絶させられた。それゆえ、多かれ少なかれ大名は側妾をもった。

うむ！　と唸らせるほどすさまじかったのは、一心斎の曾祖父（新太郎光政の嫡子）伊予《いよの》守綱政《かみつなまさ》である。伊予守は生涯で六十九人の子をなした。

半次が生まれ育っているこの時代の、十一代将軍家斉は、オットセイ将軍と異名をとった将軍だが、その家斉でさえ五十三人である。恐るべき絶倫といっていい。

目に余ることでもあったのだろう。新太郎光政の弟（綱政の叔父）、播州山崎の殿様池田恒元は、家老へこんな風にいい送っている。

「……女ぐるい激しき為にて候。第一女色のことにつき申しては、これほど深きは世にも珍しく、御前の女中までよく存じおり、女さえあなどりおり申し候」

世にも珍しい性豪伊予守にはおよびもないが、一心斎もそれなりに側女をもった。分家の一万五千石池田丹波守家の養子になった鉄太郎の母は柏原氏の女《むすめ》で、一万石越後椎《しい》谷《や》堀近江守の養子となった悦之助の母は芝田町の大和屋勝三衛門の女である。

精力絶倫公伊予守綱政はそうでなかったようだが、大名はときに一人の女を溺愛《できあい》または寵《ちょう》愛《あい》する。

十一代将軍家斉は、お美代の方といわれている住職の女《むすめ》を溺愛、寵愛した。薩摩の島津豊後守斉興《ぶんごのかみなりおき》はお由羅《ゆら》の方という町屋の女を溺愛、寵愛した。西郷隆盛の仇役《かたきやく》島津三郎久光は二人の間の子で、八年前に生まれている。

一心斎もおなじように町屋の女を溺愛、寵愛した。芝田町の商人大和屋勝三衛門の女がそうで、名をお筆といった。お筆は越後椎谷堀近江守の養子になった悦之助をはじめ、一男六女をなしている。

島津豊後守斉興もそうだったが、一心斎も寵妾を、御暇で国に帰るとき同道し、参勤で江戸に向かうときはまた同道しと、片時も離さないほど溺愛、寵愛した。

といって他の女に手を出さないというのではない。一盗二婢——。人の女房や下働きのような女を抱くことに浮気の醍醐味がある、などと古来いわれている。

お筆の産前産後はいうまでもなく、お筆の目を盗むように、一心斎も、奥女中などの女にちょっかいを出した。〝一盗〟はともかく、〝二婢〟を楽しんでいた。

お筆は一心斎から溺愛、寵愛されたかわいい女だったが、嫉妬深い女でもあった。一心斎の浮気を知ったり見たりすると、激しく嫉妬した。独断で暇を出すこともあった。中には孕《はら》んだのが分からないまま暇を出された女もいた。

一心斎には新十郎(後の上総介)、悦之助(越後椎谷堀近江守の養子)、欣之進(後の掃部助)、鉄太郎(分家池田丹波守の養子)の四人もの男の子がすくすく育っている。一心斎は種付け馬としての役割は終えている。お筆が暇を出すのにあれこれ文句をいう者はいなかった。

だから、掃部助や上総介に似ている半次という岡っ引が、お筆に御屋敷を追われた女の一人が産んだ、一心斎様の御子、というのは大いにありうる……。

伊佐恭之介は馬に揺られながらそんなことを考えている。

岡っ引半次のおばなる女が、半次を産み落としたというのではない。暇を出された女が男の子を産み落とし、産後の肥立ちが悪かったかなにかして死に、おばなる奥女中が哀れみ、あるいは一心斎様の意向を受け、老婆かなんかを雇ってこっそり育てるということはないでもないからだ。

おばなる奥女中は、半次が芥子坊主を頭にのっけていた頃亡くなったという。その頃お筆は健在だった。事が極秘裏に行われていたとすれば、おばなる奥女中の死によって、半次と一心斎様との縁はすぱっと切れてしまったことになる。

そうも考えられる……。

かりにそのとおりだとして、ではなにゆえ殿や掃部助様にとっては、異腹の弟である半次という名の岡っ引が、供立ての中に潜り込んだ？　そしてなにゆえいが茄子一件と複雑に関わっている。

事は半次が述べ立てたとおり、北の定廻り某を通じての江戸町奉行からの頼みを受けてのこととして、半次が殿や掃部助様にとって異腹の弟というのはたまたまの偶然なのか……。

だとして、そんな偶然があるのだろうか？

あるかもしれない。あの男は身の上話とか、おばとかの話になると、関係がないでしょうとばかりに面倒くさがっていた。殿、掃部助様、一心斎様と関係があるなど露ほども思っていない。

もし偶然とすれば、こんな不思議はない。といって面白がってもいられない。

岡っ引と三十一万五千石の備前岡山松平家の殿が兄弟――などというのが明らかになる

と、岡山松平家は世間に恥をさらす。

するとやはり、ひそかに始末したほうがいい。いやしかし殿のお耳にだけはお入れしておいたほうがいい。

あれやこれやと考えているうちに、三之外曲輪の屋敷に着いた。

伊佐恭之介は髷《まげ》をととのえ、髭を当たり、継上下《つぎがみしも》に着替えて御城に向かった。

御城の本丸は北東にあり、旭川が本丸沿いを北から東へ緩やかに迂回している。西と南は濠に囲まれていて、俯瞰するとあたかも旭川に浮かぶ孤島のごとくである。

江戸城はいうまでもなく、どこの御城も、本丸は表と奥に分かれている。表は役所、奥は当主（殿）と家族の住む住居で、江戸城では奥をとくに大奥と呼んでいる。

岡山烏城の表は西側に、奥は東側に、また奥は石垣を高く積んだ上に、それぞれ隔てるように建ててあり、表と奥は北側の書院廊下でつながれている。天を衝く天守閣は奥の北に位置する。

もっとも大名は家族（妻子）を江戸に置かなければならない。御国御前がいても別邸を構えて住まわせていることが多く、奥はどちらかというと殺風景な住まいで、当主は御国御前や愛妾、寵妾のいる別邸で起居することが多い。

殿上総介も人並みに婦人を愛した。ことに江戸木挽町《こびきちょう》生まれの町家の娘、磯野という侍女を寵愛した。実父の一心斎が寵妾お筆を江戸へ国元へと同道したのと同様、磯野を江戸へ国元へと同道した。

上総介は、六年前に実子内蔵頭、五年前に孫本之丞と相次いで亡くし、当時四つの娘金姫《かねひめ》に婿を迎えたいと思った。その金姫の母が磯野である。

磯野は、いまは九つになる金姫の二つ下に、さらに娘をもうけた。にもかかわらず三年前、暇を出された。理由を上総介は明らかにしないが、磯野に男の不始末があってのことではないのか、と当時はもっぱら噂された。

天守閣の北側の低地、旭川沿いの一角を通称花畑《はなはた》と呼んでいる。対岸は後園で、眺望は絶景だ。そこに瀟洒《しょうしゃ》な屋敷を設けて、上総介は寵妾磯野を住まわせていた。国にいるときはそれゆえ、いつも花畑の屋敷で起居した。

大名にとって、女は選り取り見取りのようだが、必ずしもそうではない。お世継ぎを産んだ子の親が質《たち》が悪く、ゆすりたかりの所業におよぶというようなことがないでもないからだ。

薩摩の島津豊後守斉興を産んだ母親の親がそうだった。親は島津家をゆすり、捨て扶持《ぶち》と家屋敷を手にしている。だから奥には、確かな筋の女しか上げない。

女が奥に上がるのは、行儀作法の見習い、親の商売の縁故づくりなどのためである。したがってまた、美人とも限らない。筆が達者なのを見込んで採用する祐筆《ゆうひつ》などことにそうだ。

彼女らもまた、必ずしも大名の側女になることを望んでいない。

島津豊後守の嫡男薩摩守斉彬《さつまのかみなりあきら》は、幕末の名君といわれているが、江戸家老によると、江戸に女は多いのに、斉彬にふさわしい側女が容易に見つからなかったということだ。

それは上総介にとっても同様である。一心斎の曾祖父のように、御前女中にまで侮られるほど女なら誰でもいいというのならともかく、選り好みすればそうはいかない。磯野の代わりは右から左へと見つからない。

五十三と歳も歳である。いまさらという気もある。花畑の屋敷に磯野に代わる女をおくこともなく、国にいるときは、殺風景な本丸の奥で過ごした。お国入りした前夜もそうだ。奥で就寝した。

翌朝、目覚めるとすぐ伊佐恭之介がやってきて、水たご担ぎの半次という岡っ引はいよいよ怪しいという。小箱の中にいが茄子の末《こな》と附子《ぶし》を忍ばせておりました、御煮嘗はやはり毒殺されたのかもしれません、殿も毒殺されようとしていたのかもしれませんともいう。

殿様といえ仕事がないわけではない。ふだんの日は表へ出て、上がってくる重要な案件を決済する。この日は御暇《おいとま》の長旅から帰った翌日だ。表へは出ず、居間で、降り止まぬ雨に打たれている庭をぼんやり眺めながら、待つともなく伊佐恭之介の帰りを待っていた。

「頭《かしら》が御目通りを願われております」

側小姓が声をかける。

「通せ」

伊佐恭之介が入ってきて膝をつき頭を下げる。

「どうだった？」

伊佐恭之介は首を傾げながら口を開く。

「それが、どういうわけなのか岡っ引は、掃部助様に似ているのです。殿にも」

「他人の空似ということはよくある」

「それで、いろいろ聞き糺しましたところ、天涯孤独の身なのだそうですが、おばなる女が揚羽の蝶の御紋の御屋敷に上がっていたと……」

「我が屋敷に上がっていたと申すか？」

上総介は身を乗り出す。

「芥子坊主を頭にのっけていた頃におばなる女は死んだそうで、因州の屋敷か我が屋敷かは聞いていないと申すのです。されど、殿もご承知の通り、あの頃木の字（お筆）様は肝を煎《い》って、何人かの女を宿下がりさせております」

「それで？」

「こう申すは恐れ多いことですが、一心斎様の御胤《おたね》を宿したまま宿下がりした女が御子を産んだ。それがあの、岡っ引ではないかと」

「まさか。そのようなことはあるまい」

「岡っ引は、ことに掃部助様に生き写しなのです」

「おばなる女が一心斎様のお手付きで、岡っ引の母だと申すのか？」

「いえ、母親は岡っ引を産み落としたとき死んだかどうかして、おばなる女は世話を焼いたのではないかと。あるいは一心斎様の意向を受け、木の字様に内緒で、こっそり赤ん坊の面倒を見ていたのかもしれません」

「岡っ引の歳は？」

「たしかな歳は知らないのですが、御改革がはじまった頃に産まれたとか申しておりますから三十六か七ではないかと」

「木の字殿が最後のお子を産んだのは寛政三年。御改革がはじまって間もなくだ。たしかにあの頃一心斎様はまだ矍鑠《かくしゃく》としておられ、木の字殿は肝を煎られて、何人かの女が宿下がりさせられた。だが、そんな偶然が……」

「ないともいえません」

上総介は雨が降り続いている庭に目をやって話柄《わへい》を転じる。

「調べは？」

伊佐恭之介は半次との遣り取りの一部始終を語って、

「岡っ引の申すとおりだと、ハチという人足とその仲間が怪しいということになるのですが、あれこれ考えるとやはり岡っ引のほうが数段疑わしい」

「大崎との関係は？」

「いまのところ浮かび上がっておりません。ですが岡っ引の小箱に附子が入っていたのは事実です。岡っ引がいうとおり、ハチという人足が忍び込ませたにしろ、岡っ引が自身でしまっていたにしろ、御煮嘗は悶え苦しむという不審な死に方をしております。誰かが殿のお命を狙ったという疑いは、ますます濃くなりました」

上総介は腕を組む。

「かりにです。岡っ引が一件になんら関係していないと判明した場合、御公儀の十手を預かっている男です。無罪放免にして江戸へ帰すと厄介なことになります。そこでこっそり始末するつもりだったのですが、一心斎様の御子、殿にとっては異腹の弟君であるかもしれないということになると、独断で始末はできません。それで、どうしたらいいのか、ご指示を仰ぐために引き返しました」

上総介の、老いを刻みはじめている横顔には苦渋《くじゅう》の色がにじんでいる。

「どうしたらいいのでしょう？」

伊佐恭之介がうながす。

「万に一つもだ。岡っ引が一心斎様の御子であったとしても、いまさら涙の対面などというわけにはいくまい。おぬしも申したとおり、岡っ引と三十一万五千石の備前岡山松平家の殿が兄弟――などというのが明らかになると、当家は世間に恥をさらす。といっておぬしの申す通り、一件に関係していなくても、こっそり始末するというのはのう。後生が悪い」

「ではどうしろと？」

「それはおぬしが考えろ。ただ、やたらに人の命を粗末にするな」

と上総介がいったとき、

「クシャン」

半次はまたくしゃみをした。

四

手の自由がきかない。鼻水は垂れ放題になっている。鏡に映して見たら、笑いたくなるほど情けない顔に違いない。

からだはたえず寒さに震えている。熱もある。風邪はこじれる一方だ。肺炎とやらにならねばいいがと思ったとき、足音が聞こえた。

また、御白洲ならぬ土間にひきすえるのか。

戸が開いた。

「着替えさせるいうて、一体どうやって着替えさせるんですかなあ」

岡山の岡っ引が横目付に尋ねる。

「縄をほどかずに着替えさせられればいいのだが……そんなことできっこないか」

「縄をほどいて大丈夫ですかのう？」

「よし、こうしよう。それがしは刀を抜いて構える。おぬしは縄をほどく。着替えは〝こやつ〟自身にさせる。逃げ出そうなどと妙な了見を起こしたら、構うことはない。おれが叩き斬る。着替えさせろといわれたのは伊佐さんだ。叩き斬ったところで文句をいわれる筋合はない。分かったな。江戸の岡っ引」

横目付は半次に、そう声をかけて続ける。

「いま縄をほどいてやる。妙な了見を起こすんじゃないぞ」

天祐とはこのことと半次は思った。神や仏など信じたことがないが、このときばかりは、神や仏もあると思った。

誰かにたのまれ、毒を盛ってさるご仁の命を狙ったのではないかと疑われている。もののしさからいって、殿様の命を狙ったと疑われているのかもしれない。また妙な空気から察するに、生きて帰ることはできないようでもある。

そこへどういうわけか縄をほどいてくれるというのだ。こんな願ってもない話はない。

「命あっての物種。妙な了見など起こしません。ですから、刀を振りまわすのだけはご勘弁ください」

半次は神妙に答えた。

「よし」

といって横目付は顎をしゃくる。岡山の岡っ引は、横に差し渡してある丸太に古着をかけて、縄をほどきはじめた。

肉を斬らせて骨を斬るではないが、なに、命をとられるよりましだ。雨を含んだ冷たい着物を横目付に叩きつけ、ひるむ隙に逃げ出せばいい。

そう思ったのは甘かった。

「待てよ。用心するにこしたことはない」

横目付はいう。

「足をぐるぐる巻きにしたうえで、縄の先を柱にくくりつける。そして腕にかけている縄をほどく」

おいおい、それだと、手は勝手がきいても、足は勝手がきかない。縄をほどこうとするとばっさりやられる。

「こやつが古着を羽織る。そのあと再び腕を縛って縄の先を柱にくくりつけ、足の縄をほどく。この要領なら、万に一つも逃げ出す恐れはない」

どっちにしろ逃げ出せない。なんてこった。

「分かるな、要領は？」

「へい」

「やれ！」

岡山の岡っ引は、いわれたとおりの手順で縄をほどきはじめた。

腕の勝手はきいたが、どうにもならない。冷たい着物を脱ぎ、かび臭い古着を羽織って帯をしめた。

続けて岡山の岡っ引は再び腕を縛り、足の縄をほどく。

うん！　手順を間違えている。腕を縛った縄を柱にくくりつけるのを忘れている。

一か八かやってみるか。いや、やるしかない。入口の戸は明かりをとるためもあって、開け放しにしてある。

岡山の岡っ引が足の縄をほどき、立ち上がったその瞬間、半次は脱兎のごとく駆けった。

横目付がびっくりし、慌てて刀を振り下ろす。

痛《つ》ウ！

背中に激痛が走った。かまわず、半次は駆けた。

「待てエ！」

二人は追ってくる。

足には自信がある。掏摸《すり》など、逃げる悪党は、たいがい追いついて捕まえた。

朽ちた門を潜り抜けた。四方を一瞬のうちに見まわした。

山がある。山なら姿を隠せる。

山へ向かった。背中は痛むが、おかげで縄は切れたらしい。気がついたとき縄はほどけていた。血を止めなければならない。駆けながら帯をずりあげ、背中に当てて強く縛った。

二人は依然追ってくるが、すでに一丁ばかりも引き離している。山はもう目の前だ。山にさえ潜り込めばこっちのもの。

麓に鳥居が見える。なんとなく神が籠もっていそうな山だ。この山の神様が助けてくださったのかもしれない。

あと一息――。振り返った。二人は小さく見える。半次は最後の力を振り絞るように駆けて、山に潜り込んだ。

山に潜り込んだ瞬間、くらっと眩暈《めまい》がして足がもつれた。

背中は焼け火箸を当てられているようでひりひりしているが、出血はひどくない。眩暈がしたのは熱のせいだ。喘息持ちのように、喉もぜえぜえ鳴っている。

木陰に身を隠していま一度振り返った。一人が引き返す。仲間でも呼びに戻ったのか。すると山狩りでもはじめる？

逃げなければならない。どこまでも、どこまでも。

しかし一体、どこへどう逃げればいい。決まっている。山の中へだ。

山はたっぷり水を含んでいて、足が滑る。犬が這うような様で登った。

どのくらい登り、さまよったろうか。洞穴のような窪みが目に入った。

ちょっとの間でもいい。からだを休めたい。中に入って横になった。

手を額にやった。熱した茶釜に手を当てたようだ。ひどい熱である。喉も鳴り続けている。

こんなところにいてどうする？　死を待つだけではないのか。人里に出て、救いをもとめなければ……。

しかし岡山の岡っ引らしいのが、一帯の人家に触れまわっているとどうなる？　みすみす網にかかるようなものだ。

いや、山を越すと運良く、他国あるいは他領ということにならないでもない。備前岡山の家中の者は手も足もだせない、ということにならないともかぎらない。どのくらい奥が深いのかは知らないが山を越そう。

からだを起こした。血止めのために帯をたくしあげている。前がはだけてざまはない。古着の片袖をちぎり、引き裂いて背中をしばった。

山はたいした山ではないようだった。下りになった。里も見える。人家も見える。運良く、他国か他領に逃れることができたのかもしれない。

うん？　なんだ？

鳥居が見える。まさか。山を越したつもりが、山の中をさまよっていただけで、元へ戻ってしまったのか。そんな馬鹿な。

いやそうだ。熱にうなされていて、方角が分からなくなってしまっているのだ。

追っ手は？　雨は小止みになっているが、日が暮れかかっていてよく見えない。

あっ！

足を踏み外した。ずるずるっと滑り落ち、腰をしたたかに打った。

物置小屋らしきものがある。人目を避けなければならない。這いずるように近寄って中に入った。

熱はひどくなる一方で、寒気でがくがく震える。いま一度山を越さねばならないが、これ以上身動きはできない。

もうどうでもいい。なるようになれ。そう捨て鉢な気分になったとき、すうーっと意識が薄れ、雨が激しく茅葺《かやぶ》きの屋根を叩いた。

第四章　満天の星

一

半次は柱にもたれて馴染みの女を待っている。

深川七場所ではもっとも格式が高い、またそれだけにいい女もいれば散財も強いられる、仲町のここは梅本。

御殿女中だったおばは、どういうわけか百両という大金を残してくれた。半次は前髪がとれて何年とたっていない歳なのに、粋がってこんなところで遊んでいる。

金は底をつきかけているのだが、先のことなど考えていない。なるようにしかならない。そう開き直っている。

三味線を抱えた女がぞろぞろ入ってくる。

「おいおい、座敷を間違えてるんじゃねえのか」

女たちは構わず、ずらりと並んで三味線を鳴らしはじめる。

十人もいるか。夏の蟬《せみ》しぐれのように三味線の音《ね》が辺りに響き渡る。まるで吉原《なか》の清掻《すががき》だ。

三味線の音がぴたりと止んで女たちは姿を消した。

うん？　なんだ？　どういうことなのだ？

そうか。夢か。夢を見ていたのか。それはいいが、ここはどこだ？

また三味線の音が辺りに響きはじめたが、深川でも吉原でもあるまい。

背中がずきりと痛む。どうして？

そうだった。みるみる記憶が蘇った。

それにしても、ここはどこだ？

あのとき、鳥居が麓に見える山へ逃げ込み、山を這いずりまわった。そしてなんとか、山の向こう側に逃げおおせた。

そう思ったのだがなんのことはなかった。鳥居のある山裾へ戻ってしまった。

そのあと足を踏み外し、物置小屋かなんかで……、そう、意識を失ったのだ。

だったらここはあの、武家か豪農の廃屋とおぼしき屋敷に近い。横目付のような武士や岡山の岡っ引の手がまわって不思議のない一帯だ。にもかかわらず、なぜ殺されることなく、こんなところで、柔らかな布団に寝かせられている?

喉がひりひり渇く。枕元に水差がある。手にとってごくごく喉に流し込んだ。

尿意をもよおした。立ち上がった。足がふらつく。開け放してある障子に手をやって支えた。

さて、憚《はばか》りはどこか? と辺りを見まわしたとき、唐紙が開く音がした。振り返った。

「ようよう気がつかれましたか?」

女だ。

「憚りを」

「廊下をコの字に伝《つと》うていった、向こうの」

と女は目をやっていう。

「手を引いてさしあげましょうか」

「いや」

首を振った。隣家からの、三味線のお稽古らしい音は騒がしく鳴り続けている。

戻ると寝床はきちんと直されていて、女が脇にすわっている。

からだがだるい。本調子ではない。半次は聞いた。

「もう少し休ませていただいて、よろしゅうございますか?」

「どうぞ」

横になり、息を休めていった。

「物置小屋で倒れていたところを、どなた様かは存じませんがお助けいただいたようで、本当に有り難うございました」

「困ったときはお互いさまです」

「どんな有り様だったのでしょうねえ？」

「お父っつぁんが、あなたが倒れておられた物置小屋のすぐ側の小道を通りかかり、あなたの呻き声を聞いた。それですぐに物置小屋に入って、お助けしたんだそうでございます」

「昨日のことでございますか？」

「一昨日《おとつい》のことです」

「すると？」

「おおかた、丸二日お寝《やす》みでした」

「丸二日も……」

「ひどいお熱でしたよ」

熱は下がったらしい。

「お医者様の見立てによると、肺が炎症を起こしているとかで、助からんかもしれんとのことでしたが、すっかり元気になられて。よかった」

「みなさんのお陰です」

「この分なら、あと一日二日で床上げできるかもしれませんねえ」

「ときに、ここはどこです？」

「ご存じないんですか？」

「へえ」

「お言葉からお察しするに、江戸の方でございますよねえ」

「さようで」

「荷物はお持ちじゃないわ、背中にひどい刀傷を負っておられるわで、なにか訳がおありだろうとお噂しておったのですが、見当もおつきでない？」

「さっぱり」

「どこをどうやって物置小屋まで辿り着かれたんです？」

ここいらには、岡山の岡っ引らしき男から触れが出ているのではないのか。だったら詳しい話は避けねばならないが……。しかしなにをどうごまかしても矛盾だらけになる。急所は外して、なるべく事実に沿ったことをいったほうがいい。

「あっしは江戸からの人足で、お殿様の御供をして岡山に下ってまいったのです。ところがなにか勘違いされたようで、勾引《かどわかし》に遭い、岡山から二里ばかり離れた人里に連れていかれ、逃げ出そうとしたところを後ろから切りつけられたのです。それで、なんとか躱《かわ》して麓に鳥居の見える山へ逃げ込んだのですが、さんざん逃げまわって着いたところがやはり鳥居のある山裾でした」

「ははーん、さては」

といって女はにっこり微笑む。

「山の中をさ迷って、元の鳥居のある山裾へ戻ってしもうたとあなたはお思いなんですね?」

女は片えくぼをくずさずにいう。

「ええ」

「じゃあないんですよ。あなたは、道に迷うてはおられません」

「どういうことです?」

「吉備《きび》の中山いうのをご存じですか?」

「いえ」

「歌枕は?」

苦笑いしていった。

「肘枕とか、膝枕とかってのは知ってますがね……」

「オ、ホホホ。おかしなお方」

女は艶然と微笑む。歳の頃は三十前後。お父っつぁんがどうのこうのといっていた。出戻りか。いかず後家か。いずれにしろ未通女《おぼこ》ではない。

「古歌に詠《よ》まれた諸国の名所を歌枕というんですが、吉備の中山いうのは有名な歌枕の一つなんですよ」

「吉備というと、そうか、草双紙《くさぞうし》にでてくる桃太郎の吉備団子の吉備ですね」

「そうです」

「古歌とおっしゃいましたが、たとえばどんなのがあるんです?」

「古今和歌集大歌所《おおうたどころ》の歌にこんなのがあります。

真金《まがね》吹く吉備の中山帯にせる

細谷《ほそたに》川の音のさやけさ」

「どんな意味です?」

「真金吹くというのは吉備にかかる枕詞《まくらことば》です」

〝大歌所〟にしろ、枕詞とかの〝真金吹く〟にしろ、意味は分からないがまあいい。

「吉備の中山いうのはあなたがさ迷われた山です。細谷川は中山の頂きから流れ落ちる、細い渓《たに》のような川。その川が東西に流れて麓をめぐる様が〝帯にせる〟です。中山を人の姿にたとえるなら帯を巻いたようだといっているのです。そして細谷川の音がすがすがしく冴え渡っている、と歌《うと》うているんです」

それがどうした、と思わないでもないが、歌というものはそういうものなのだろう。また、それなりに意味があるのだろう。

「その細谷川という川はですねえ。備前と備中の境になっている川でもあるんです」

「すると、吉備の中山というお山も備前と備中の境になっている？」

「お察しがおよろしい」

「ならばここは備中？」

「そうなんですよ」

「備前岡山松平様の御領地ではない？」

「もちろん」

「しかしあっしは、備前岡山松平様御領地とおぼしき、鳥居のある山の麓から迷い込んで、おなじところに戻っている？」

「そのこと、どうお考えになります？」

女は、今度は焦《じ》らすように微笑んだ。

「吉備の中山は備前と備中の境をなす山。備前とおぼしき、鳥居のある山裾から吉備の中山に逃げ込み、備中のおなじく鳥居のある山裾に逃れた……」

半次はつぶやきながら考えている。

「まさか？」

「そうです」

女はうなずく。

「吉備の中山の、備前の側にも、備中の側にも、お社《やしろ》がある?」

「そのとおり」

なるほど、そういうことだったのか。備前から備中へ見事逃げおおせていたのか。神が籠もっていそうな山に見えたが、やはり山の神様が助けてくださったのだ。

しかし、すると助けてくださったのはどちらの神様だ? 待てよ。それに、一つの山に二つの神様がおられるなんて、おかしくないか。神様どうしで、おれの山だ、出ていけなどと喧嘩する、なんてことにならないのか。

「お伺いしますが、吉備の中山には、神様がお二神《ふたがみ》もましましているのですか?」

「いいえ。御祭神はおんなじです」

「おなじ神様を、備前側と備中側とでお祀《まつ》りしている?」

「そうです。第十代崇神《すじん》天皇の御代、諸国に派遣された四道《しどう》将軍のお一人、大吉備津彦命《おおきびつひこのみこと》と命のご一族を、両側でお祀りしているんです」

「分社というのならともかく、おなじ山の両側で、おなじ神様をお祀りするなんて、なんか妙ですねえ」

「神社の名前は違います。こちらは吉備津神社。あちらは彦がついて、吉備津彦神社。もっともこれも紛らわしいから、他国の人は結構混乱されます。それに、こういうてはなんですが、こちらは『延喜式《えんぎしき》』の式内大社《しきないたいしゃ》。あちらは式内社ではありません。格式はこちらのほうがはるかに高い」

女のお国自慢を無視して、

「こちらの吉備津神社とあちらの吉備津彦神社とはどのくらい離れているのです？」

「山裾をまわって十四、五丁でしょうか」

なるほど、だから山を難なく越すことができたのだ。

そうだ。大事なことを聞き忘れていた。

「ここは備前岡山松平様の御領地ではないということですが、するとどちらの御家中の御領地なのです」

「神領《しんりょう》です」

「吉備津神社のですか？」

「はい」

「石高は？」

「百六十石」

「なるほど」

「たったの百六十石か、と思っておられるんでしょう」

「そんなこと思ってませんよ」

「嘘おっしゃい。顔に書いてあります」

女はそういって睨みつける。

「御朱印状《ごしゅいんじょう》をいただいての神領は、たしかにわずか百六十石です。しかし辺りを歩いてごらんになれば分かります。賑々《にぎにぎ》しさはそこいらのご城下にひけをとるもんじゃあありません。きっと、びっくりなさると思います」

「そういえば、お隣は置屋のようでござんすねえ」

「おっしゃるとおり」

門前町で、茶屋があって、三味線を弾く芸者も少なくないのだろうが、似たような稼業の、堅気ではないなにかを感じる。

「こちら様のご商売は？」

「さあ、なにかしら」

女はそういい、また頬に片えくぼをつくって微笑む。

「あなたのお父っつぁんというお人に助けていただいたようなのですが、お父っつぁんはなにをなさっておられるお方なのです？」

「それはお父っつぁんに、直《じか》にお聞きあそばせ」

いかがわしい商売――、淫売屋の類いではないだろうな。

「わたしはこれから出かけないといけません。御用がおありでしたら、枕元の鈴を鳴らしてください。誰かがまいって承るはずです。では」

女は立ち上がる。半次も眠気がさしていて、瞼を閉じるとすぐに寝入ってしまった。

一番鶏の鶏鳴に目が覚めた。日が一年で一番長い頃で、辺りはすでに明るくなっている。

縁側に出ると、台所とおぼしき辺りから老婆が近寄ってきて、声をかける。

「お目覚めですかいのう？」

「ちょいと憚りを」

半次は会釈をして廁《かわや》に向かった。

部屋に戻ると老婆が待っていていう。

「お寝みになりますかのう？　それともお床をお上げしますかのう？」

「上げてください」

「旦那様は四つ（午前十時）にこちらにお見えになりますけえ。それまで、朝食を差し上げておくようにとのことですらあ。昨夜のように粥になさいますかのう？」

あれから、二度起きて、粥《かゆ》をすすらせてもらった。風呂もつかわせてもらった。そのうえで、「旦那様にお礼を」というと、老婆は、「旦那様はお出かけですけえ。明日でもよろしゅうござんしょう」という。疲れはまだ残っていた。またぐっすり寝ませてもらった。

「食べさせていただけるのなら、ふつうのご飯がいいですねえ」

半次はいった。

「では、これから炊きますらあ。少し時間がかかりますが、どうされます。雨は上がっとるようじゃし、お散歩でもなさいますかのう」

やつらがうろついていないとも限らない。

「からだがしゃんとしません。ここにいさせてもらいます」

「そうですか。それじゃあ」

老婆は布団を上げて下がった。

二

ここは吉備津神社の神領で、備前岡山松平家の領地ではないということである。ならば岡山松平家の捕方が、十手を持ってうろつくなどということはできない。しかし蛇《じゃ》の道は蛇《へび》。その手の男は通じ合っている。

老婆によると、神領は宮内《みやうち》という地名で、江戸の岡っ引、つまりおのれがこの宮内に逃げ込むというのは、十分に考えられる。

宮内は賑々しい町だそうだが、規模は目黒不動や根津権現《ごんげん》といった程度の門前町だろう。助けられて、ここの家に厄介になっているというのが、やつらの耳に入っていないとも限らない。

しかし、だとすると、にもかかわらず助けてくれた、ここの主人は一体何者？

背中に刀傷のある、無一文の、怪しげな行き倒れの男を助けるというのはいきがかり上、ないとはいえない。だが、岡山の捕方が探しまわっている男かもしれないと、多分分かっているに違いないのに、その男を匿《かくま》いつづける男は何者？

しかしそれもまあ、会ってみれば分かる。約束の刻限に、男の代わりに、岡山の捕方がどっと踏み込んでくるということは、よもやなかろう。

柱にもたれてそんなことを考えていると、老婆が庭先から姿を見せていう。

「旦那様がお見えですらあ」

半次は、違い棚のある床の間に向かい合うようにかしこまった。

男は廊下を伝ってきて、床の間を背にしていう。

「すっかり回復されたそうで、ようございました」

半次は手をつき、顔を伏せたまま、

「すんでのところで命を失うところでした。本当に有り難うございました」

と礼をいって顔を上げた。五十に手が届こうかという歳まわりの、なかなかの貫禄だ。

「なんでしたら、床に横になって話されてもええのですよ」

男は煙草盆をぶら下げてきていて、きせるに刻みを詰めながらいう。

「とんでもありません」

「煙草は？」

「嫌いなほうじゃありません」

「じゃあ我慢なさってたんですな」

不思議に吸いたいとも思わなかったが、

「へえ」

男はポンポンと手を叩いて、老婆に煙草盆など一式を用意させた。

「あの日は、生きておったら二十八になる倅の、祥月命日《しょうつきめいにち》でしてなあ」

煙をくゆらせながら男は続ける。

「あの近くに墓があり、墓参りの帰りにあなたの呻き声を聞き、これも倅の引き合わせかもしれん、だったらお助けせにゃあならんと、担いでここまでお連れしたんです。背中の刀傷には秘伝の軟膏を塗り込んでおきました。どうです。傷は？」

「お陰さまで傷口も塞がったようで、別条はありません」

半次はいま一度、深々と頭を下げた。

「ときにわたしゃあ岡田屋熊次郎いうて、宮内を仕切らせてもらっておる、世話役です。もっとも世間じゃ、博奕打ちの親分ともいうております。以後、お見知りおきくだせえ」

「さようでございますか」

面と向かってはっきり名乗られた以上、いいかげんなことはいえない。またいいかげんなことをいうと、あとあとかえって厄介なことになる。

「あっしは半次という、江戸のケチな岡っ引でござんす」

「ご様子から堅気のお人じゃあねえと思うておりました。やはりさようでございましたか。して、なんであのようなところに？」

「お嬢さまには当たり障りのないことしか申しませんでした。こういうことでございます」

岡田屋熊次郎を信のおける男と見てとった。半次は洗いざらい、包み隠さず打ち明けた。

「よう、打ち明けてくださった」

岡田屋熊次郎は腕を組んで続ける。

「宮内は神領で、わたしは取り締まりも仰せつかっております。そのわたしのところへ、岡山のさる筋から、背中に刀傷のある怪しげな男が逃げ込んだら、ひっ括って、引き渡してほしいと要望が届いております」

推測したとおりで、半次は緊張した。

「あなたは、その筋から追われていなさるとかの、なにか事情がおありになる方に違いねえ。そう思うて、幸い娘にも、婆さんにも、あなたのことは口止めしております。またあの日は土砂降りで、物置小屋からここまでの道すがら、誰にも見咎められておりません。じゃから、あなたがここにいることは、わたしと、娘と、婆さんの他は、誰一人として知りません」

「お身内衆は？」

「ここは娘と、亡くなった娘の母親を住まわせていた家で、身内の者が、ここへ寄りつくのは堅く禁じております」

するとと、とにかくいま現在は、この博奕打ちの親分に生殺与奪《せいさつよだつ》の権とかを握られてしまっている……。

「あなたがいいかげんなお人だったり、また明らかに見え透いた嘘をついていると思われた場合、わたしは遠慮会釈なく、あなたを岡山のその筋に引き渡そうと思うておりました。じゃが、話を伺《うかご》うたかぎりじゃあ、嘘をついているとは思えない。また、事実おっしゃるとおりならいかにもお気の毒。そこでです。岡山のその筋には内緒で、こっそりあなたを逃がしてしんぜましょう」

岡田屋熊次郎はそういって、またきせるに刻みを詰める。

「逃げるとすりゃあ船便がええ。船便となると下津井辺りからということになりますが、下津井辺りは岡山のその筋の男たちが張り込んでいるようで、いかにも危ねえ」

岡田屋熊次郎は語をつぐ。

「山陽道を神辺《かんなべ》まで下られ、神辺から福山道をとり、福山の御城下を経て芦田川沿いを下られると鞆《とも》という古い湊町に出ます。そこの顔役と懇意にしております。添状《そえじょう》を書いて差し上げますよって、鞆で便船を探して兵庫なり大坂に上陸され、江戸に帰られるとええ」

「有り難うございます」

渡る世間に鬼はないという。半次は涙が出るほど嬉しかったが、

「さっきもお話ししたと思うのです。あっしはいが茄子男が誰であるか、突き止めなければなりません。それに、多分殿様の毒殺を謀《はか》ったと疑われたから、危うく命を狙われました。その真相も突き止めたいし、また、たとえ相手がお殿様の身の周りのお武士《さむらい》であろうと、やられただけの仕返しはさせていただかなければなりません」

「それで？」

「お言葉は嬉しいのですが、岡山に戻ります」

「それじゃあ、飛んで火に入る夏の虫じゃ。あなた、よくお考えなせえよ。あなたはさっき、いが茄子男はハチとかいう岡山の人足とその仲間じゃあねえかといわれた。それだけ分かりゃあ十分じゃねえですか。そのことを定廻りとかの旦那に報告されればええ。殿様の毒殺云々の真相を探るためともおっしゃる。たまたまそういうことになったのであって、もともとあなたに関係のねえことじゃあありませんか」

「いが茄子男の件でいうと、五十両という謝礼をいただいております。〝ではないでしょうか〟とか、〝と思います〟、というようないいかげんな報告ではなく、はっきり〝こう〟と報告したいのです。ハチという人足にも、相応の礼はさせてもらわなければなりません。殿様の毒殺云々の件ですが、あっしはすんでのところで命をとられようとした。関係のないこと

ですます気にはなれないのです。やられたらやり返す。これをあっしは世渡りの軸に据えております」

「しかしそりゃあ備前岡山三十一万五千石を相手にするようなもの。いくらなんでも、そんな無謀な真似はおよしになったほうがええ。無鉄砲すぎる」

「ついては、お願いがあります」

「なんです？」

「ご承知のとおり、わたしは無一文です。岡山から駕籠で運ばれる途中、駕籠舁きどもに、十両余りあった金を根こそぎ剝がれました。江戸から為替《かわせ》で金を取り寄せなければなりません。その間、物置の片隅で結構でございます。寝泊まりさせてやってください。三度の食事も台所の片隅で結構ですから食わせてやってください。ただでとは申しません。金が送られてきたら、お代は払わせていただきます」

「お代なんかはどうでもええんじゃが……」

岡田屋熊次郎は間をおいて、

「やはりあなたは江戸へ帰られたがええ」

岡田屋熊次郎はポンポンと手を叩く。老婆がやってきた。

「熱い茶をいま一杯ずつ」

老婆は返事をして下がる。

「あなたは物置でええといわれる。物置でのうてもです。為替で金が送られてくるのに、一月はかかりましょう。狭い田舎町です。あなたのことはすぐに知れ渡る。岡山のその筋の者も知る。もちろんわたしが睨みをきかせております。ここ宮内では手が出せない。しかし一歩宮内を出たら、たちまち御用！　ならまだええです。闇討ちということになりかねません。悪いことは申しません。江戸にお帰りなせえ」

「一つ、おうかがいしていいですか？」

「どうぞ」

「岡山のその筋の者と、しばしばおっしゃられる。しかし、あっしよりはそれらの方々とのお付き合いのほうが深いはず。なのにどうして、あっしをかばおうとなさるのです？」

「それはあなた、さっきも申したように、亡くした倅の祥月命日にあなたをお助けしたというご縁じゃからですよ」

といって、岡田屋熊次郎は莞爾《かんじ》と微笑む。

「本当はですなあ。わたしらと岡山のその筋の者とは犬猿の仲じゃからでもあるんです」

「といいますと？」

「お国自慢をちょっとさせていただきますと、ここ宮内は神領わずか百六十石ですが、江戸の公方《くぼう》（将軍）様から直接御朱印をいただいておる、吉備津さま自前の町です。それで江戸の御寺社（寺社奉行）にとくに願《ねご》うて芝居興行をお許しいただいております」

「本当ですか？」

岡田屋熊次郎はうなずく。

徳川幕府は農民が芝居にうつつをぬかすのを嫌って、江戸、京、大坂の三都の他、芝居の興行を認めなかった。旅の一座や村芝居の類いは厳しく取り締まった。

「ここ宮内の芝居は御朱印地芝居と申しまして、春、秋の大市の時期になると、京、大坂の役者はいうにおよばず、遠く江戸からも役者が下ってきて、それはもう賑やかなものです」

「ひょっとしてその座元もなさっている？」

「おっしゃるとおり。江戸までは出かけておりませんが、京、大坂にはのべつ出かけて、役者さんと出演交渉をします。大市ではその他、人形芝居、相撲、軽業《かるわざ》、浄瑠璃、仁輪加《にわか》など、各種の興行がおこなわれ、富籤《とみくじ》に博奕は年中無休といっていいほどで、富籤と博奕もわたしが取り仕切っております。それに妓楼が百軒。遊女が三百人。宮内は山陽一の歓楽境というてええでしょう」

「下津井の近く、瑜伽山蓮台寺もなかなかの歓楽境だとうかがっておりますが」

「あそこは、一心斎様といわれた岡山の先代の殿様が、宮内を真似てはじめられたもので、たしかに賑やかじゃあありますが、宮内たあ比べものになりません」

運ばれてきた茶をすすって岡田屋熊次郎は続ける。

「ご承知でないかもしれませんが、岡山松平様は傾城《けいせい》・歌舞音曲を禁じておられる」

「聞いております」

「さっきも申しました一心斎様の代に緩められ、瑜伽山蓮台寺の遊女も黙認されるようになったのですが、表立って傾城・歌舞音曲を解禁されたわけじゃぁねえ。お膝元のご城下では、引き続き厳禁されている。それで昔から、御家中の武士はいうにおよばず、商人衆《あきんど》もしばしばここ宮内に遊びに見えられた」

絃歌さんざめく紅灯の巷での遊興ばかりは、禁じて禁じられるものではない。

「それが、御重役方にとっては面白うねえ。繰り返し、繰り返し、宮内での遊興を禁じられる。ときにゃあ、御役人をここ宮内に潜り込ませて、摘発される。わたしらは、金が落ちてなんぼの商売。面白うねえ。そこで文句の一つもいう。領内で厳禁されるのはそちらの勝手。宮内まできて摘発されるのは商売の邪魔をするようなもの。およしくだせえと。時にゃあ、御役人を宮内の外に追いやることもある。そんなわけで、岡山のその筋の人たちとわたしたちは、むしろ犬猿の仲」

「さようでございましたか」

あれこれ話を聞いているうちに、岡田屋熊次郎がいうのももっともに思えてきた。

「考えてみますと、おっしゃられるとおりたしかに岡山に戻るのは剣呑《けんのん》です。お勧めにしたがい、福山の御城下を経て鞆とやらに下り、船便を待って江戸に戻らせていただきます。ですが、さっきも申しましたとおり、悲しいことになにぶん無一文……」

「路用ぐれえは用立てて差し上げます。三両もありゃあ十分じゃと思いますが、念のため五両、用立てましょう。ただし、返していただきます。宮内にも両替屋があります。両替屋に為替で送ってくだせえ」

「そうさせていただきます」

「そうと決まったら早いほうがええ。すぐにここをお立ちなせえ」

「着物が……」

「わたしのを進ぜましょう」

「お言葉に甘えさせていただきます」

婆さんに手伝ってもらって髪月代《かみさかやき》し、二の腕と脛に手甲脚半《てっこうきゃはん》と、旅支度をととのえた。

「家《うち》を出て右に向かい、道なりにまっすぐ行くと山陽道は板倉の宿に出ます。わたしが見送ると目につきます。お一人でお行きなせえ。これが鞆の顔役への添状です」

「なにからなにまで相すみません」

雨はまた激しく降りはじめ、使い古しの簑笠《みのかさ》を譲ってもらって身を包み、深々と頭を下げて家を出た。

「あら、どうなさったの？」

門口で、女が声をかける。

岡田屋熊次郎の娘だ。半次は娘にも深々と頭を下げていった。

「長々とお世話になりました。これで失礼いたします」

「あら、わたしゃあそんなこと聞いてないわ。ねえ、一度お戻りになって」

娘は引き留める。

「いつまでもお世話になっているわけにはまいりません」

「世話だなんて、そんなこたぁ、どうでもええんよ。それより江戸の話もろくろくうかがってないし、一日や二日、ええじゃないですか」

「これで結構あっしも忙しい身体なのです。ご免なすって」

「そんなア」

ふたたび頭を下げ、笠を目深にかぶって、表の通りを右に折れた。

「お父っつぁん」

女は声をあげて家の中に入っていく。

足早に一丁ばかり歩いて振り返った。

女は門口にたたずんでいた。

家並みが少しばかり切れるが、門前町宮内と宿場町板倉は地続きといっていいような近さで、すぐに板倉に着いた。

右をとれば岡山、左をとれば神辺から福山。左をとった。東海道の宿場町に比べると見劣りはするが、それでもなかなかの規模の宿場町だ。

ここにも岡山のその筋の者は張り込んでいるかもしれない。笠を手で心持ち上げて、辺りをうかがった。

問屋場《といやば》らしき家の門に人足が三、四人群れて、声高に話をしている。

そうだ！　ロクはどうした？

まだつながれているのか？　それともばっさりやられて無縁仏になってしまった？

思えば、ロクと親しくしていたから、ロクはとばっちりを受けてしまったようで、まだつながれているのなら、助けてやるのが筋ではないのか。おのれだけがおめおめと、江戸へ戻っていいのか。

錘《おもり》をつけたように足が重くなった。

せめて、武家屋敷か豪農の屋敷とおぼしき廃屋に引き返し、確かめるだけは確かめておかないと……、あとあと嫌な気分を引きずってしまう。

あの廃屋は備前の吉備津さんの鳥居の見える所にあった。道を元にとって、備中の吉備津さんを振り返った。

あのこんもりした山の向こうということになるが、道は山陽道を岡山方向に向かえばいいようだ。

岡田屋熊次郎は二尺ぐらいの道中差《どうちゅうざし》を、用心のため腰に差してくれた。どうせ鈍刀《なまくら》だろうが、ないよりはましだ。

それに有り難いことに、使い古しの簑笠が、旅人臭さを消してくれている。

半次は山陽道をとって返した。道が大きく右に迂回していて、備前の吉備津さんが右手に見えてきた。廃屋はすぐに分かった。

用心しながら近づいた。その筋の者はいなかった。あちらこちらと探した。ロクの姿も見えなかった。

三

「見つからぬのか?」

側小姓頭伊佐恭之介は眉間に皺《しわ》を寄せて聞く。

「はい。四日四晩と、いましがたまで、山中はもとより、山の周囲も隈《くま》なく探索しました」

と横目付はこたえて続ける。

「されど、風邪を引いてのあの弱りよう。また背中の刀傷から考えて、逃れたとしても山越えがやっとです。それに、駕籠舁きどもが身ぐるみ剝いでます。一文も持ち合わせておりません。宮内に逃れたとしても、宮内から先へは逃げきれません」

ここは岡山城下三之外曲輪にある伊佐恭之介の屋敷の座敷。伊佐恭之介は煙草を吹かしながら耳を傾けている。

「それとなく宮内の、岡田屋熊次郎の身内にも当たりました。そのような男がどこかの家に救いを求めたなどという話は、聞こえてきません。ですから、やはり山をさ迷っているうちに野垂れ死にした、と思って間違いないでしょう」

殿上総介は側小姓頭伊佐恭之介に、およそこういった。

「一件に関係していなくても、江戸の岡っ引をこっそり始末するというのは、後生が悪い。やたらに人の命を粗末にするな」

一件に関係していないと分かった場合、岡っ引をどう扱えばいいのか思案がつかないいま、伊佐恭之介は廃屋に戻った。横目付らは岡っ引を逃がしてしまったと騒いでいる。急ぎ捕まえなければならない。

横目付を指揮して、追わせた。四日四晩がすぎ、横目付は廃屋から戻ってきて、野垂れ死にしたと思って間違いないでしょうという。

野垂れ死にしたのならしたで、殿には適当に報告しておくまでで構うことではないが、

「おぬしも聞いたとおり、岡っ引本人の言い草によると、江戸の、町奉行からなにか用をいいつかっているということだった。生きて江戸へ帰すと厄介なことになる。万が一にもそのようなことはあるまいな」

伊佐恭之介は念を押した。

「湊は下津井、牛窓、山陽道は岡山から上方への出口と、人相書きをまわし、岡っ引を張り

込ませております。万に一つも逃れ出るようなことはありません」

横目付は断言する。

「ロクという人足のことだが……」

「それが……」

横目付は顔をしかめる。

「やはり行方が知れないのか?」

「はい」

江戸の岡っ引が逃げ出し、横目付は岡山の岡っ引と二人で慌てて追っかけた。追いつけそうもない。岡山の岡っ引に追っかけさせ、自身は応援を頼むため、岡山に引き返した。

そのあともロクのことには気がまわらず、ハッと思い出して、ロクをつないでいる蔵の中を覗いた。蛻《もぬけ》の殻《から》だった。

ロクという人足は、縄抜けの術でも心得ているかのように縄をほどいて抜け出していた。

「しかしあの者は……」

と前置きして横目付がいう。

「長年人足として御家の江戸部屋でぶらぶらしていた男ですし、江戸の岡っ引ともなんら関係がありません。逃げたってどうってことはありません。それより放っておけないのは、ハチこと鶴八です」

うむ、とばかりに伊佐恭之介はうなずく。

「江戸の岡っ引がいったとおりだとすると、ハチも怪しい。殿毒殺の嫌疑を江戸の岡っ引におっかぶせるため、ハチの仲間が、岡っ引の小箱にいが茄子と附子《ぶし》を忍ばせたとも考えられ、するとやつこそ、殿の毒殺を狙った張本人ということになる」

「捕まえて吐かせましょうか？」

「さあ、そのことだ。この前からずっと考えておったことだがのオ」

伊佐恭之介は横目付の顔をしげしげ見つめる。

「おぬしはそれがしに、本当に忠節がつくせるのだな？」

「それはもう。何度も申し上げているとおりです。それがしにもいささかの野心はあります。いつまでも横目付で終わりたくありません。町奉行くらいには昇役したい。それをお約束いただけるのなら、いかなる忠節でもつくします」

「よくいった」

伊佐恭之介は辺りをうかがう。我が家なれども壁に耳、障子に目がないともかぎらない。人の気配はない。それでも伊佐恭之介は声を落として、

「本当のことをいうと、それがしは、誰が毒を盛って殿のお命を狙ったかの詮索など、無意味だと思うようになった」

「なぜです？」

「いが茄子が使われていたという段階では、〝お金のタテ〟の金が狙われたのか、殿のお命が狙われたのかはっきりしなかった。しかし附子が江戸の岡っ引の小箱から出てきたとなると、使われたか使われなかったかはともかく、殿のお命が狙われようとしたのは間違いないということになる。この、殿はお命を狙われようとしたのは間違いないという事実だけで十分なのだ」

「なにゆえです？」

「狙おうとしたお人は大崎様だ。殿のお命を狙って得をするのは大崎様だけ。大崎様以外には考えられない。その大崎様はご実子の紀伊守（邊）様がおられるから、あれこれ画策される。だがもしだ」

と伊佐恭之介は、そこでいちだんと声をひそめる。

「紀伊守様がこの世にいなくなられれば、大崎様は画策のしようもない」

「そんな。なにをおっしゃられます」

横目付の声はうわずる。

「シーッ」

伊佐恭之介はまた辺りの様子をうかがう。

「声が高い」

といってまた伊佐恭之介は声をひそめる。横目付はにじり寄る。

「それにのう、殿は口にこそ出していわれぬが、かわいい我が娘、いまや九つになる金姫に婿をとって御家を継がせたいと思っておられる」

「まことですか？」

「それがしは長年、殿の御側《おそば》にお仕えしている。殿のお気持ちは誰よりも知っておる。三十一万五千石の大守であろうと、そこいらの八っつぁん熊さんであろうと、血のつながる子に跡を譲りたいと思う親心に変わりはない。ということは、紀伊守様がこの世から消えられれば一石二鳥――」

「大崎様は妙な画策のしようがなくなり、金姫様が御養子をお迎えして御家の跡を継ぎ、殿様はかねての思いを達せられる？」

「そうだ。そうは思わぬか、善四郎」

といわれても、いわれていることはただ事ではない。

「そこでだ。来年の参勤の御供に、おぬしはふたたびくわわり、事を成就する」

「若殿様（紀伊守）を、こっそり亡きものにしろと仰せられるのですね」

伊佐恭之介はまた左右を見まわす。

「さよう。だから江戸へ向かうまでに抜かりなく支度をととのえ、江戸へ着いたら、じっくりとりかかってもらいたい」

「うーん」

黒田善四郎は、青黒い顔をいっそう青黒くさせて腕を組む。

「ただしこれほどの大事だ。仲間は少なければ少ないほうがいい。いまのところ仲間はおぬしとそれがしの二人だけ。秘事を誰彼に洩らしたり、誰彼を誘うようなことはしないよう」

「重ねてお伺いします。間違いなく町奉行に昇役させていただけるのですね」

「あるいはもっと高い御役。あらたにお迎えする婿殿の側小姓、ひいてはそれがしとおなじ側小姓頭くらいには引き立ててもよい」

「たしかですね」

「念を押すまでもない」

「ではお引き受けしましょう」

「ときに、おぬしは参勤の御供は前回がはじめてであったな？」

「そうです」

伊佐恭之介はニヤリと頬をくずす。

「吉原や深川仲町で遊んだことは？」

「御屋敷の長屋で、毎日小遣い稼ぎの草鞋を編んでおり、遊ぶどころではありません。素見《ひやか》すのが精一杯でした」

「そうしろ、とすすめるわけではないが、吉原や深川仲町辺りにくりだす金くらいは、まあまあ出してやる。なんなら、それがしが連れて行ってやってもいい。こう見えてもそれがしは若い頃、一心斎様のお供で吉原にはよく通った。一心斎様はあのような気性のお人だから、御改革のときなど、楽翁（松平越中守定信）侯の鼻を明かすかのように、よく吉原通いをされたものだからのう」

「男と生まれたからには一度でいい。吉原で遊んでみたいと思っておりました。ぜひお連れください」

黒田善四郎は目を輝かす。

「うむ」

伊佐恭之介はうなずき、

「どうやって若殿を亡き者にするかの工夫を思いついたら、そっとまいって申し述べるよう。また支度に金がかかるようなら、遠慮なく申し出るよう」

「ははあ」

「とりあえず五両ある。少ないがとっておけ」

伊佐恭之介は用意していた包みを畳の上においた。

「遠慮なく頂戴します」

黒田善四郎は懐に入れていう。

「ハチはどうします？」

「素知らぬ顔をして、引き続きなにかと使い、様子を見ているのがいいだろう。たしかにハチとその仲間が殿毒殺を狙った一味なら、そのうち馬脚をあらわす。それに、一味ならなおのこと、素知らぬ顔をしているのがいい。一味の親方に違いない大崎様も油断するに違いないからだ」

「さよう取り計らいます」

「江戸の岡っ引の件――。下津井、牛窓、山陽道の上方への出口はしっかり固めているということだが、念には念を入れて、宮内、板倉辺りにも人を送り、あと二、三日は様子を見たらどうだ。人というのはたわいのないものだが、しぶといものでもある。山中で息を吹き返し、いまごろ宮内をうろうろしているということだって十分考えられる」

「岡田屋熊次郎の身内の者に、そのようなことがあれば知らせてくれるようにと、ぬかりなくたのんでおります。でもまあたしかにそうです。宮内と板倉にあらためて人を送り、二、三日は様子をみましょう」

「そうするがいい」

四

そのころ半次は、山陽道をふたたび下って板倉の宿を通り過ぎようとしていた。

半次は左手を見た。吉備津神社を山懐に抱える宮内の町が見える。

岡田屋熊次郎は、江戸でいう侠客《おとこだて》とはちょっと違う。江戸でいう侠客は、気分がさっぱりしていて、一本気で、向こう見ずで、強きをくじき弱きを助ける。ただし恰好はいいが、あっさりしすぎている。金にもあまり縁がない。

岡田屋熊次郎はそうではない。おなじく任侠を売りものにしているのだが、奥が深い。十露盤《そろばん》も十分弾くようだし、懐も豊かなようだ。大店《おおだな》の主人が侠客になったという感じだろうか。箱根の関からこっちは、言葉や風俗などいろいろ違っているが、侠客まで毛色が変わっている。

そんな岡田屋熊次郎に助けてもらったのは、それこそ神佑《しんゆう》だった。

とりのぼせていて、幾つか理由を並べ、岡山に戻らなければならないといい、岡田屋熊次郎から、為替が送られてくるまでの間に、宮内にひそんでいるのが岡山のその筋の者に知れ、宮内を出たらたちまち御用、あるいは闇討ちということになりかねないとたしなめられた。

かりに岡山のその筋の者に知れなくとも、思いなおしてみると地の利がない。岡山の町をまるで知らない。住むところもない。宿に長逗留などしたらたちまち怪しまれる。真相を突き止めたり、仕返しをしたり、どころではない。岡田屋熊次郎のいうとおり飛んで火に入る夏の虫になる。

神佑を神佑と素直に感謝して、岡田屋熊次郎の勧めにしたがうのが、この際賢明というものだ。

半次は吉備津の神様と岡田屋熊次郎とに向かって、深々と頭を下げた。

その日は板倉から三里の川辺で、次の日は神辺でと途中二泊して、鞆には三日目の午後に着いた。

さすがは岡田屋熊次郎だった。添状の効能はたいへんなもので、顔役は下にもおかぬもてなしで世話を焼いてくれた。

江戸の弥太郎以下の手下にも、北の定廻り岡田伝兵衛から手札をいただいている十手持ち仲間にも、「旅をする、讃岐の金比羅から安芸の宮島まで足を延ばす」といってある。仲間からは餞別ももらっている。宮島まで出かける余裕はないが、金比羅さんは帰り道だ。

ハチがすすめた〝両参り〟の瑜伽山蓮台寺は、さすがに触らぬ神に祟《たた》りなしで敬遠することにし、金比羅さんへの玄関口だという多度津《たどつ》まで便船を探してもらった。

五両しかない。贅沢はできない。しかし、金比羅さんから高松を経て、浪速、京、伊勢と一通りは巡らなければならない。土産物も買いもとめなければならない。

爪に火を灯すような、ケチケチ旅を続けてようやく江戸に帰り着いた。

梅雨はとっくに上がっていて、真夏の太陽が、江戸の町をこれでもかこれでもかとばかりに焼け焦がしている日盛りに家に戻ると、代貸格の弥太郎らがすぐに集まった。虚実をとりまぜ、というよりむしろほとんど嘘を並べ立て、いかに旅が面白かったか、また楽しかったかを語って聞かせた。

「あっしも女房さえいなけりゃ、気儘《きまま》な旅に出られるんですがね」

弥太郎はそういって羨ましがり、他の者もなにやかやと理屈を並べて、旅に出られないのを悔しがった。

なにはともあれ、北の定廻り岡田伝兵衛に会って報告しなければならない。昼はだいたい不在だ。

「ちょっくら休ませてもらう」

昼寝をして、薄暗くなってから岡田伝兵衛の屋敷に出向いた。

「ご苦労だった」

岡田伝兵衛は労をねぎらって迎えた。

「いささか話は長くなりますが、よろしいですか」

半次は前置きした。

「いいとも。冷やをちびりちびり飲《や》りながら聞かせてもらう。お前はどうだ？」

「あっしも銚子を一本ばかり」

酒が用意された。

「たしかにいが茄子男はおりました」

「そうか、それはでかした」

岡田伝兵衛は身を乗り出す。

しかしやがて話の意外な成り行きに、岡田伝兵衛は目を丸くして聞いている。

「餞別をもらっている仲間への土産物を欠かすわけにはいかなかったもので、最後は飲まず食わずでした。往生しました」

半次はこう話を締めくくった。

「そいつはすまなかった」

「そんなわけで、あっしはハチこと鶴八とその仲間がいが茄子男とその一味と睨んでいるのですが、たしかにそうと確かめることはできませんでした。中途半端なことで申し訳ございません」

「それだけ分かれば十分だ。ハチとやらは参勤の御供で、江戸と国元を行ったり来たりしているということだから、来年の参勤にはまた江戸へやってこよう。そのとき、御屋敷の外に出る機会を狙い、ふん捕まえて叩けばたちどころにそうと分かろう。御奉行にはそう申し上げておく。しかしなんだ。備前岡山松平様の御家中では、なにか容易ならぬ御家騒動めいたことが起こっているようだな」

「しかしそれも、はっきりそうと断言できません。ただ単に〝お金のタテ〟の金を狙っただけの事件かもしれませんので」

「どっちにしろ、相手は三十一万五千石の大大名。もう関わらぬことだ」

「へえ」

とはいったものの、すんでのところで命を落としそうになるほど関わった。それなりのけじめはつけさせてもらわなければならない。

岡田伝兵衛の家を出た。遠くに花火の音がして顔を上げた。花火は見えなかったが、星が満天に輝いていた。

第五章　夕闇の人影

一

お殿様か誰かの命を狙って毒を盛ったと誤解され、すんでのところで命を奪われようとした。誰がどう指図《さしず》してそのようなことになったのか、もちろん調べなければならない。そしてケリをつけなければならない。たとえ相手がお殿様であったとしてもだ。

野袴をはいて踏ん反り返っていた、上士らしいお武家、お武家からなにかと命ぜられていた横目付らしいお武家、その他ハチこと鶴八らは、いずれにしろ来年の参勤までやってこない。それまでは、やつらをとっ捕まえて糺《ただ》したりできない。

まずしなければならないことは、どうやら御家騒動らしきうごめきがあるようだから、岡山松平家の内情を探ること。手初めは、六組飛脚問屋亀徳の道中師、ドロ亀の信次に当たり、岡っ引だとばらしめてくれた御礼かたがた、知っていることを吐かせる……。これである。

半次は檜物町の亀徳に足をはこんだ。

「お帰りなさい」

政吉という山賊の親玉のような元締は、なにも知らないからだろう、愛想よく迎えていった。

「どうでした、旅は？」

「おかげさまで、楽しい旅を満喫させていただきました。こいつはまことにつまらねえものですが……」

といって半次は、お伊勢さんで買った、土産の夫婦箸《めおとばし》を包んだ包み紙を差し出した。

「いやあ、これは」

政吉は恐縮する。

「かえって恥じ入ります。気持ちばかりの安物です」

「そのお心持ちがうれしい。人足は、酒と女と博奕にしか金の使い道を知らないらしく、一文、二文の物でも土産を持参するというのを知りません」

「ときに道中師の信次さんは？」

「帰ってますよ」

「お出《いで》なさいますか？」

「やつは、上槙町に町家住まいしております」

「家をお教え願えないでしょうか。軽い荷にしていただいたうえ、なにくれと世話を焼いていただいたお礼を申し述べたいんですよ」

「なに、わざわざ礼を述べられるにはおよばない。代わってあっしが申しておきます」

「それではあっしの気がすまない」

〝礼〟はたっぷりさせてもらわなければ気がすまない。

「そうですかい。ではまあ気のすむようになさっていただくとして、この通りを日本橋通りに向かっていただくと、向かい側に歯磨き粉屋があります。その先の角を右に曲がったところの、嘉次郎店《だな》の二階家を借りて住んでます」

「どうも有り難うございました」

「山下の旦那によろしく」

口などきいたことがない臨時廻りだが、相当親しいと思っているらしい。

「へえ」

頭を下げて、亀徳をあとにした。

格子造りの、囲われ者でも住んでいそうな二階家で、中から三味線のつまびきが聞こえる。

「ごめんなすって」

半次はがらがらっと戸を開けて声をかけた。三味線の音が止み、崩れた感じの女が出てくる。

「あっしは材木町の半次と申します。信次さんはお出なさいますか？」

「おまえさん。お客さんだよ」

女は二階に声をかける。

「どなただ？」

ドロ亀が声を返す。

「ナントカというお方だよ」

宿場の飯盛りでもしていたか、いいかげんな女だ。ドロ亀は寝ぼけ眼で下りてきて、一瞬ぎょっと立ちすくむ。

「その節はどうもいろいろ有り難うございました」

半次は一礼した。ドロ亀は半次の腹を探っている様子で答える。

「いやあ、なにもしてあげられなくて」

「お礼に一献差し上げたいと存じましてね。いかがでしょう？」

穏やかにいった。

「礼にはおよびません」

「礼をさせていただかなければ、あっしの気がすみません」

ドロ亀はしきりに考えていたが、ふんぎりをつけるようにいった。

「分かりました。ご馳走になりましょう」

近くに名物の鰻屋がある。

「昼日中《ひるひなか》のことでもあり、つまみは蒲焼でよろしゅうございますか?」

「けっこうです」
二、三杯、献酬して、おもむろに切り出した。
「実はお教えいただきたいことがあるのです。お前《めえ》さんはあっしの稼業を、どなたかにお洩らしなさいませんでしたか?」

ドロ亀はまたしばらく考え込んでいう。

「いかにも、洩らしました」

「正直にお打ち明けくださって有り難うございます。してどなたに?」

「申さなければなりませんか?」

「できればお聞かせ願いたい」

「岡山松平様の御家中はあっしの大得意です。また日頃世話になっております。あーたはむしろあっしが世話を焼いたほう。どちらが大事かは秤にかけなくともはっきりしている。素直にお話しはできません」

「お前さんから残りの駄賃をいただいたあと、あっしはどうなったとお思いです？」

「知りません。駄賃を払ったあとのことまで、いちいち気にかけておられませんのでねえ」

「すんでのところで命を奪われそうになりました」

半次はそういって、両肌《もろはだ》を脱いだ。

「彫り物でも見せて脅そうってんですかい？」

ドロ亀は顎を突き出す。

「いいえ」

といって、半次はぐるりと背を向けた。

ドロ亀はじっと背中を見つめる。

半次は紬《つむぎ》の縞木綿に腕を通しながらいった。

「新しい傷だというのはお分かりでしょう？」

ドロ亀はうなずく。

「横目付とおぼしき男に背後から切りつけられたのです。横目付を指図していたのは、上士らしい野袴をはいた男で、二人はあっしが江戸の岡っ引というのを知っておりました。だからどうでも二人の素性を知らなければならないのです」

「お伺いしますが」

ドロ亀は開き直るようにいう。

「全体、あーたは何用があって供立てに潜り込んだのです?」

「お前《めえ》さんにも、元締にもお話ししたとおりです。安芸宮島から讃岐の金比羅辺りまで旅をしたかったからですよ」

「そうではありますめえ。なにか用があって潜り込まれた。これは間違いねえ。そしてそれがばれて、御家中の方に逆に命を狙われなすった。その尻をあっしに持ち込もうとなさっておられるようですが、そいつはいささか辻番が違う」

「どうあっても二人の素性は明かさない?」

「あーたが腹を割って、用というのを打ち明ければともかく、そうでなければ……」

「横目付が誰かなどいずれ分かることですから、これ以上お聞きしますまい。ですがなぜお前さんはやつらに、あっしの稼業を打ち明けなすった?」

「明かして不都合なことでもあったのですか?」

「大いにありました」

「でもそれはあーたの身から出た錆《さび》。あっしにはなんの関わりもない」

「ある」

「どう?」

「あっしは町内の仕事師ということにしておいてもらいたいと、元締にお頼みした。お前さんはその約束を破られた。またよんどころない理由があって、あっしの稼業を明かされたのであれば、そのことをあっしの耳に入れるべきだった」

「繰り返しますが、岡山松平様とあーたとは、秤にかけられない。あっしにとっては、お耳に入れないのがむしろ自然というもの」

ああいえばこういい、こういえばああいう。

半次は痺れを切らした。

「お前は俺《おいら》を岡山松平家に売った！」

ドロ亀は杯を伏せた。

「売ったがどうした」

「喧嘩を売ろうってのか」

「売ってるのはそっちだろう」

「道中師かなんか知らねえが、お江戸で大きな顔はさせるわけにいかねえ」

「これでも、ドロ亀の信次と二つ名を奉られている道中師だ。岡っ引ごときに大きな顔をされてたまるか」

半次は勘定に見合う銭を箱膳の上に置いて立ち上がった。

ドロ亀も立ち上がって腕をまくる。

「店に迷惑がかかる。表に出てもらおうか」

半次は先に土間に下りて雪駄《せった》をつっかけた。

外へ向かったところへ、男が敷居をまたいで入ってきた。

「いたいた」

逆光でそうと分からなかったが、臨時廻りの山下三郎兵衛である。続けて、息を切らせながら入ってきた元締の政吉に、山下三郎兵衛は声をかける。

「おかしなことなど起こってねえじゃねえか」

「そうですねえ。あっしの取り越し苦労だったんでしょうか」

政吉は首をひねる。

「まあいい。せっかくだから、俺たちも鰻をご馳走になろう」

といって衝立障子《ついたてしょうじ》で仕切られた入れ込みの座敷に目をやる。向かい合わせに膳が置かれていて、食い物にはほとんど手がつけられていない。

山下三郎兵衛はニヤリと笑う。

「政吉、どうやらお前《めえ》のカンは当たっていたようだ」

続けて半次と信次を睨み据える。

「お前らは、これから取っ組み合うところだったんだな」

そうなるはずだったんだが、水が入ってはどうにもならない。半次もドロ亀もきまり悪げにうつむいた。

「まあ、とにかくいま一度上がれ」

山下三郎兵衛は座敷に上がる。店の女が注文をとりにくる。

山下三郎兵衛は銚子を四本たのみ、飲み残しの酒を猪口《ちょこ》に注ぎ、ぐいと一息にやっておもむろに口を開く。

「亀徳の前を通りかかったらだ。政吉がうかぬ顔をしてる。聞けば、旦那から紹介のあった御用聞きの半次さんが訪ねてまいりました、それはいいんですが、なにやら思い詰めた様子でドロ亀の住まいを尋ねました。半次……だったな、名前は？」

山下三郎兵衛は半次に声をかける。

「へえ、岡田伝兵衛様から十手をいただいております。その節はいろいろご配慮いただき、有り難うございました」

「旅の間に、半次さんとドロ亀との間になにかがあって、あるいはそれで揉め事が起きているのかもしれません。何事もなければいいんですがと、こうだ。お前が政吉の世話で旅に出るにはいささか関わった。気になって、ドロ亀の住まいを訪ねた。ドロ亀の女が、外へ出ましたという。そこで近くの店を虱潰《しらみつぶ》しに覗いたというわけだ。一体《いってえ》どうしたというのだ」

「どうもしません」

半次はぶっきらぼうに答えた。

「そんなはずはあるめえ。ドロ亀はどうだ？」

「ええ、ほんとになにもねえんで」

ドロ亀もとぼける。

銚子四本と、山下三郎兵衛と政吉の分の鰻がはこばれてきた。

「いいたくねえようだから、これ以上詮索はしねえ。だがとにもかくにも俺が間に入った。仲裁は時の氏神。ごたごたは起こさねえと約束できるな」

「約束するもなにも」

とドロ亀は半次を顎でしゃくり、

「この野郎が、ががたぬかしてるだけなんです」

「なにイ」

半次は目を剝いた。

「そうじゃねえか」

「一体なにが原因なんだ？」

山下三郎兵衛が割って入る。

「この野郎が……」

といってドロ亀は口をつぐむ。

さすがに岡っ引という半次の正体を明かしたのがきっかけ、とはいいにくいのだ。入り組んでいて事情を明かせないのは半次もおなじである。押し黙った。

「肝心のことになると、二人とも口をつぐみやがる。とにかくだ。俺が中に入った。これ以上ごたごたを起こさせねえ。いいな。約束できるな」

「へえ」

ドロ亀がぶすっと答える。

「半次は？」

「へえ」

山下三郎兵衛は鰻飯に手をつけた。政吉も手をつける。ドロ亀も、半次も、冷たくなったのに手をつけた。

「それじゃあ」

食い終わって山下三郎兵衛は立ち上がる。政吉が帳場に向かう。四人分を支払っているようである。半次は膳の上にのっけた銭を懐に捻じ込んだ。

「ご馳走さまでした」

表に出て政吉に礼をいった。政吉は、いやいやとばかりに首を振る。

「半次にいま少し話がある。お前たちとはこれで」

山下三郎兵衛がいう。

「では」

「ご免なすって」

政吉とドロ亀、半次と山下三郎兵衛は、右と左に別れた。

どこにでもある稲荷《いなり》があって、稲荷の境内《けいだい》に葭簀《よしず》張りの水茶屋がある。山下三郎兵衛は腰を下ろす。半次も隅に腰をかけた。

「御奉行から直接佐久間さんに話があったことで、もちろん詳しい事情は知らない。ただ、知ってのとおり岡田殿にたのまれて、おぬしを亀徳に世話した。その後、つい最近だ。どうでした？　と岡田殿に尋ねたら、詳しいことはお話しできませんが、旅中難しいことがあったとのこと。そうだな？」

「へえ、まあ」

「ドロ亀とのごたごたもそれに関係しているのだろうが、亀徳はおれの上得意の一つで、ドロ亀はそこの腕のいい道中師。ごたごたがあると俺は亀徳の肩を持たざるをえない」

半次は頭を下げた。

「気のきかねえことで、申し訳ありませんでした。ドロ亀とはこれ以上けっしてごたごたなど起こしません」

「だったらいい。岡田殿には今日のことも内緒にしておいてやる。さてと」

と山下三郎兵衛は立ち上がる。山下三郎兵衛の小者が勘定をすませる。

「どうもご馳走になりました」

「うむ。近くを通るようだったら、俺の屋敷にも寄れ。酒くらい飲ませる」

「へい。寄らせていただきます」

「じゃあ」

「ご免なすって」

二

なんのことはない。成果はなにもなかった。

ではどうする？　てっとり早いのは備前岡山松平家の上屋敷と、中屋敷を訪ねることだが……。訪ねて行って、「そちら様になにか御家騒動めいたごたごたが起きておりませんか？」などと、まさか尋ねるわけにもいかない。

これがお殿様の参勤年なら、江戸部屋に陸尺、手廻りが屯《たむろ》している。江戸部屋へは門番に誰何《すいか》されることなく入ることができ、なにかと様子を探ることができる。今年は御暇年。江戸部屋は空き家も同然で、門番に誰何されることなく潜《くぐり》を抜けるのは難しい。

他になにかいい思案は……浮かばない。結局のところ、横目付や野袴のお武家、そしてハチがやってくる来年の参勤年を待つしかないということになるのか……。

そういえば、このところ本業をないがしろにしている。親分がこうだと、子分もついついそうなる。身が入らなくなる。

本業は、泥棒を捕まえることである。泥棒を捕まえ、誰彼に引合をつけ、抜いて金を出させる。因果な商売だが、それで稼ぎの大半を得ている。引合をつけられる堅気の衆には迷惑なことだろうが、それで江戸の治安は守られている。功罪は相半ばだ。そうそう恐縮がってはいられない。

今夜辺り、弥太郎以下を集めて、褌《ふんどし》を締め直させねばと思ってはっと気づいた。野袴をはいた上士とおぼしき武家は妙なことを口走った。

「岡っ引には縄張りがあるそうだが、そのほう、大崎辺りも縄張りにしているのか？」

大崎って品川の方角のですかというと、「そうだ」といった。それで、あそこは御府内の外れ。あんな田舎を縄張りにしているようじゃ、商売は上がったりですといったのだが、あれはどういう意味だ。

大崎になにかがあるのだ。なにが？

下屋敷だ。

「ご免よ」

半次は馴染みの書肆《しょし》に立ち寄った。

「ちょいと武鑑《ぶかん》を見せてもらいたいんだがねえ」

「いいですとも」

番頭が武鑑を携えてきていう。

「ごゆっくり」

「いらっしゃいませ」

小僧が茶を運んでくる。

ぺらぺらっとめくると、なるほどあった。たしかに大崎に下屋敷があった。

茶をすすっていった。

「お世話をおかけしました」

「どういたしまして」

大崎といっても広い。道程《みちのり》もある。辻駕籠を拾うのが一番だ。

「大崎の松平上総介様の下屋敷の近くまでやっておくんなさい」

駕籠を拾っていった。

品川の手前だと思っていた。方角はむしろ目黒不動の手前で、田畑に囲まれた広大な屋敷だった。

それでも門前は品川台町《だいまち》という町家になっていて、ひとわたり周囲の様子をうかがってから蕎麦屋《そばや》に入った。

腰の曲がりかけた爺さんが、盆に番茶をのっけて奥から出てくる。腰から煙草入れを抜き取って半次はいった。

「そうだねえ。もりでもいただこうか」

「うん？」

爺さんは目を瞠《みは》り、おそるおそる番茶を卓の上に置く。

「どうしたんだい？」

「へえ」

「もりでもいただこうかといってるんだよ」

「い、いもりでございますね。たしかに」

爺さんが引っ込んだと思ったら、今度は婆さんが顔を出していう。

「他になにか？」

押し売りとは恐れ入るが、

「そうさなあ。冷やで一本いただこうか」

「かしこまりました」

奥へ引っ込んだ婆さんと爺さんは、額を突き合わせてひそひそやっている。

薄気味の悪い老夫婦だ。

真夏で、窓は開け放ってある。向きを変えてすわり、窓外を見やった。下屋敷は森といってもよく、蟬時雨《せみしぐれ》が町家にも響き渡ってくる。

「お待たせしました」

爺さんがざるを、婆さんが冷やを運んできて、二人してしげしげと見つめて顔を見合わせる。

「さっきからなんですイ？　あっしの顔に墨でもついているってんですかい」

「いいえ」

婆さんが顔を振っていう。

「そうじゃねえんです。弟君様に余りにも似ておられるので、もしやと思っておったのです」

「弟君様が町人髷《まげ》を結い、おからかい遊ばされているのではないかとね」

爺さんが口を添える。

「弟君というと、備前岡山松平家のお殿様のですかい？」

「さようでございます」

それで分かった！

あのとき野袴をはいたお武家は、廃屋の土間に引き据え、そのほう江戸の岡っ引で半次と申す者らしいのオとかなんとかいって、目を瞠った。爺さんや婆さんが目を瞠ったようにである。

野袴のお武家も気づいたのだ。殿様の弟君に似ていると。

「名はなんとおっしゃるのです？」

半次は聞いた。

「掃部助《かもんのすけ》様」

「この下屋敷に住んでおられる?」

「ええ」

「すると部屋住み?」

「そうなのですが、お子が一人おられて、お兄上上総介様のご養子になられて、たしか紀伊守と名乗られておられるはずです」

「お蕎麦が伸びてしまいますよ」

婆さんが口を出す。

「じゃあ、あっしは蕎麦をいただくとして、爺さん、どうです。一杯」

「ご馳走してくれるのかね」

「これもなにかのご縁です」

爺さんは杯を受けながらいう。

「いやまったく本当に似ておられる」

「よくお見かけするんだ?」

「部屋住みというせいもございますんでしょう。くだけたお方で、こんな汚い店にも顔をお出しになってお蕎麦を召し上がることもおありなんですよ」

「それでなんですか。そんなにあっしがその掃部助様ってお方に似ている?」

「瓜二つです。なあ婆さん」

婆さんはうなずいて、

「今度お見えになったとき、お話しして差し上げなくっちゃ。きっと面白がられ、会って見ようかなどといわれますよ。ねえ」

「うん。そうだ。そういうことなら、お住まいとお名前をお伺いしておかなくっちゃあ。よろしゅうございましょう。お聞かせください」

さてどうする。十手持ちである。十手持ちとはたいていの者が関わり合うのを嫌がる。お殿様の弟君ならなおさらだ。

しかしこれが縁で、弟君の掃部助様とやらと面識ができないとも限らない。面識ができれば、御家騒動めいた、事の真相も知ることができるかもしれない。

「驚かないでもらいたいんですがね」

半次は懐に手をやった。

「あっしはこういう稼業の者なのです」

十手をとりだした。

「お目の配りや身ごなしからそうではなかろうかと、噂しておりました。あるいは弟君様が十手持ちに身をやつしておられるのではないかとも。してやはりこちらには御用の筋で」

「まあね。ちょっとした悪党を追っかけて、この町に紛れ込んだってえわけです」

適当なことをいった。捕物好きなのか、爺さんは目を輝かせていう。

「それでお名前とお住まいは？」

「名前は半次。賽子《さいころ》の丁半の半です。住まいは新材木町の杉森《すぎのもり》稲荷のすぐ側。そこいらで材木町の半次って聞いていただくと、まあまあ分かります」

「そうですか。材木町の半次親分ですか。婆さん、俺もしっかり覚えておくが、おめえも覚えておくんだよ」

「あいよ」

「世間にはよく似た者が二人いると申します。そのうちのお一人が備前岡山松平様のご当主の弟君で、お世継ぎのお父上などというのは、岡っ引風情にはもったいねえ話です。お顔を拝ませていただけるのなら、そんな有り難いことはない」

「吉報を待っててください」

「首を長くして待ってます。じゃあお勘定」

「蕎麦が十八文に酒が二十八文。〆《しめ》て四十六文」

南鐐を（二朱）一枚置いて、

「釣りは材木町までどなたかに走っていただく駄賃にしてください」

「そうさせていただきます」

「ご馳走さまでした」

夏の日は傾き、雲は赤くたなびいていた。長い一日だったが、日は暮れようとしている。

半次は道を元にとった。

半次には、すでにおおよその見当がついていた。

あの野袴をはいたお武家は、おばが御屋敷に上がっていたというと、えらく興味をしめした。どこの御屋敷かと聞くから、揚羽の蝶が御紋の御屋敷というとさらに興味をしめした。歳も聞いた。御改革がはじまった頃だというと、「すると三十六か七?」といってしきりにうなずいていた。

松平上総介というお殿様は、旅中ちらっとお見かけしたことがある。五十から五十の半ばだ。掃部助様とやらは弟君ということだから、それよりお歳は下のはず。

野袴をはいたお武家は、お殿様や弟君様のお子? と思ったのではない。お二方のお父上のお子ではないか? と思ったのだ。

お父上のお子かも知れないと思って、目を瞠ったり、関係ないことをあれこれ聞いたのだ。なるほど、それでまだ死なせてはならぬと、古着を買いにやらせ、着替えさせようとしたのか。

お陰で逃げおおせることができたのだが、すると俺《おいら》は、備前岡山三十一万五千石の先代の、そうだ、しばしば名前を聞いた一心斎様とかいうお方の落とし胤。ご落胤——。

そんなことってあるのだろうか。あるのかもしれない。おのれの出生は、これまで興味がないから深く考えたことはないが、どこか秘密めいていた。

そうだとしたら、このように備前岡山松平家のことになにやかやと関わっているのも、なにかの縁《えにし》なのかもしれない。

それで、備前岡山松平家の御家騒動というのは、一体どんな御家騒動なのだ？

野袴をはいたお武家はこういった。

「全体、お前は誰にたのまれて、いが茄子を飲ませるだけでなく毒まで盛った？」

〝どうやらあっしが誰かにたのまれ、毒を盛って、どなたかのお命を狙ったと、お疑いのようですねえ〟と聞くと、こう断言した。

「そうだ。そのとおりだ」

国境《くにざかい》に近い廃屋での物々しい取り調べなどを考え合わせるに、殿上総介のお命を狙って毒を盛ったと疑われた、と思って間違いない。

御家騒動の一方の当事者は上総介である。すると、上総介と対峙《たいじ》する一方の当事者は弟君の掃部助か、あるいはそのお子で上総介の養子になっている紀伊守ということにならないか……。

上総介はわけあって弟の子の紀伊守を養子に迎えた。しっくりしない。紀伊守と名乗っているからには公方（将軍）様への御目見《おめみえ》もすんでいるのだろうし、すんなり廃嫡できない。しかし廃嫡したい。たとえばそんな風に思っていたとする。

紀伊守と掃部助の側近は、上総介のそんな気持ちを察して、立場を守ろうとする。あるいは攻勢に転じようとする。

なにかそのようなごたごたが伏線にあった……。

御暇《おいとま》の最初の夜、神奈川でのこと、いが茄子事件が起きた。いが茄子を飲ませて〝お金のタテ〟の金を狙っただけの事件、と噂は流れたが、あるいは殿が毒殺されようとしたのかもしれないと、犯人捜しがはじまった……。

調べてみると岡っ引が潜り込んでいる。こいつは怪しいということになり、目をつけていると、なんと薬の小箱にいが茄子だけでなく附子《ぶし》という猛毒をしのばせていた。それで毒殺しようとしたに違いないとおのれをとっ捕まえた。

そうか。あの野袴をはいたお武家が、「そのほう、大崎辺りも縄張りにしているのか？」といったのは……、分かった。間違いない。江戸の岡っ引であるおのれを掃部助の手先と疑ってのことだ。掃部助が、おのれを使って殿のお命を狙ったと思ったのだ。

ということはやはり御家騒動はある。上総介と掃部助が対立しているという図式の御家騒動がだ。

野袴をはいたお武家にいわせれば、おのれは相当うさんくさい。掃部助の手先と疑われても仕方がない。すんでのところで命を落とすところだったが、理は一方的にこちらにあり、非もまた一方的に向こうにあるのではない。

御家騒動もそうだろう。理非はどちらかに偏っているのではない。双方にある。あるいはこれ以上関わらないほうがいいのかもしれない。

すーっと日が陰った。半次は足を止めて、途中で買いもとめた提灯に火を入れた。

三

弟君掃部助から会ってみようと話があれば、無条件に応じようと思っていた。だが、むしろ避けたほうが、話がなければないでこのままにしておいたほうがいいのかもしれない。いろいろあったが一件については忘れよう。

そう道々考えなおして家に帰り着いた。

翌日だった。がらっと戸障子が開いて声がかかる。

「半次殿の家はこちらでござるか?」

お武家の来客はめったにない。掃部助からの使いだろう。

下働きの女、種は外で洗濯している。弥太郎も、二階にいる三人も出払っていて、養女の美代を相手に、桃太郎の話をして聞かせていた。

ひどい目には遭ったが、訪ねたところが桃太郎ゆかりの国であったことで、お伽話《とぎばなし》の桃太郎になんとなく親近感をもつようになったのだ。

「お客さんだ。ちょっと待った」

膝の上に乗っけていた美代を下ろして立ち上がった。

「あっしが半次でございます」

寄付《よりつき》の二畳に膝をついていった。

「拙者は備前岡山松平家の家来で田端嶽《たけ》右衛《え》門《もん》と申す者」

そういってお武家は目を瞠る。掃部助によほど似ているのだろう。

「殿の弟君池田掃部助の使いで参り申した。いつでもよろしゅうござる。大崎の下屋敷までお運び願えないだろうか」

話があっても避けたほうがいいのではないかと思いなおした。しかしこうもちかけられると、すでにうずうずしている。

まあいろいろあるが、どれほど似ているのかこの目で見てみたいという好奇心もある。それは掃部助とておなじだろう。

「いかがでござろう?」

「お邪魔させていただきます」

「ならば早いほうがよいとのことで、明日は?」

「結構でございます。お時間は?」

「できたら食事をなさりながらとのことなので、昼時は?」

「では、昼時にうかがわせていただきます」

「門番に拙者の名前をお申しくだされ。門まですぐに迎えに出ます」

「田端嶽右衛門様でございましたね」

「さよう」

「では明日」

「しからば、ご免」

大崎は遠い。翌日早めに家を出て、正午の鐘が鳴りはじめるとともに潜をくぐった。

門番は心得ており、田端嶽右衛門を呼びに行った。

田端嶽右衛門が出てきた。

「こちらへ」

と先に立つ。中に入っても広い。広い屋敷の脇道をどんどん入って行く。

母屋とおぼしき屋敷は見えなくなり、小高い山が前に広がった。

田端嶽右衛門は山道を登っていく。平らな地に出た。江戸では所々でしか見ることのできない富士のお山が遠くにくっきりと映《は》える。やがて茶室のように寂《さ》びてはいないが、それでもどことなくしっとり落ち着いた建物の前に出た。

田端嶽右衛門は縁の下で膝を折っていう。

「お連れ申しました」

障子は開け放ってあって、中から声が返ってくる。

「そこから上がってもらえ」

「どうぞ」

田端嶽右衛門はうながす。

「お言葉に甘えまして」

半次は踏石に雪駄を揃えて上がり、縁側で手をついた。

「ずうずうしくも参じました」

「こっちへ」

「へえ」

とはいったもののやはり身がすくむ。

「それがしは部屋住みだ。遠慮するにはおよばぬ」

横から田端嶽右衛門もうながす。

「さ、どうぞ」

「では」

にじるように掃部助の前に進み出た。

「それがしに生き写しといっていいほど似ているそうだが、顔を上げてよく見せてくれ」

そういわれるとなにやら気恥ずかしい。しかし未通女《おぼこ》でもあるまいと、顔を上げ、すっくと背筋を伸ばした。

「なるほど」

掃部助はしきりにうなずく。半次も堂々と見返した。声こそひかえたが、なるほどよく似ていた。

「生まれはどちらかな?」

野袴のお武家が詮索したように、詮索がはじまるらしい。

かりにだ、百歩譲って御落胤だったとして、いまさらどうなるものでもない。間違って三十一万五千石が転がり込んでくるということもない。かえって、いまあるらしい御家騒動を紛糾させることになるのかもしれない。

「江戸です」

「何代も前からの?」

「三代前かに野州《やしゅう》から流れてきた食い詰め者の小伜です」

いいかげんに口から出まかせをいった。

「母御とかおば御とかのどなたかが、どこかの御屋敷に奉公に上がられたというようなことは?」

「いえ、お袋も、二人いるおばも、ドブ板育ちのガラッパチです」

「そうか」

むしろほっとしたようにいう。

「いやあそれにしてもよく似ている。他人の空似というがよくいったものだ」

台所もあるらしく料理が運ばれてきた。

「本当は綺麗どころを呼んで酌をさせたいのだが、山の中だ。手酌で適当にやってくれ」

「へえ」

三十二万五千石の、国主の弟君という方にしてはくだけたお方で、世間話に話がはずみ、小半刻《こはんとき》（小一時間）もたったと思える頃、

「ときに」

と掃部助は話題を変えた。

「蕎麦屋の親父によると、悪党を追ってここいらをうろついていたということだが、悪党はどんなことをしでかしたのかな？」

「はあ？」

思いもよらぬお尋ねで一瞬言葉に詰まった。

「遊女が群れている品川や、参詣客でごったがえしている目黒不動に逃げ込むのならともかく、こんなところをうろうろしているとすぐにとっ捕まるだろうに。それとも悪党はここいらの者か？」

「そうではなく、ここいらの町家に逃げ込んだらしいという噂を聞き込みましたので、追っ

かけておったのでございます」

「ではあるまい」

なぜ急に刺《とげ》のある物言いをする？

「なにかを探っておったのであろう？」

半次の顔にさっと緊張の色が走った。

「図星のようだな」

これはまたしてもなにか罠《わな》に嵌《は》まったのか。

慌てて外を見た。刀をぶら下げた男たちがずらっと居並ぶというのでもない。

「なにを探っておったのかな？」

気をとりなおしていった。

「探るなどとんでもありません」

田端嶽右衛門が口をはさむ。

「嘘を申すな。顔に書いてある」

武骨者で、愛想《あいそ》一ついうことなく同座していたのだが、有無をいわさぬ顔付きだ。

田端嶽右衛門は、脇に置いている刀に目をやって続ける。

「この四月から五月にかけての殿の御暇《おいとま》の旅中に、江戸の岡っ引が紛れこんでいたという。岡っ引はまんまと逃げおおせたらしいが、その岡っ引こそおぬしであろう？」

うん⁉

掃部助の手先と間違えられ、すんでのところで命を落とすところだった。捕まえたのは上総介の側、掃部助らにとっては敵側だ。知っているはずがないのに知っている。〝上総介〟対〝掃部助〟という対立の図式は見当違いだったのか？

「どうなのだ？」

そのとおり、というとどうなる？　唐紙《からかみ》がぱっと開いて槍衾《やりぶすま》を突きつけられる？

田端嶽右衛門が居丈高にいう。

「岡っ引は背中に刀傷をつくっているという。その岡っ引でないというのなら、両肌《もろはだ》を脱いで背中を見せてみろ」

「…………」

「どうだ！」

ええい面倒だ！

「見世物にもならねえが、お望みとあらば、拝ませねえでもねえ。ご覧なせえ」

スパッと両肌脱ぎになって背中を見せた。

「どうです。見事な彫り物でござんしょう」

半次は見得を切るようにいって、ゆっくり袖に手を通した。

掃部助と田端嶽右衛門は、顔を見合わせてうなずいている。

「座興まであって、いやご馳走さまでした」

半次は腰を浮かした。

「まあ、いいではないか。会食は半ばだ。中座することもあるまい」

掃部助は穏やかに引き留める。

「早々に退散したほうが無難なようです」

「まあそういわず」

といって掃部助は繰り返す。

「なにを探っておったのかな？」

口の利き方もあろうに、いきなり脅しをかけやがって、なにをいってやがる。

「兄弟のように似ている。他人とは思えぬ。聞かせてくれてもいいのではないのか」

「ほんとにこれでご免蒙《こうむ》ります」

「ぶっちゃけた話をしよう。蕎麦屋の親父から、瓜二つといっていいほど殿様に似ておられる岡っ引がふらりと店に現れました、ぜひともお引き合わせしたい、先方にもその旨お約束しました、よろしゅうございますか、といってきたとき、すぐにピンときた。おぬしのことはすでに耳に入っていたのだ」

目をそらしたままだが、〝どういうことだ？〟と聞き耳は立てている。

「御暇の旅中でなにがあったかはすべて承知しておる。最初の神奈川での夜のこと、いが茄子の末《こな》かなにかが煮炊きの水に使われ、何人かが痺れてコトリと眠りに落ちた。そして御煮《おに》嘗《なめ》、毒味役だ、御煮嘗が悶え苦しんで死んだ」

そうか。毒味役が死んだのか。

「兄上の身辺の者は、賊探しにやっきになった。そして、料理の水にいが茄子を入れることのできる水たご担ぎに嫌疑がかけられ、古株の一人と、新米のおぬしが俎上《そじょう》にのぼった」

ロクもそういった。

「おぬしの身辺が洗われた。道中師に糺すと江戸の岡っ引ということだった。なにゆえ江戸の岡っ引が我が家中の供立てに紛れ込んでいる？　おかしい、と兄上の身の周りの者はおぬしに目をつけ、岡山に入るとすぐに捕まえた。そしていろいろあり、おぬしは背中を切りつけられて山中に逃げ込んだ。風邪もひどかった。岡山松平家の者の目も光っている。だから多分、山中で野垂れ死んだのではないかということになった」

一体、誰が情報源《ねたもと》だ。野袴をはいたお武家か。横目付らしいお武家か。岡山の岡っ引か。それともハチ。あるいは知らない男。

「そんな話を聞いて、岡っ引は何者だろうと、それがしも不審に思っておった。そこへおとつい、それがしに瓜二つの岡っ引が、門前近くの蕎麦屋に顔を見せたのだという。馬鹿でも例の男が姿を現したと、察しがつこうというものではないか」

掃部助はそこでどういうわけか、〝はあー〟と深い溜め息をついた。

「それで、おぬしはどんなつもりで招きに応じたのかは知らぬが、こちらとしてはむしろいろいろ尋ねたいことがあって、足を運んでもらったのだ」

「それにしちゃあ、ご挨拶が手荒い」

「嶽右衛門は生《き》一本な男で、話しぶりがついつい手荒になった。許せ」

掃部助はそういって田端嶽右衛門に目配せする。田端嶽右衛門は席を立つ。

掃部助は安心させるようにいう。

「料理がまだ出るようだが、もういい、ここへは誰も立ち入らぬようにと命じにやらせたのだ」

田端嶽右衛門はすぐに戻ってきていう。

「申し伝えました」

「尋ねたいというのは、〝おぬしはなぜ供立てに潜り込んだのか〟ということだ。それが知りたい。といっても、素直に話してくれそうにないから、なぜ知りたいかという理由、それがしの苦衷《くちゅう》でもあるのだが、そのことから話をしよう。聞いてくれるな」

真摯《しんし》な話しぶりに座り直した。

「それがしの伜が兄上の養子となって従四《じゅし》位下《いのげ》侍従《じじゅう》に叙任され、紀伊守と名乗っているのは知っておるな？」

「存じております」

「それがしは部屋住み。部屋住みの伜が三十一万五千石の大守を約束される身になったのだ。万々歳で、それはもう本当に、素直に大喜びした。だが、人の気持ちは様々だ。面白く思わぬ者もいる。兄上の取り巻きや奥の者がそうだ。なかには兄上が死んだら、それがしが大殿然として振る舞うに違いない、岡山の旭川という川を挟んだ御城の対岸に、後園という広大な庭があり、そこに代々隠居した大守が住む茶屋があるのだが、後園の茶屋にも大殿然として住まわれるに違いないなどと触れまわる者もいる」

蟬の鳴き声がピタリと止まって、一瞬の間、静寂が辺りを支配した。夏は盛りである。

「そんなわけでいつしか、兄上の取り巻きや奥の者が、伜紀伊守やそれがしの取り巻きを敵視するようになり、いつとはなく両者は対立するようになった。〝兄上上総介派〟対〝養子紀伊守派〟といういわば派閥争いがはじまったといってもいい。そして兄上もどことなくそれがしを避けるようになり、態度もよそよそしくなった。しないでいい弁解をするようなことになるので、それがしはなにもいわず、何事もないように装っていたのだが、そこへ御暇旅中の最初の夜に例の事件が起きた」

蟬はまたかしましく鳴きはじめた。

「当初は〝お金のタテ〟の金を狙っただけなのか、それとも兄上の命を狙ってのことか判然としなかった。だが、おぬしの小箱から附子が出てくるにおよんで、兄上の命を狙ってのことではないかという疑いが濃厚になった」

掃部助はまたそこで溜め息をつく。

「するとだ。兄上や兄上の取り巻きはどう思う？　紀伊守派の謀主掃部助様の仕業と思う。兄上が亡くなって誰が得をするかといえば、それがしだからだ。そうであろう？」

「………」

「そこで、捨て置けぬと考える。元はといえば紀伊守を養子にしたからこのような騒ぎが起きている。紀伊守を廃嫡しようとも考える」

「御目見もすんでおられることです。おいそれとはいきますまい」

つい口を挟んだ。

「口実はいくらでもつくれる。場合によっては命を狙うということだってある」

「まさか」

「いずれにしろ、紀伊守が窮地に立たされていることに変わりない。おぬしはというと例の事件に深く関わっている。そこで一体、どんな狙いがあり、誰にたのまれて供立てにくわったのか、それを聞かせてもらおうと待っていたのだ。聞かせてくれるな」

子を思う親心のせつなさというか、なにかじんとくるものがあった。

「苦衷の程、たしかに承りました。しがねえ十手持ちにそこまで打ち明けられたのはよくよくのことでござんしょう。ですが残念ながらあっしは、あなた様にはまったく関係のない用件で供立てに潜り込んだのです。お話ししたとしてもお役に立ちそうにありません」

掃部助は訴えるようにいう。

「例の事件にそれがしはまったく関係していない。にもかかわらずそれがしの指図ではないかと疑われている。ということは、それがしを疑わせるように、誰かが仕組んだのかもしれない。そしてその、〝誰か〟が分かるかもしれないのだ。たのむ。聞かせてくれ」

「そうまでおっしゃるのなら」

半次は供立てにくわわることになった背景をつぶさに語った。

掃部助は腕を組む。

「おぬしは、ハチかハチの仲間がいが茄子男ではないかと疑っているのだな？」

「さようでございます」

「それで、来年参勤でハチが江戸にやって来たら、どうするつもりなのだ？」

「岡田伝兵衛の旦那に、やってまいりましたとお知らせすることになっております。あとは大店の主人が町内の頭《かしら》か誰かを使い、捕まえてなんとかなさるのでございましょう」

「おぬしにとっては残念ながらといおうか、ハチはいが茄子男ではない」

「なぜそう断言できるのです？」

「ハチは、それがしの手の者の息がかかっている手先だからだ」

「するとやつは二股《ふたまた》をかけていた？」

「ではない。なにかを探索するというのではなく、変事があれば知らせる、というだけの役目を負わせていた手先なのだが、そこへ例の事件が起こり、偶然、伊佐恭之介からおぬしのことを探れと声がかかった」

もしや、と半次は聞いた。

「伊佐恭之介とおっしゃいましたね。そいつはさっきお話しした、野袴をはいていたお武家ではございませんか?」

「そのとおり」

「御役は?」

「側小姓頭。兄上の身のまわりの一切の世話を焼いている」

「なるほど。すると、すべて殿様のお声がかりで事は運ばれていたということになりますねえ」

「であれば心配はないのだ。〝そうせえ様〟といわれて、何事も家来任せのお大名は少なくないが、兄上もそんな一人。伊佐恭之介など取り巻きが、独断で事を運んでいないとも限らない」

「いずれにしろ伊佐恭之介がハチに指示し、ハチはあっしに探りを入れてきた。そしてあっしに疑いの目を向けさせるため、伏見泊まりの日、中書島の遊郭に誘い出し、仲間に、あっしの小箱にいが茄子と附子を忍び込まさせたのでございます」

「そこが違うのだ」

「違いやしません。翌朝、風呂敷包みを開こうとしたら細結《こまむす》びになっていた。いつも蝶結びにするのに変だなあと思ったから、間違いないのです。お陰でえらい目に遭いました」

「そういうことではない。ハチは、おぬしの小箱の中からいが茄子と附子が出てきたという話を聞いて、やはりあの岡っ引、おぬしのことだ、あの岡っ引はただ者ではなかったのだといっておったそうだ。それに、ハチに仲間はいない。そこら辺りはあらかじめ詳しく調べさせている」

「というと、誰があっしの小箱にいが茄子と附子を忍び込ませたのです？」

「ハチでないことはたしかだ」

他にまだ怪しい男がいたのか？

「聞くが、昨年根岸で、一昨々年寺島で、いが茄子男の事件があったということだが、事件は本当にあったのか？」

「それについては、あっしもいちおうは疑ってかかりました」

「確かめたのか？」

「確かめようとは思ったのですが、御奉行から下りてきた話ですし、大店の主人とやらが伊達や酔狂で五十両もの大金をはたくとも思えない。また旅中、いが茄子男を見かけなければそれはそれでいいという話でしたから、ええ、まあまあ気軽に引き受けたのです」

掃部助はしばし虚空を睨んでいていう。

「こういう筋書きではないのか。備前岡山松平家に、〝上総介派〟対〝紀伊守派〟という御家騒動らしきものがあるというのを知っている者がいて、もっともらしいいが茄子男の事件などという作り話をつくって、おぬしを供立てに潜り込ませた」

「なぜです。なぜそんな手の込んだことをしなければならないのです？」

掃部助は眉間に皺を寄せる。

「おぬし以外の、別の男、甲をも供立てに潜り込ませておく。そしてその男、甲が最初の夜、料理人が汲む水に、いが茄子の末《こな》を忍び込ませる。当然騒ぎになる。供立ての人足、ことに水たご担ぎなどが怪しいということになる。伊佐恭之介など兄上の取り巻きが調べにかかる。するとなんと水たご担ぎに岡っ引がいる。いかにも怪しい」

考えの整理がついたのか、掃部助の眉間の皺はとれた。

「甲はさらに、おぬしの小箱にいが茄子を忍び込ませる。ついでにいっそう混乱させるため、附子をも忍び込ませる。結果、おぬしは兄上に毒を盛ったと責め立てられた。そうであったな」

「へえ」

「伊佐恭之介など兄上の取り巻きは、それがしの指図ではないかという疑いをいっそう強める。ことによっては、伜紀伊守の命を狙いにかかる。つまり誰かが伊佐恭之介らにそうさせるため、おぬしを道具に使った……」

なんだか話が込み入っているが、

「それで誰がどんな得をするのです？」

「伜が廃嫡されるか、亡き者になったら、後釜に入る者がいる。誰か、というとそやつかそやつの背後にいる者だ。そやつらは、備前岡山三十一万五千石を手中にすることができる。これほどの得はない」

「その策略の道具にあっしが使われたと？」

「うむ」

「そやつは多分、おぬしは岡山で亡き者にされると思っていたろう。現におぬしは、備中の国境に近い農家の廃屋とおぼしき家に連れて行かれて調べられた。備中の国境というのがミソだ。殺されて備中の山か川に捨てられると、死体が見つかって、明らかに殺されていると分かっても、面倒だから行き倒れの扱いになる。分かるな？」

「ええ」

「おぬしが無事に逃げ帰るとは予想もしなかったろうが、とにかくそんなわけで、おぬしは道具に使われた」

「そんなことってありますかね」

半次は半信半疑だ。

「いが茄子男を探しに、供立てに潜り込んでもらいたいなどという頼みが奇妙すぎる。参勤交代でやってくる岡山の足軽小者の類いが怪しいと分かれば、他に調べようもあるではないか。それに根岸や寺島であったという、事件の全貌を明かしていないというのも不自然だ」

「その辺はあっしも考えないではありませんでした。でもなにしろ御奉行から下りてきた話なので、つい……」

「話を信用してしまったというのだな」

「へえ」

「そこでだ。おぬしに頼みがある」

掃部助はあらたまる。

「いが茄子男に娘の操を奪われた大店の主人が、いが茄子男を捕まえてもらいたいと御奉行にたのみ、御奉行から年番与力の佐久間惣五郎、定廻り岡田伝兵衛を通じて、話が下りてきたとおぬしは申す。そうであったな」

「へえ」

「大店の主人なんかではないと思うのだが、そやつは誰なのかを突き止めてもらいたい」

「それは……」

十手を持たせてもらっている定廻り岡田伝兵衛、御番所の実力者年番与力佐久間惣五郎、それに御奉行の立場を考えると動きづらい。

「よいか。そやつは伜紀伊守を亡き者にして、誰かを紀伊守の後釜にすわらせようとしている。おぬしはその道具に使われた。それも殺されることがほぼ確実な道具にだ」

そうか。あのとき岡田伝兵衛に、大店の主人について、〝御奉行に年番与力の佐久間様、それに旦那と、御番所を思うがままに動かしておられる。大店の主人ということですが、たいしたお方でござんすねえ。そのお方は〟といったとき、岡田伝兵衛はこう応じた。

「これは俺が推量だが、話はもっと上から下りてきているのかもしれない」

御奉行のもっと上ですかと念を押すと、「そんな気がする」ともいった。

それで断ると、岡田伝兵衛の顔をつぶしてしまうことになるからと、引き受けてしまった。

掃部助のいうとおり、妙な頼みを持ち込んだのは、たしかに大店の主人なんかではないのかもしれない。

「岡田伝兵衛とか、佐久間惣五郎とか、御奉行とかに遠慮しているのであろうが、殺されることが確実な道具に使われたというのに、誰に遠慮することがあるものか」

掃部助は追い討ちをかけるようにいう。

「伜紀伊守のため、またそれがしのためである。大店の主人という仮面を被った男を突き止めてくれ。誰と分かればこちらも手の打ちようがある」

「伊佐恭之介らお殿様の取り巻きが、紀伊守様のお命を狙うかもしれないと仰せでしたね」

「うむ」

「そちらはどうなのです。手を打たなくともいいのですか?」

「あくまでも推量だ。兄上にも、伊佐恭之介らにも、そう思うのだがやめてもらいたいなどといえぬ。いえばいよいよ角が立つ。そのようなことがないよう、自衛するしかないのだが、それだけに余計に、大店の主人という仮面を被った男を突き止めてもらいたいのだ。誰と分かれば、かくかくしかじかと兄上にも打ち明けられる。三十一万五千石を守るためということで結束でき、〝上総介派〟対〝紀伊守派〟の対立も解消する。そうであろう」

「うーん」

岡田伝兵衛、佐久間惣五郎、御奉行と敵にまわしてしまうと、いまの稼業は続けられなくなる……。

しかし掃部助のいうとおり、〝殺されるかもしれない道具〟にされたというのであれば、黙って見過ごしているわけにはいかない。紀伊守のためでも、掃部助のためでもなく、おのれ自身のためにも大店の主人とやらを突き止め、正体を暴いて、お返しをさせていただかなければならない。

なるほど、御奉行、佐久間惣五郎、岡田伝兵衛、それぞれに立場はある。だが彼らは、掃部助がいうのが事実として、まさかおのれがそんな道具にされたなど、思ってもいまい。いざとなれば彼らもおのれの立場を了解してくれよう。

「おっしゃるとおりです。正体を突き止めましょう」

半次はきっぱりいった。

「そうか。そうしてくれるか。有り難い。恩にきる」

「いやこれは、紀伊守様やあなた様のためだけではありません。あっし自身のためでもあります。ですがまさか御奉行に口を割らせたり、御奉行のあとをつけたりというわけにはまいりません。多少時間がかかります。その点はご承知おきください」

「当然だ。慎重にやってくれ」

「して、以後あなた様とはどのように繋ぎをとればよろしいのです？」

「田端嶽右衛門は築地中屋敷の長屋に住まっておる。嶽右衛門を通じてくれ」

「ではあっしはこれで」

「うむ」

「嶽右衛門、裏門までお送りしろ」

「ははあ」

田端嶽右衛門は山を反対側に下りながらいう。

「掃部助様はあの建物がお気に入りで、だいたいあの建物で寝起きしておられる。いざというときは、こんな里だ、人など見ておらん。また塀は低い。塀を乗り越えてこの道を上がり、掃部助様に直接ご注進いただきたい」

「へえ。では」

下屋敷は千代田の御城くらいもあろうかと思える広さで、ぐるりとまわって江戸の町を目指した。

四

掃部助のいうとおりだとしたら、想像もつかぬ罠や陰謀に嵌められたことになる。これからのこともある。何事も熟慮して行動しなければならないということのようだが、掃部助の頼み事はどうだ。それに陰謀や罠はないか。

道すがら繰り返し、掃部助がいったことを思い起こして検討した。

ない。よし。厄介だが、大店の主人とやらの正体を突き止めにかかろうと、あらためて決意したとき、ちらりと角に消えた人影が目に入った。

あれはロク！　ロクではないのか？

ロクだとして、なぜこんなところに？

半次は駆けって、おなじように角を曲がった。

夕闇に目をすかした。ロクの姿はない。さらに駆けってあちらの横丁、こちらの路地と覗いた。やはりない。

思い違いか。それとも他人の空似か。いや、うらぶれて肩を落としているような、あの歩きぶりはロクそのものだった。

そういえば、ロクはその後どうした。殺されたとばかり思っていたが、万に一つもの可能性を見つけて、逃げ出したのか。ハチは、掃部助の手の者が使っている手先だということだった。だったら、その後のロクの様子はハチから掃部助の耳に入っているかもしれない。とうに町家に入り、京橋を渡ったところだ。大崎まではとてもではないが引き返せない。

翌日、出入りの呉服屋の番頭かなんかのように、堅気風の装いに身を固め、築地の中屋敷に田端嶽右衛門を訪ねた。

中屋敷は西本願寺の裏にある。夜が遅かったのか、起きたばかりのように目を腫らして、門前に出てきていう。

「話は外で」

人目があるからだろう。町家は遠いが仕方がない。離れて歩いて、木挽町《こびきちょう》の森田座に近い水茶屋に入った。

わけを話すと田端嶽右衛門はいう。

「掃部助様の手の者から、なにくれと報せがあり、それがしも目を通したのだが、ロクとやらのことはなにも記されていなかった」

「いまも申したとおりです。掃部助様は、あっしとは別の、甲という男を供立てに送り込み、その男が、料理人が扱う水に、いが茄子の末《こな》を忍び込ませたといわれた。ロクは十八年も国に帰らず、岡山松平様の江戸部屋をはじめ、あちらの御屋敷、こちらの御屋敷と渡り歩いているしがない渡り中間ということで、気にもかけていなかったのですが、あるいはロクがその甲なる男かもしれません。だったら意外と早く、大店の主人とやらの正体を突き止められるかもしれません。お願いします。岡山に問い合わせてください」

「承知した。ただし、文の遣り取りに一月はかかろう。心得ておいてくれ」

「へえ」

大店の主人の正体は、定廻り岡田伝兵衛も知らない。年番与力の佐久間惣五郎も知らない。御奉行は知っているかもしれないが、御奉行には聞けない。掃部助にもいったように、御奉行に口を割らせたり、御奉行をつけまわしたりもできない。

分かりました、正体を突き止めましょうと掃部助にいったものの、正直どうすればいいのか分からなかった。

根岸や寺島に姿をあらわしたいが茄子男を突き止めれば、などと漠然と考えていた。しかしそれもいが茄子男の話が作り話なら、ない話を追っかけていることになり、突き止めようがない。

ロクがもし男、甲なら、ロクの居場所は限られている。突き止めるのはいとも簡単だ。

博奕は御法度《ごはっと》である。刑罰も厳しい。しかし、大名や旗本の屋敷は、いわば治外法権になっている。町方は踏み込めない。それをいいことに、筒取《どうと》りは大名や旗本の屋敷の中の、おもに中間部屋で御開帳におよぶ。なかには、火盗改《かとうあらため》の屋敷ばかりを狙って鼻薬をきかせて潜り込み、御開帳におよんでいるという、頭がいいというのか、質《たち》が悪いというのか、そんな筒取りもいる。

半次はかつては深川に巣くう、貸元の世話になって壺を振っていた。打つのも好きなほうである。だが、取り締まる側の岡っ引になってから、さすがに打つのはやめた。

といって岡っ引はみんな博奕をやらないというのではない。岡っ引も人間だ。博奕好きもいる。掠《かす》りをとって見逃している者もいる。テラをとって開帳におよんでいる者もいる。おなじく岡田伝兵衛から十手を預からせてもらっている、上野山下の助五郎もそうだ。

助五郎は、本拠の上野山下だけではなく、その後手に入れた深川仲町をも縄張りにして、せっせとテラを掠っている。いまでは十手持ちというだけでなく、貸元としても幅をきかせていて、その世界でも顔が広い。

半次はわけあって助五郎と対立した。しかしそのことがかえってきっかけになり、いまではまあまあ親しくしている。

「ついてはどこの中間部屋にでも自由に出入りできるよう、回状をまわしてもらえないだろうか」

助五郎にたのんだ。

「どうせ、誰かを追っかけているんだ。いいとも」

助五郎は心安く引き受けてくれた。

それからというもの、毎晩のようにあちらこちらと中間部屋へ出かけて行った。ロクも博奕は嫌いでない。もしどこかに巣くっていれば、顔を並べるはずなのだが、なかなか顔を合わさない。ひょっとして、見間違いだったのか、あの人影はロクではなかったのか、と疑うようになった、夏も終わりの頃、田端嶽右衛門がひょっこり訪ねてきていう。

「おぬしが背中を切りつけられて山に逃げ込んだ騒ぎの最中のこと。ロクという男はどうやったのか、縄抜けして逃げたらしい」

あの人影は、たしかにロクだったのだ。

ロクなら……、なにはさておいても我が家を訪ねて来なければならない。あれほどのことがあったのだ。手をとりあって、その後の無事を祝い合うというのが人情というものだろう。

にもかかわらず訪ねて来ないのは、やはりあいつが、甲なる男だからだ。

そう確信がもてるといちだんと気合も入ったのだが、その後も、ロクはどこにも姿を現さなかった。

第六章　川面に浮かぶ縄

一

「厳しい残暑が続いておりましたのに、嘘のように肌寒い秋になってしまいましたなあ」

「日もとんと短くなってしまい、なにもしないうちに一日が過ぎてしまいます」

ここは愛宕《あたご》下作久間小路。毛利出雲守《いずものかみ》の上屋敷の裏。備前岡山松平上総介の下屋敷である。向かい合っているのは、松平家の老女浜崎と薩摩島津家の中老歌沢——。

「それで一周忌は滞りなく？」

浜崎が尋ねる。

「お陰様にて」

薩摩島津家の二十七代当主斉興――お由羅《ゆら》という町家の女を溺愛、寵愛した殿様――の妻於弥《おいよ》の命日は八月十六日で、一周忌が終わって間もなくの秋の午後である。

「噂では、薩摩様のお屋敷には呉服屋、小間物屋どころか、八百屋、魚屋の類いまで、出入りしなくなったそうですねえ」

「お恥ずかしいことながら、そのとおりでございます」

十数年前――、利息の支払いが膨大な額におよぶようになって、島津家は百万両を超す巨額の借金の踏み倒しにかかった。

事は思ったとおりに運ばなかった。収納（歳入）が滞り、不時の入用（出費）にも追いまくられた。さりとてあらたに借金はできない。借金を踏み倒した者に、追い貸しをする馬鹿はいない。ために島津家はこの頃、貧乏のどん底にあえいでいた。

屋敷は上、中、下ともにツケが溜まりに溜まり、八百屋、魚屋の類いまで出入りしなくなった。食うものも満足に食えない。江戸詰めの者は、痩せこけたからだにすりきれた衣服をまとった。それが江戸中の評判になっていた。

「わたしどもの宛行《あてがい》も、一ヵ月、二ヵ月の遅れが三ヵ月、半年になり、いまでは一年以上も滞っております」

「するとお坊さん方へのお支払いも？」

「待っていただいております」

「それでは賢章院様も浮かばれませぬなあ」

「まことさようでございますが、それだけになんとしてでも賢章院様の悲願は達成して差し上げなければと、はい」

戒名を賢章院という於弥は、備前岡山松平（池田）家と同根の、因幡鳥取松平（池田）家六代当主治道の女《むすめ》で、嫁入り道具に、本箱と鎧櫃《よろいびつ》を忍ばせたという一風変わったお姫様だった。

鎧櫃は、大守不在のいざというとき、女ながらも身を挺して城や屋敷を守り抜こうという、国主の妻になろうとする身の志を示したもの。本箱は於弥の教養の深さを示したもので、愛読書である和漢の書はいうにおよばず、仏典まで入っていた。

嫁いで二年後、於弥は長子邦丸《くにまる》を産んだ。幕末の名君といわれている斉彬《なりあきら》である。その二年後に、次子丈之助（はじめ治五郎）を産んだ。

長子の邦丸（斉彬）はいい。生まれながらにして薩摩、大隅、日向三国七十七万石の大守の座を約束されている。

次子の丈之助はそうはいかない。養子の口を探さなければならない。でなければ、大崎の下屋敷に住む池田掃部助とおなじように、一生を部屋住みで過ごすことになる。

部屋住みでは終わらせない。必ずや七十七万石の大守の次子にふさわしい、大名家でも国持ちの大名家に婿入りさせる。

良妻賢母の於弥は、そんな意気込みで丈之助を育み、きびしくしつけた。

三年前の文政五年、国持大名の一家である、筑前福岡四十七万石黒田家に養子の口が見つかった。

島津家は、当主（斉興）、御隠居（先代斉宣《なりのぶ》）、大御隠居（先々代重豪《しげひで》）と、三人入り乱れるように子をつくっていた。黒田家へは大御隠居栄翁の九子桃次郎が養子に入ることになった。のちの黒田長溥《ながひろ》である。

桃次郎と丈之助は、桃次郎が丈之助の大叔父という関係にあるが、生まれは同年（文化八年）である。桃次郎が三月一日、丈之助が四月八日だ。そんな間柄の桃次郎に先を越されてしまった。顔にこそあらわさなかったものの、於弥の無念は一入《ひとしお》だった。

於弥は前年八月、病に臥して死を前にした。丈之助は部屋住みのまま十四歳になっていた。それがなんとも心残りで、夫である斉興にはもとより、実家《さと》から従《つ》いてきた中老の歌沢にも、「くれぐれも丈之助のことを」と言い遺してあの世に逝った。

実家の鳥取池田家は於弥の兄相模守（斉邦）が継ぎ、相模守が早くに死んで、次兄の因幡守（斉稷《なりとし》）が継いだ。

八年前の文化十四年、因幡守は、子だくさんの将軍家斉から、乙五郎という十二男を押しつけられた。乙五郎は前年三月に元服し、斉衆《なりとも》と名乗り、従四位上侍従に任ぜられた。

因幡守には誠之進という、文政三年生まれで五歳の実子もいた。かりに斉衆に不幸があったとしても、誠之進という後釜がいる。ふさがっている。実家の跡を継げる可能性はほとんどない。

鳥取池田家の親戚、岡山池田家はどうか。上総介の亡き妻於絲《おいと》は、於弥とおなじ鳥取池田家の出で、於弥は於絲の姪《めい》、上総介にとっては義理の姪という縁もある。

紀伊守が養子に入っているが、紀伊守に不幸があれば、紀伊守にも、上総介にも子はないことだし、紀伊守の後釜に座れる可能性がないわけでもない。

鳥取池田家からお付きの女中も従《つ》いていっている。老女の浜崎がそうだ。岡山池田家の老女浜崎と、薩摩島津家の中老歌沢は、したがってともに鳥取池田家の出で、かつての先輩後輩になる。そんな関係もあって、かなりきわどいことだが歌沢は浜崎をたよった。

松平（池田）上総介が弟掃部助の実子、欣之進（紀伊守）を養子に迎えるとき、薩摩の丈之助のことが話題にのぼらなかったわけではなかった。

紀伊守が養子になったのは四年前の文政四年で、十三歳。丈之助は十一歳。歳はいくつも違わない。奥方の姪御（於弥）の御腹でもある。丈之助様を御養子にお迎えして、殿様の愛娘《まなむすめ》金姫様（当時五歳）と妻合《めあ》わせてはどうか、という声もないではなかったのだ。

だが、欣之進様がおられるのに、わざわざ他家から御養子をお迎えすることもあるまい――。

上総介や掃部助にとっては異腹の弟になる、分家の池田山城守などがそう押し切って、欣之進が養子になった。

過去にそんな経緯《いきさつ》があったことでもあり、中老歌沢は、於弥の遺言を受けると、かつての先輩である岡山池田家の老女浜崎をひそかに訪ね、「憚りあることでございますが、万一のことがございましたときは、なにとぞ丈之助様を」と嘆願した。

そしてその後も、二月か三月に一度くらいの割で浜崎を訪ね、なにやかやと贈り物をした。

薩摩の、地獄の底をのたうちまわるような貧乏の、元となったのは巨額の借金踏み倒しで、借金踏み倒しを強行させたのは、大御隠居栄翁（重豪）である。

栄翁は何度も失敗を積み重ねた末、勝手方取り直し（財政再建）に成功するのだが（これがいわれている薩摩の天保の改革である）、この時期は自棄糞《やけくそ》のように、質《たち》の悪い、とりもなおさず金利の高い金を借りまくり、斉興、斉宣、重豪と三代にわたって六十人以上もなした適齢期の子の婿入り、嫁入りに惜しげもなく金を注ぎ込んでいた。

桃次郎（黒田長溥）の婿入りにも、斉興の女郁姫《いくひめ》（実は斉宣の女）の、この年二月の摂家《せっけ》近衛《このえ》家への嫁入りにも、この時期重なったその他の嫁入り四件にも、運動費や諸費用に糸目をつけずに金を使っていた。

十三ヵ月もの欠配で、江戸詰めの者は食うや食わずだったのだが、そんなわけで、中老の歌沢も丈之助様婿入りの運動費という名目で、わりと金が使えた。

この日も袱紗《ふくさ》に包んだ十両の包みを、そっと差し出した。浜崎は懐に忍ばせ、声を落として切り出す。

「いつやってくるか分からない人の死を待つのは、まどろこしいし、また気持ちのいいものではありません。ですからむしろ、紀伊守様に養子の座を明け渡していただくのがいいのではないかと、わたしは思っております」

きわどい話だ。歌沢も声を落として聞く。

「そのようなこと、できるのでございますか？」

「このことはかねて申していることですが、紀伊守様のご実父掃部助様のことを快く思わない方が、ことにお殿様の身の周りに大勢おられます」

愛宕下の下屋敷は格の高い女中の控え屋敷になっていて、その一角は浜崎に与えられており、浜崎付きの女が人の出入りを遮っている。声こそひそめているものの、誰に聞き耳を立てられる恐れはない。

「そこで、紀伊守様に退いていただこうではないかという動きが出てきているのですが、できたら、関係される方々に相応の金を配っておきたい」

「おいくらぐらい？」

「千両」

「三十一万五千石の大守の座です。そのくらいは使っていただかねば、事はうまく運びませぬ」
「なんと?」
歌沢はしばし思案して、
「なんとか工面いたします」
「くどいようですが、退かれたあとになってからでは、六日の菖蒲《あやめ》、十日の菊。手遅れにな
ります」
「と申されますと?」
「あなたの旦那様（於弥）や私の旦那様（於絲）の御実家である、因幡鳥取池田家のお殿様
（因幡守）が、公方（将軍）様の御子乙五郎君をお迎えしたのは、乙五郎君がおいくつのと
きだったか覚えておられますか?」
「たしか六歳のときではなかったかと」
「そのとおり。そしてお殿様は三十でした。お殿様に男の御子がお生まれになるお見込みは
十分にありました。にもかかわらず、恐れ多いことながら無理やり乙五郎君を押しつけられ
たのです。現に、そのあとすぐに誠之進様がお生まれになっておられます」
「まことさようでございました」
「作州津山の松平様が、公方様の、十四男とも十六男ともいわれている銀之助君を御養子に

お迎え遊ばされたとき、銀之助君はおいくつだったかご存じですか？」

「さて、おいくつでしたやら」

「銀之助君が四つのときでございます」

「おいとけないお歳で、養子に出るというのも辛うございましょう」

「もっとも津山松平様は、銀之助君をお迎えすることにより五万石を御加増され、十万石の御大名におなり遊ばしたのですから、まあそれなりに十露盤《そろばん》は合ったということでございましょうが……」

「それでとかくを申すお人もおりました」

「ともあれ、公方様の御養子の押しつけも、銀之助君で一段落したと思っていたところ、またその後、ぞろぞろと男の御子がお生まれになられた」

「尾張に御養子に入られた直七郎君をはじめ……」

と歌沢は指を折る。

「六人で、まだまだお生まれになるやもしれませぬ」

浜崎はうなずき、頬に微苦笑を浮かべながらいう。

「オットセイ将軍とはよくぞ申したものです」

浜崎は続ける。

「直七郎君と徳之佐《とくのすけ》君がお生まれになったのが文政二年。おっしゃるとおり直七郎君は尾張に、徳之佐君は右近将監《うこんしょうげん》様の上州館林松平家に、それぞれ四つの歳の、文政五年に養子に入られております。徳之佐君は婿養子ではございますが」

浜崎がなにをいおうとしているのか、歌沢にすでに利解《りかい》はついていていう。

「文政五年は、大御隠居様の九子桃次郎様が筑前黒田家に御養子にお入りになった年で、黒田家には徳之佐君をという声もあったらしく、桃次郎様は公方様の御子を差し置いてのことでしたので、よく存じております」

「文政三年には恒之丞《こうのじょう》君と民之助君がお生まれになり、文政四年に松菊《しょうぎく》君、文政五年に富八郎君がお生まれになられた」

「富八郎君はたしか、翌文政六年にお亡くなりになられたはず」

浜崎はうなずいて、

「その文政六年にまた紀五郎君が、そして今年文政八年三月に周丸《ちかまる》君がお生まれになられた」

「いかにもさようでございます」

「残っているお方は、お歳でいうと、恒之丞君と民之助君が六歳、松菊君が五歳、紀五郎君が三歳、周丸君が当歳（当年生まれ）ということになります。ですからこれまでの例から申して、いつどなたが養子にお出になられようと不思議ではありませぬ」

「ことによっては岡山様にご養子に入られるやもしれぬ、と仰せなのですね」

「そうです。お殿様（上総介）ご寵愛の金姫様は当年九歳です。なるほどお年柄は当年十五歳の丈之助様こそおふさわしい。とはいえ恒之丞君も民之助君もともに六歳。九歳と六歳。不似合いと申すほど離れてはおりませぬ」

「いわれてみれば、たしかにそのとおりでございます」

「ですから、瞬時も間をおかずに事を運ぶには、こちら側にそれなりの心構えができていなければなりません。紀伊守様に退いていただいた。お跡はどなたにお願いしましょう？　などとのろまなことをやっているとたちまち、公方様の取り巻きに隙を狙われます。どなたと、合意を取り付けておくためにも、千両という金は必要なのです」

「よくよく利解がつきました」

「ときに薩摩様も出羽守様とは懇意にされておられるご様子。さようでございましたな？」

「仰せのとおり」

元側用人、現老中水野出羽守忠成《ただあきら》は、矢継ぎ早に貨幣の改鋳をおこない、財政を大いに潤して将軍家斉の覚えめでたく、この頃、飛ぶ鳥をも落とす勢いの実力者になっていた。

「出羽守様が実力をお持ちになられた理由はいくつも挙げられますが……」

浜崎は冷めた茶で喉をうるおして続ける。

「数多《あまた》おられる公方様の若君とお姫様を、次から次へとお片づけ遊ばしたのも理由の一つだといわれております。ご承知ですよね」

「はい」

「もっとも若君に限って申しますと、出羽守様はさほど苦労をなさっておられない。養子先は当初、尾張、紀伊、清水、田安の、御三家御三卿ばかりでした」

文政五年の、直七郎の尾張への養子入りは二度目である。かつて吉宗の時代まで、尾張は御三家の筆頭として羽振りをきかせた。いまや吉宗の血を引く将軍家の軍門に降り、哀れにも、二度も将軍家斉の伜を養子に迎えさせられるまでに落ちぶれ果てていた。

「御三家御三卿以外の養子先では、乙五郎君の因幡鳥取池田家がはじめてで、作州津山松平家がそれに次ぎます。とはいえ外様《とざま》の鳥取池田家に養子の口を見つけたというので、公方様は大喜びされ、出羽守様の手腕を高く評価されました」

将軍家が松平（池田）因幡守に与えた代償は、従四位上左近衛権中将《じゅしいのじょうさこのえごんのちゅうじょう》という位階にすぎない。それで因幡鳥取三十二万石を乗っ取ることができたのだから、将軍家にとって、水野出羽守の手腕はたしかに評価されていい。

「おなじく外様の黒田様の場合は、逆に出羽守様が薩摩様に出し抜かれてしまった。そうですね？」

「そういうことになるようです」

出羽守はまんまと大御隠居栄翁にしてやられた。

「ですがその後、大御隠居様は出羽守様と、なにかとしっくりいっているようでございます」

栄翁と水野出羽守は、この頃将軍の位階昇進等に関して交わした、ある〝取引〟が成功し、二人の間には〝友好関係〟が生まれていた。

「まあそんなわけで、近頃はややもすると出羽守様に倣《なら》い、若君様方の養子の口や、お姫様方のお嫁入りの口を探してきて、公方様に取り入ろうとする取り巻きが増えているやに聞いております」

「わたしも小耳に挟んでおります」

「そのようなお方が画策され、紀伊守様にせっかくお退きいただいたのに、トンビに油揚げを攫《さら》われた、というような結果だけは招きたくないのです」

「いかにも」

「ですから、そのようなことのないよう、我らも引き続き出羽守様に、抜かりのないようお近づきいただき、いざというときお助けいただかなければなりません。そのためにもお金は必要なのです。お分かりになりますね」

「はい」

「実際、出羽守様のお力は端倪《たんげい》すべからざるものがあり、この五月にも我が池田家は出羽守様に救われたことがございます」

「御家に何事かあったのでございますか？」

歌沢が聞く。

「丸の内の上屋敷の向かいは中屋敷になっております。中屋敷のその向こう、東隣は林肥後守様の御屋敷です」

呉服橋御門内の、北町奉行所のやや南寄りになる。

「林肥後守様というと、公方様の覚えめでたい、この前まで御用申次だったお方」

御用申次は将軍の御用を、老中、若年寄、その他の役人に取り次ぐ、なかなかに幅を利かせた旗本の御役である。田沼主殿頭《とのものかみ》も水野出羽守も、御用申次から昇役して、大名でかつ老中になっている。

「肥後守様は、本知四千石だったのが、だんだんに御加増あって七千石となり、今年またまた御加増あって万石の御大名となられ、若年寄になられた。ご存じですよね？」

「存じておりますとも。出羽守様とおなじように、飛ぶ鳥を落とす勢いのお方と、どなたもが申しておられます」

「それでかねて、肥後守様の居屋敷に添え地がある由風聞のところ、この五月でした。公儀の普請《ふしん》方下奉行増田某《なにがし》と申すお方をはじめ、普請方改役同心、同心肝煎《きもいり》、地割棟梁など十一人がどかどかと中屋敷に参って間竿《けんざお》を入れ、屋敷地を改めはじめたのです」

敷地の広さを調べはじめたのだ。

「注進があり、びっくりして、公儀使《こうぎづかい》の今田長八と申す者が駆けつけて事情を糺しました」

公儀使は御城使《おしろづかい》とも御留守居《おるすい》ともいう。大名の対幕交渉者、いわば外交官である。

返事は煮え切らなかったが、上総介が参勤交代の御暇で国に向かってすぐのことで、〝お上（将軍）の威光を笠《かさ》にきての、林肥後守のどさくさ紛れの屋敷地取り上げ〟、と国老《くにろう》（家老）をはじめ重役は震撼した。

「それですぐさま御用（月）番の青山下野《しもつけのかみ》守様に、こんな内容の書付を差し出すことになりました。丸の内の両屋敷にはかつて一度も御公儀よりお手入れはございません。丸の内には上屋敷、中屋敷とありますが、何分家来どもが多く、手狭で、他屋敷にも多分に家来を差し置いて通勤させている状態です。上総介と同席の国持大名の屋敷が減ぜられたという話も聞いたことがありません。同席に対しての面目にもかかわります。上総介は留守にしていることでもあり、なにとぞ屋敷地お取り上げの儀は御容捨《ごようしゃ》たまわりますようにと」

浜崎はなおも続ける。

「一方で、かねて懇意にしている水野出羽守様にも、公儀使今田長八を送って、取りやめていただくようにと嘆願しました。霊験あらたかとはこのことです。林肥後守様には北隣の松平丹波守様の御屋敷の一部と、東隣の火除《ひよ》けの道とが添えられ、我が屋敷は寸地も割かれることなくすみました」

浜崎は背筋をそらし、きりりと口元を引き締める。

「あなたもご承知のとおり、わたしは鳥取池田様の由緒ある家来の血筋を引く者で、縁あって絲姫様につき従い、鳥取池田様の御屋敷から岡山池田様の御屋敷に移りました」

気位は高い。

「大きな声で申すは憚りあることですが、鳥取池田様は公方様に御城を明け渡されたも同然。このうえ岡山池田様まで公方様に御城を明け渡すようなことになってしまいますと、両池田家の御先祖様に対して、何の面目やあるということになります」

歯軋《はぎし》りせんばかりだ。

「ですから、なんとしてでも我が屋敷に公方様の若君様をお迎えすることだけは避けなければなりません。ですからそのためにも紀伊守様にお退きいただいた暁には、瞬時も間をおくことなく丈之助様をお迎えしなければならないのです。あなたとわたしの利害は一致しております。ともに手を携え、丈之助様をお迎えできるよう力を尽くしましょう」

「有り難きお言葉。弥姫様も草葉の陰できっとお喜びになっておられることと思います」

歌沢はそういってハラハラと涙をこぼす。

日が傾いた。

薩摩の上屋敷は芝にある。歌沢は南、浜崎は北にと、それぞれ別れた。

浜崎は、ずっと喉から出かかっていたが、さすがにこらえた。

紀伊守様にお退きいただくのは――、参勤御暇の最初の夜、神奈川の宿で、殿が掃部助のまわし者らしい、掃部助に似た岡っ引から毒を盛られようとしたのがきっかけなのだというのを……。

とにかくそんなことがあって、紀伊守様にお退きいただこうということになった。すると後釜を用意しておかなければならない。でなければ、鳥取池田家と同様、将軍家からすかさず御子を押しつけられる。

薩摩の次子丈之助様は鳥取の血を引いておられる。金姫様との間に御子がお生まれになると、その御子は、鳥取の血も岡山の血も引くことになる。

かねて薩摩の中老歌沢は、紀伊守様に何事かあれば丈之助様をときわどいことをいってきていた。歌沢とは二月か三月に一度くらいの割りで会っていた。そのときに話をしようと、残暑も去ってしのぎやすくなったこの日、愛宕下の下屋敷で密談におよんだという次第だった。

駕籠は上屋敷に着いた。

浜崎がつき従ってきた於絲こと麗光院はとうに亡くなっている。金姫の母磯野も三年前に暇を出されて、その後哀れなことに間もなく死んだ。

奥にいるのは、上総介のいまは亡き嫡男内蔵頭の妻、関白一条忠良の女、髪を下ろしている寛彰院《かんしょういん》のみで、寛彰院に帰邸の挨拶をした。寛彰院はややこしいことに一切関わっていない。挨拶をすませるとすぐに下がった。

二

「遠くまでお運びいただいて恐縮です」

国老の池田出雲《いずも》がそういって迎える。

表向き麻布《あざぶ》土器《かわらけ》町の下屋敷ということになっているが、ここは池田出雲が自分の屋敷として使っている。

「なにをおっしゃいます。これしきの道程《みちのり》」

応じるのは老女浜崎だ。薩摩の中老歌沢と会った翌日の夕刻である。

「いかがでした?」

「もとより向こうも望んでいること。難しいことはなに一つなく、話はすんなりと」

「それはよかった」

「ついでに千両箱一つ、届けるように申しつけておきました」

「そんなこと、おっしゃらなくともよろしかったのに」

「いえ、そのくらいのことはしていただかなければ。なにしろ三十一万五千石を手にされるのですから」

「豊後守(島津斉興)様は、御暇というのに、金がなくて国に帰れなかったこともしばしば。陸尺手廻りを揃えられず、式日《しきじつ》や三日《さんじつ》の登城を欠かせられるのもしょっちゅう……」

「ではございますが、嫁入り、婿入りには惜しげもなく金を使っておられます。我らはこれからも出羽守様に、事あるごとに相当の遣い物をしなければなりません。金はあればあるほどよろしい」

「それはともかく、大崎（掃部助）様も我らの動きを察知し、分家の信濃守様や丹波守様をお味方に引き入れようと、やっきになって画策しておられます」

分家の池田信濃守は岡山池田家三十一万五千石のうち、備中で二万五千石を分地され、おなじく分家の池田丹波守（山城守の実子でこの頃遺領を相続していた）は同様に備中で一万五千石を分地されていた。そしてともに従五位下《じゅごいのげ》に叙任され、参勤交代もし、式日や三日には登城して将軍のご機嫌を伺った。大名として扱われていた。

国老の池田出雲はおなじ池田姓でも分家ではない。家来筋だ。岡山池田家には国老（家老）が六家あり、そのうち三家が池田姓で、各三万石、二万五千石、一万石の禄を食《は》んでいた。出雲の池田家はそのうちの三万石取りで、分家の信濃守家や丹波守家より禄高は高かったが家格は低く、身分はあくまでも家来筋だった。

「紀伊守様が御猶子《ごゆうし》（養子）になられるに当たっては」

と出雲が続ける。

「丹波守様の御実父山城守様の働きがあったことでもあり、とりわけ丹波守様のお力におすがりしようとする掃部助様のお気持ちは分からないでもありません。ですがすると我らは、分家や家来筋全員の合意が取りつけられない。全員の合意が取りつけられなければ、御病弱とのみの理由で、紀伊守様にお退きいただくのは難しい」

「かりにも御目見をすませられ、従四位下侍従に叙任されて、紀伊守と名乗っておられるのですからなおのことです」

「それに、紀伊守様の取り巻きの存在も侮れません。もともと紀伊守様の取り巻きがのさばり、党をつくって殿の存在を脅かしはじめたのが、今度の騒動の下地になっていることでもありますからねえ」

「掃部助様がのさばられるようになったのも、騒ぎの発端になっております」

「ですから、紀伊守様には、御病弱という理由ではない、のっぴきならない理由でお退きいただかねばなりません」

「たとえば？」

出雲はうなだれる。

「それが思いつかないのです」

「お情けない」

国老と老女の立場は対等ということになっているが、浜崎は池田出雲に対していつも五分か、五分以上の口を利いていた。

「殿は、掃部助様のまわし者らしい、江戸の岡っ引に毒を盛られようとしたのですぞ。あなたのおっしゃりようですと、このまま手を拱《こまね》いているしかない、といわんばかりではないですか」

「そうでもないのですが、なにぶん……」

浜崎の顳《こめかみ》がピクリと動く。出雲はいいわけをするようにいう。

「とにかくいま、小仕置《こしおき》中山兵庫にあれこれ知恵を使わせておりますから」

備前岡山の家来の格は国老の下に、番頭《ばんがしら》、物頭《ものがしら》……と続く。小仕置は、番頭が就く、家老補佐とでもいうべき重い役である。

「兵庫はキレ者ゆえ、きっとなにかを思いついてくれると思います」

「所詮は人だのみですか」

「面目ない」

「奥の者は寛彰院様をはじめ、みんな掃部助様を毛嫌いしております。こんなことを申すは憚り多いことながら、殿がお亡くなりになられ、紀伊守様が跡目を継がれると、掃部助様が大殿面して奥にも入ってこられて、どの女をものにしようかとねめまわされる。そうに違いない、と思っただけでもたえられません。これが、奥の女どもの正直な気持ちです」

「掃部助様はそんなに毛嫌いされているのですか？」

「嘘を申してどうします」

とはいったが多分に作り話だった。

浜崎はたしかに浜崎なりの忠義心で動いていた。しかし紀伊守が嫁を迎える時期はそう遠くなく、紀伊守が嫁を迎えれば、御内室となる嫁の取り巻きが力を持ち、その分おのずと力を失う……という懸念も、浜崎を紀伊守排斥に走らせていた。人の気持ちの奥底は計り知れない。

「だから、なんとしてでも紀伊守様をお退けいただかねばならないのです」

浜崎は念を押すようにいった。

三

掃部助の家来、田端嶽右衛門は三日おき、四日おきに半次を訪ね、きまってこう催促する。

「なにかお分かりになりましたか?」

大店の主人の正体を探るには、ロクだけがたよりで、なんとしてでもロクに行き会わなければならない。なのに、どこに姿を消したのか、いまだに見つけることができない。

半次は袋小路に迷い込んでしまったかのように、身動きがとれなくなっていた。

本業は岡っ引である。盗っ人を捕まえて、引合をつけて抜く——。

ほとんどの仕事がこれだが、たまには捕物もある。吟味方与力の旦那や定廻り岡田伝兵衛の旦那からの、御差名《おさしな》の捕物もだ。

それでここ四、五日、御差名の無宿を追っかけていて昨日ようやく捕まえ、この日は朝からくつろいでいた。そこへ昼前にまた田端嶽右衛門が訪ねてきて、四半刻（三十分）ばかりも粘って帰って行った。

どういうのだろう。ロクが見つからないせいなのか。だんだんその気が失せてきた。むしろ煩わしくなってきた。田端嶽右衛門が帰り、正直ほっとしてお美代にいった。

「久しぶりに鰻でも食いに行くか？」

「うん」

「よしそれじゃ、堺町の長谷川にしよう」

半纏を羽織ったところへ、ガラリと戸が開いて声がかかった。

「いるかい？」

「御大《おんたい》みずからのお出ましとはどういうわけです？」

上野山下の助五郎は腫れぼったい目をこすりながらいう。

「ちょいと、わけがあってなあ。出られるか？」

お美代は聞き分けのいい子だ。

「そんなわけだ。明日にしよう。明日、きっと連れて行く」

お美代はうなずく。

「出かけるところを悪いことしたようだな」

「なに、仕事ならしようがねえ」

「じゃあなあ」

お美代に声をかけて表に出た。

勝手から種がまわってきて見送る。

「行ってらっしゃい」

「実は仕事じゃねえんだ」

助五郎は恐縮するようにいう。

「というと？」

「両国広小路の英五郎親分、知ってるよなあ」

「ああ」

江戸で、一、二の侠客《おとこだて》だ。子分も、といってもほとんどが陸尺手廻りの類いだが、四、五百人は連れている。

「俺なんかの頭の上がる相手ではねえんだが、いたずら（博奕）の関係で親しくさせていただいていて、実はその英五郎親分が、おめえに会いてえって」

なんだろう？　捕物のことで、なにか間違いでもあったのだろうか。

「待っておられるのは浮世小路の百川楼だ」

名代の料理茶屋である。

「用件は？」

「おっしゃらねえんだよ。とにかくおめえに会いてえって」

まあいいや。めったなことで、妙なことにはなるまい。

夜は江戸芸者も出入りし、三味線の音が鳴り響いてそれは賑やかなものだが、昼はさすがに静かだった。

打ち水のしてある、落ち着いた佇《たたず》まいの玄関に立った。仲居が心得顔に案内する。

「半次さんだね？」

英五郎は立ち上がって迎える。

「さようでございます」

「忙しいのに、足を運んでもらってすまねえ」

「あっしは外しましょうか？」

助五郎が聞き、英五郎は首を振る。

「使いをしてもらったのだ。礼にといっちゃあなんだが、一緒に飯を食ってってくれ」

席は用意してある。半次と助五郎は、英五郎と向かい合うように正座した。

「まあ楽にしてくんねえ」

湯上がりの蛸入道《たこにゅうどう》のような赤ら顔だが、四、五百人も子分を連れているだけあって、凄みは隠せない。江戸で一、二の親分にまでのしあがった年輪も、しっかり顔に刻んでいる。

「わざわざ足を運んでもらったのはほかでもねえ」

英五郎は切り出す。

「備中宮内の岡田屋熊次郎親分は知っていなさるよね」

「へえ。今年の梅雨どき、すっかりお世話になっちまいました。命の恩人でございます」

「稼業柄わたしも付き合いがあり、うちの若い衆も、上方へ出かけたときなど、宮内に足を延ばして、たいそう世話になっておるのだが、いやたいした貫禄の親分だ。中国筋はおろか、箱根から向こうでも、一、二といっていい親分だろう」

「たいしたお方ということに、あっしも異存はございません」

「それで、熊次郎親分にお娘御がおられるのも、知っていなさるよねえ」

「そのお方にも、悉皆《しっかい》お世話になりました」

「お志摩さんとおっしゃるそうなのだが、近く江戸見物に見えるというのだ」

「さようでございますか」

備中からの、しかも女の江戸見物とは珍しい。

「それで用件というのは、そのことを材木町の半次親分にも伝達いただきたいと……」

「熊次郎親分がですか？」

「そう」

「他になにかおっしゃっておられませんでしたか？」

「いや、なにも、それだけだ」

どういうことなのだろう？

半次は頭をひねった。

「そのことをあっしにお伝えになるだけの御用で、わざわざこんな席を用意されたのでございますか？」

半次は訝《いぶか》しげに聞いた。

「いやなに、おめえさんのことが、ついでにあれこれ書いてあったものだから」

「どんな風にです？」

熊次郎には一件を打ち明けていることでもあるし、気になる。

「気分のいいお人だとか、礼儀を弁《わきま》えているお人だとか。まあそんな風にだ」

江戸へ帰り着いてから、借りた金を送り返したのはもとより、その後の経緯も、差し支えのない程度に書き送っていた。まあ悪い印象は与えていないはず。

「それでどんなお人なのか、わたしもお顔を拝ませてもらいたくなってね。聞けばおめえさんは、助五郎さんと親しくなさっておられるとか。それで助五郎さんにお願いして足を運んでいただいたという次第さ。なるほど、お会いしてみると、熊次郎さんが書き送ってこられたようなご様子のお方だ。岡っ引にしておくのはもったいない」

いまいち腑に落ちないが、

「そんなわけだ。わたしもせいぜいお志摩さんの面倒を見させていただくが、半次さん、あんたもお志摩さんの面倒を見てくれるよね」

「それはもう。で、いつ頃こちらへ?」

「十月になってすぐにもということだったから、早くて下旬、女の足だからあるいは十一月に入ってからになるかもしれねえ」

「じゃあその心積もりでお待ちして、お見えになったらせいぜい、ご恩返しをさせていただきます」

「口を挟ませていただいてよろしゅうございますか?」

助五郎だ。

「いいとも。なにを遠慮することがある?」

「お志摩さんというお娘御はおいくつぐらいのお方なのです?」

「ちょうど三十だそうだ」

あのとき、歳の頃は三十前後、出戻りか、いかず後家か、いずれにしろ未通女《おぼこ》ではないと見たのだが、歳は当たっていた。

「結婚はされておられる?」

「でしょうねえ。女の身で江戸見物に下るなど、独り者で、金があって、暇を持て余しているお人でなければできることではない」

「いや独り者だ」

「もともとは箱入り娘。熊次郎さんが猫かわいがりして、持ち込まれる縁談に首を振り続けて婚期を遅らしちまったのだとか。それで罪滅ぼしに、お志摩さんのいうことはなんでも聞いてあげているそうなのだが、今度の江戸見物も多分そうなのだろう」

半次も思い出していった。

「学問もおありのようで、どんな風に育たれたのか不思議に思っておったのですが、そうですか。箱入りの娘さんだったのですか？」

英五郎はうなずく。

「箱入りにしたい親の気持ちはよく分かるんだが、しかしこれも善し悪し」

英五郎は湯飲みの酒をグイと飲み干して続ける。

「お志摩さんは婚期を遅らせただけですんだが、ある大店の箱入り娘など、世間知らずに育ってしまったものだから、胡桃《くるみ》餅売りの口上にたぶらかされ、痺れ薬を飲まされて操まで奪われちまった」

なんだって？　半次は目を剥いた。

「おっといけねえ。つい口を滑らせちまった。これだから酒は恐い」

事件は本当にあったのだ。大店の旦那というお人はこの世にいたのだ。

英五郎はつい口を滑らせたといった。大店の旦那というのはどこのお人なのですか、と聞いても素直には答えないだろう。それで、どうあってもお教えいただきたいと迫ると、一件を洗いざらい打ち明けなければならない。

一件は、定廻り岡田伝兵衛の旦那の指示にはじまる。口止めされてもいる。同席している助五郎は、おなじように岡田伝兵衛から手札をもらっている。少なくとも助五郎の前ではしゃべれない。

また備前岡山の御家騒動をも明かしてしまうことにもなり、池田掃部助と実子の紀伊守に迷惑をかけないとも限らない。

だからといって聞き逃すわけにはいかない。いまがいままで、いが茄子男の一件は、おのれを岡山松平家の供立てに潜り込ませるための作り話だと思っていた。それがたしかにあった。箱入り娘の操をいが茄子男に奪われた大店の主人というお人はたしかにいた。それとなく糺さなければならない。

こう思いをめぐらしたのはほんの一瞬のことで、半次はさりげなく切り出した。

「大店の箱入り娘が、胡桃餅売りの口上にたぶらかされ、痺れ薬を飲まされて操を奪われたとおっしゃいましたよね」

英五郎は頭を掻く。

「つい口を滑らせたのだ。忘れてくれ」

「いえね。実はあっしも、そっくりおなじ話を聞き込んだのです」

根岸にしようか寺島にしようか。一瞬、迷ったが、英五郎の話は根岸である可能性が高い。だとすると寺島でのことにと、これまた瞬時に判断して、

「場所は寺島です。それで、小当たりに当たってはみたのですが、なにしろ雲を摑むような話で、追うのは止めました」

英五郎は首をひねっていて、

「その話どなたからお聞きになられた？」

「ロクという人足です」

「聞いたことはないが、おもにどこの江戸部屋に？」

「備前岡山のと聞いております」

「いまも？」

「いや、どこかへ姿を消してしまって……。探してはいるのです」

「すると、胡桃餅売りは寺島でも似たようなことをやっていたことになる……」

英五郎はしばし腕組みして、

「ロクという人足は、備前岡山の江戸部屋にといわれた。そうですね」

「へえ」

「胡桃餅売りは、備前岡山新太郎さんが、どうしたとか、こうしたとかの歌を唄っていたらしい」

「こんな歌でしょう」

半次は軽く節をつけて唄った。

〽備前岡山新太郎様が
　お江戸へござれば雨が降る
雨じゃござらぬ十七、八の
　恋の泪が雨になる

「そう。その歌だ。よくご存じで」

「ついでに申しますと、前段はこうです」

〽備前の殿様姫路が宿り
　そこで姫路が繁盛する
備前さんなら今云て今じゃ
　有馬さんならまず思案

備前の殿様ぁ蝶々の御紋
　来てはちらちら迷わせる

「歌もロクという人足から教わりなすった？」

「へえ」

「するとロクが胡桃餅売り？」

「お伺いしたいのですが、親分はなぜ一件をご存じなのです？」

「古い知り合いの、大店の旦那がいると思いなせえ。これまでにお子がお二人おできなすったが、あいにく育たねえ。老年にさしかかってやっと生まれた娘はすくすく育ったが、悲しいかな喘息もち」

やはりそうだ。話はピタリと符合する。

「それで、箱入りにして大事に大事に育てていた。なのに娘は、むざむざ胡桃餅売りの毒牙にかかってしまった。だもので旦那はもう、気も狂わんばかりだ。一番番頭が、お上に訴えましょうかといった。馬鹿をおいいでないと。そんなことをすると、広めなくていい噂をみずから撒き散らすことになる。泣き寝入りするしかないが、それが悔しいと」

そこが違う。そこで御奉行に直接、あるいはもっと上から御奉行に、下手人探索の話を下ろさねばならない。

「それでね、あまりにも気の毒だからわたしはいったんだ。こっそり、草の根を分けても捜し出し、仇を討って進ぜましょうかって。しばらく考えていらしたが、やはりそれも止めてほしいと。いやそんな一件だから、おめえさんにも忘れてもらいたいといっているのだよ」

「なるほど、親分さんがおっしゃる一件は忘れましょう。しかし寺島でも同様のことがあって、同様に若い娘が毒牙にかかっているようです。十手を持つ身として見逃しにはできません。一件は一件として追っかけることになるかもしれません。そいつはご承知おきください」

「止めることはできないが、くれぐれも、大店の旦那や娘に累がおよばないよう、たのみます。いいですね、半次さん」

「へえ」

ロクは、なにかわけのある男である。だがいが茄子男、英五郎親分のいう〝胡桃餅売り〟ではない。

ロクは田舎訛りの抜けない、山出しだ。

岡田伝兵衛の旦那から話に聞いたいが茄子男は、股引に半纏、頭に手拭いを頭巾のようにのっけた、いなせな男。

いやだから、箱入り娘のお付きの女も、隙を見せて、寮に引き入れたのだ。ロクだったら、そもそも引き入れたりしない。また浅草奥山の、長井兵助に似せた口上なども弁じ立てられない。

むろんハチこと鶴八でもない。ハチもロクと同様、訛りがきつく、垢抜けてなく、歳も食っている。

ハチでもない、ロクでもない、別人なのだが、話はこういうことだろう。

英五郎親分の知り合いの、旦那の箱入り娘が、いが茄子男の毒牙にかかった。その一件を、わりと詳細に知った者、つまり〝謀主〟がいて、一計を案じた。

筋書きは大崎様が推測したとおり。

〝謀主〟は、備前岡山松平家の御家騒動らしき内紛の火種に油を注ぎ、紀伊守を失脚させ、後釜にこれという男を送り込むべく、一件を利用しようと考えた。そして御奉行、年番与力佐久間惣五郎、定廻り岡田伝兵衛と話を下ろさせ、おのれを、〝殺されるかもしれない道具〟に使った。

ではどうして〝謀主〟は、いが茄子男の事件を知った。

いが茄子男自身からか。これは想像なのだが、いが茄子男は、たしかに悪いやつだが、犯行そのものを面白がっているようなところがある。英五郎親分のように酒の席かなにかで口を滑らせ、それが〝謀主〟の耳に入った……。

ありえないことではないが、いが茄子男を捜し当てるのはまた容易ではない。

いま一つ考えられるのは、事件の関係者からだ。大店の旦那の他、箱入り娘のお付きの女、事件のときに外出していた下働きの女、英五郎親分の話によると一番番頭も事件を知っている。

そこら辺りから洩れたということも、考えられる。なかでも可能性が高いのは一季、半季の、どうせ口が軽いに違いない下働きの女だ。

英五郎親分には悪いが背に腹は替えられない。その女を捜し当て、誰に洩らしたか、吐かせる。そうすれば、〝謀主〟に辿り着ける。そして、そのことを大崎様に報告するとともに、おのれは〝謀主〟に礼をさせていただく。場合によっては御奉行にも手をついていただく。

英五郎と助五郎が連れションに立った間、考えるともなくそんなことを考えていたら、連れションの間に話題は変わったらしく、助五郎は戻ってきてこういった。

「お志摩さんって人はなんだ。おめえに気があって江戸へ出てくるんじゃねえのか。いや、きっとそうだ」

四

戸を開けると、

「いらっしゃい」

と声がして、

「ああ、これは親分」

と声があらたまった。

根岸に近い坂本町三丁目の、蕎麦屋長寿庵で、男は主人の佐助だ。昼の時分どきがすぎ、客がいない頃を見計らってのことだから、店内は閑散としている。

「催促するようで悪いのだが、近くを通りかかったものだから」

腰を下ろし、煙草入れからきせるを抜き取りながらいった。

「一両日中にも、ご報告に伺おうと思っていたところです。ちょっと待ってください」

佐助は奥に目をやる。

「この時間になると女房のやつ、決まってどこかに油を売りにいきやがる」

「飯なら食った。酒も強いほうじゃなし」

「そうですか。じゃあ茶でも」

「構わないでくれ」

といったが、そそくさと茶をいれてきた。

「おっしゃるとおり、根岸の寮という寮にはすべてといっていいほど当たりをつけました。

一年前のちょうどいま頃、喘息持ちのお嬢さんが、お付きの姉《ねえ》さんと下働きの娘さんに、かしずかれてお住まいだったという寮はございませんでした」

「そうか」

英五郎親分の口から、瓢簞から駒のように出てきた話だから、話はたしかだ。すると根岸ではなく他で起きたことで、また手がかりは消えたことになる。

「苦労をかけてすまなかった。少ないがとっといてくれ」

半次は一両を包んだ包みを袖の下に突っ込んだ。

「いやあ、これは」

「仕事の礼だ。とってもらわないと困る」

「いつもいつも相すみません」

「じゃあ」

「お気をつけて」

こうなりゃ、英五郎親分を嗅ぎまわるか。そうすれば、大店の旦那というお人がどこのどなたなのか、容易《たやす》く分かる。分かれば糸口が見つかる。いやしかし、そんなことをして親分に知れたらただではすまない。

寺島はどうか。

英五郎親分の口ぶりでは寺島ではないようだ。岡田の旦那は根岸と寺島の名を挙げたが、こうなりゃどちらもあやふやだ。しかし他に手がかりがない。

無駄だろうが寺島へ足を運んでみよう。

そうか。冬の弱々しい日が差していたあのときもそうだった。無駄だろうが寺島に足を運んでみようと、いったんは足を向け、作り話ではないと思い直して日本橋に足を向け直したのだ。

今日はまあ無駄でもいい。他に手がない。

半次は浅草寺《せんそうじ》を抜ける通りを選んで、橋場の渡しに向かった。

一帯を向島ともいう寺島は景勝地である。

舟着き場から隅田川沿いをやや遡ったところに、梅若丸の悲話で知られる木母寺《もくぼじ》、少し下った所に、名物桜餅で有名な長命寺と、散策する名所にこと欠かない。

川沿いの土手の両側には、八代将軍吉宗が命じて植えた八重桜が大木となって枝を繁らせている。春ともなれば、江戸中の人が詰めかけてくるのではないかと思えるほど、花見客であふれる。

長命寺の先には平石、武蔵屋、大七《だいしち》などの高名な料理屋がある。岡田屋熊次郎の娘お志摩が訪ねてきたら、そのうちのどこかには案内しなければならないと半次は思っている。

ギイと櫓をきしませて舟は止まった。坂本町三丁目からだ。なにしろ道程《みちのり》がある。日は江戸の町の方に傾きかけていた。

なにもこんな時刻にくることはなかった。とは思うものの、春以外に訪れたことのないところで、秋の景色を物珍しげに眺めながら、半次は土手上の道をぶらりぶらりと長命寺のほうに向かった。

なるほどそこかしこに寮らしき屋敷が建てられている。ひときわ異彩を放っている豪壮な屋敷も目に入る。

「まるでお大名の下屋敷といったお屋敷のようですが、いったいどちらさまの寮なのです？」

半次は茶店に腰を下ろし、茶と長命寺の桜餅を、盆にのっけて運んできた爺さんに声をかけた。

「寮ではごぜえません。おっしゃるとおり下屋敷です」

「見かけませんでしたが、すると、新しく縄張りされて普請《ふしん》された？」

「さようでございます」

「たいそう金もかかっているようですし、それじゃあきっと国持ち並みのお大名が建てられたのだ」

「いえいえ、一万石のお大名です」

「たったの」

「そうですよ」

「どなたですか、その一万石のお大名というのは？」

「林様というとお分かりになりますか？」

「この前まで御用申次だった？」

「そうです。一万石のお大名になられ、同時に若年寄に就かれた林肥後守様です。なんでも丸の内の上屋敷は手狭で、これといった中、下屋敷もお持ちでない。それで、ここに下屋敷をお造りになったのだとか。出来上がったのはこの秋に入ってからですけどね」

「そいつは知らなかった」

「もっとも中之郷の、水野出羽守様の下屋敷に張り合うお気持ちもおありだったようですよ」

「なるほど。負けてはいられないというわけだ」

爺さんはニヤリと笑っていう。

「そうらしいです」

川沿いを下っていくと、長命寺、料理屋平石、竹屋の渡し、水戸の下屋敷と続き、その先、北十間川を渡ったところ、吾妻橋の袂《たもと》の手前に、水野出羽守の下屋敷があった。

半次が岡山に出かける前、二月九日のことだった。その水野出羽守の下屋敷を将軍家斉が訪ねるという、久しくなかった御成《おなり》が賑々しくおこなわれた。

さすがに将軍が、一老中の下屋敷に御成というのは気がひけるのか、名目は〝御通り抜け〟ということでおこなわれた。水戸の下屋敷を訪ねたついでに、通り抜けるだけという意味である。

この老中水野出羽守の下屋敷への御成は、五代将軍綱吉の、寵臣柳沢出羽守の屋敷への御成を連想させた。降雪で二度も順延になってなおかつ挙行されたことでもあり、水野出羽守は将軍家斉の二なき臣と朝野に確信させ、江戸ではこの話でもちきりになった。

落首も飛んだ。

そろそろと柳にうつる水の影

水野出羽守は、柳沢出羽守の再来だという意味だ。

沢瀉《おもだか》の中を葵《あおい》が通り抜け

沢瀉は水野の紋所で、そこを徳川の紋所である葵が通り抜けるという、これはひねりのない素直な落首である。

こんな落首もある。

水の出てもとの田沼となりにける

明和、安永、天明の時代、およそ二十年は、老中田沼主殿頭《とのものかみ》意次《おきつぐ》が、並ぶ者なき権勢を振るった時代という意味で、一般に田沼時代といわれている。田沼はまた賄賂をさかんに取り込んだ老中だったと、当時も、四、五十年がたったこの時代もいわれた。田沼というと、誰もが賄賂を連想した。

水野は、田沼とおなじように賄賂を取り込んでいる、田沼の再来だという意味の落首である。

〝物は付け〟ではこんなのもある。

早く埒《らち》のあくもの　三井の早飛脚と水野出羽守

早く埒をあかせるには、水野に賄賂が必要だという意味だ。

一年前、鉄《かなもの》でこしらえた、琵琶音《びわおん》という、子供の吹く津軽笛の一種が流行した。そこでまたこんな狂歌がひねられた。

琵琶ぼんを吹けば出羽どん出羽どんと
　金がものいう今の世の中

単に琵琶音と出羽どんの音が似ているところからひねられた狂歌だが、いわんとするところは、やはり水野の賄賂取り込みの風刺である。

だが、さすがにこの津軽笛には水野もまいったようで、家斉の御成のあったこの二月、幕府は津軽笛を鳴らすのを禁じるという大人げのない触れを出している。

その、飛ぶ鳥も落とす勢いの水野出羽守に対抗する勢力も、台頭しはじめていた。

若年寄林肥後守忠英を筆頭とする勢力だ。御用申次の水野美濃守忠篤《みののかみただあつ》、新御番頭格美濃部《みのべ》筑前守《ちくぜんのかみ》茂育《もちなる》などがその一派である。

一派には御小納戸《おこなんど》頭取《とうどり》中野播磨守清茂もくわえていいだろう。中野播磨守は僧日啓の娘、絶世の美女お美代に目をつけ、養女として大奥に入れた。これに当然のように将軍家斉の手がついて、溶姫、仲姫、末姫の三人の娘が生まれた。

そのうち仲姫は早世したが、溶姫は二年前、加賀前田家へ、末姫もおなじく二年前、安芸浅野家へと、いずれもそうそうたる国持大名に縁組がまとまっている。ちなみに溶姫がお輿入れのとき、御守殿門《ごしゆでんもん》として造られた朱塗りの門が、いまに残る東大の赤門である。

中野播磨守はまた林肥後守より先に、寺島に粋を凝らした抱屋敷をも造成していた。それについてはこんな話がある。

あるとき伊予松山の、江戸ははじめての勤番者が二人、向島に散歩に出かけた。

諸所を見物しての帰り。ふと見ると、料亭らしい粋《すい》をこらした建物があって戸が開け放ってある。入ってみた。結構な庭がつくられている。せっかくだ、一杯やろうということになり、床几《しょうぎ》に腰を下ろして手をたたいた。

「何用ですか？」

男が出てきて聞く。

「酒と肴を所望したい」

「ちょっとお待ちください」

男はそういって奥に入り、すぐに酒と肴を運んできた。

勤番者両人は酩酊し、ご機嫌でいった。

「勘定」

男はまた奥に入り、出てきていう。

「お勘定はいりませぬ。かわりにお名刺《なふだ》をいただきたい」

二人は懐紙にすらすらと名前を書いて渡した。

さすがは江戸だ、珍しいこともあるものだと、二人は感嘆しきり。屋敷に戻って、しかじかと同僚に話をした。

いくら江戸だからといって、そんな馬鹿な話があるものか。いったいどこだ？

同僚はそう詰問する。向島のかくかくの場所だというと、サア大変。それはいまをときめく、中野播磨守殿の抱屋敷ではないかということになり、話は上に上がって、留守居が金を包んで向島に走った。

留守居は用人に面会をもとめ、平身低頭して詫び、包みを差し出した。

用人は奥に入り、しばらくして出てきていった。

「ご心配にはおよびません。主人もむしろ面白がっておりました」

中野播磨守は洒脱な人ではあったが、溶姫や末姫の生母で寵妾お美代の方の養父として、当時、すこぶる権勢を誇っていた。

半次が腰を下ろしている茶店からは見えないが、寺島にはそんな、中野播磨守の抱屋敷もあった。

晦日《みそか》近くで月が出ない。

「爺さん、ぶら提灯を一つ譲ってくれないか」

「蠟燭《ろうそく》がついて一つ二十六文ですがよろしゅうございますか」

「結構」

茶代も添えて盆におき、腰を上げた。

帰りは竹屋の渡しからにしようと、川沿いを下った。

江戸の空が夕焼けに真っ赤に染まり、赤とんぼが、なにが楽しいのか、空中にたわむれている。

見下ろすと舟が着いたようで、二人、三人と岸へ上がってくる。

頃合いもよく、帰り舟に乗れる。

乗り遅れないようにと土手を下っていくと、肩を落としている男が上がってくる。

ロクだ！　間違いない。

瞬間ロクも顔を上げて気づいた。

ロクは目を剝いて逃げ出す。

「待て！」

先に気づいた分、動きはこっちが早かった。

ススキが生い茂っている土手で組み伏せた。

「おおい。船頭さん」

声をかけていった。

「ちょっと待ってくれ」

後ろ手に縛って腰縄をとり、ぶら提灯を拾って舟に近づいた。

「待たせてすまなかった。やってくんな」

相客は男が二人に女が一人。三人ともなにごとかと目を瞠《みは》っている。

「それじゃまいりますぜ」

船頭は竿をついて舟を岸から離し、櫓を漕ぐ。

ロクを舳先《へさき》に座らせていった。

「ずいぶん探したんだぜ」

ロクはぼそっと答える。

「おらもだ」

「嘘をこけ。おれが材木町に住んでるのは先刻承知のはずじゃねえか」

「そんなこと覚えてねえ」

「なにをぬかしやがる。だったらなぜいま逃げようとした」

「あれは近道をとろうとしただ」

「口のへらねえ野郎だ。が、まあいい。いずれみっちり吐かせてやる」

半次はそういって煙草入れからきせるを抜き取り、火口《ほくち》と火打ち石の入った袋を懐から取り出して火をつけ、ぷかりと一服した。

ロクは舳先へ身を寄せる。なんだろうとぼんやり見とれていると、からだを〝ぐい〟とそらす。

ザップン！

水しぶきがあがってロクは水中に沈んだ。

「身投げしたんですか？」

船頭が驚いて声をかける。

半次は江戸っ子の多くがそうであるようにカナヅチだ。追おうにも追えない。それに辺りには夕闇が迫ろうとしている。

プカリと縄が浮かんだ。

そうか。奴は縄抜けの術を知っていたのか。

気づいたが遅かった。ロクは遠くで顔を上げ、思いっきり息を吸い、再び潜って暗闇の水中に姿をくらました。

第七章　掃部助《かもんのすけ》の高笑い

一

みすみすロクを見逃してしまった。だが半次にとって成果はなくもなかった。

ロクは渡り中間である。あちらの御屋敷、こちらの御屋敷と渡り歩いて、おもに挟み箱を担ぎ、また参勤御暇《おいとま》の供立てにくわわって荷物を背負っている。

六十余州に二百数十人いるお殿様は、江戸ではほとんどが上屋敷に住んでいて、上屋敷から行列を仕立てる。それゆえ渡り中間が住む江戸部屋は、ほとんどが上屋敷の中にもうけられている。

ロクが竹屋の渡しを上がっていった先、向島に上屋敷などない。あるのは林肥後守の下屋敷と中野播磨守の抱屋敷だけだ。だからそんな屋敷に、渡り中間のロクが住まっているなどふつうは考えられない。

しかしロクをあそこで見かけたのは、意味のないことではない。

大崎様こと池田掃部助は、こう推測した。

〝謀主〟は、備前岡山松平家の御家騒動らしい内紛の火種に油を注ぎ、紀伊守を失脚させ、後釜を送り込もうとしている。

そして御奉行まで動かし、おのれを〝殺されることが確実な道具〟に使い、一方でロクを供立てに潜り込ませ、料理人が扱う水桶の水にいが茄子の末《こな》を忍び込ませるなど、松平家の家中に疑心暗鬼を起こさせようと、あれこれ細工した。

その〝謀主〟とロク、そして竹屋の渡しの先とを結びつけると、林肥後守あるいは中野播磨守が、〝謀主〟として浮かび上がらないか。

林肥後守は、いまをときめく水野出羽守に対抗しようとする、台頭めざましい一派の頭目である。〝謀主〟でないとはいえない。ではそのお方が、送り込もうとしている後釜は……、最近ごろごろおできになっている公方様の御子、若君様方……。

勘ぐりすぎかもしれないが、そう考えればなんとなく筋は通る。

しかし、〝ではないですか〟と、林肥後守や中野播磨守を問い詰めるのは、御奉行を問い詰める以上に難しく剣呑《けんのん》だ。ならばどうする？

両屋敷を見張り、ロクを捕まえて泥を吐かせる。とりあえずのところその手しかない。

身内の者は、なるべくこの一件にかかずらわせたくない。ある日は羅宇屋《らおや》、ある日は鋳掛《いかけ》屋《や》、ある日は瀬戸物接《つ》ぎなどに身をやつして、半次は林肥後守と中野播磨守の屋敷の近辺を流しはじめた。

だがロクも、警戒して屋敷に閉じこもってしまったか、他の屋敷に隠れ住んでしまったか、それとも推測は見当違いだったかで姿をあらわさず、秋も深くなって、両国広小路の英五郎親分からこう連絡があった。

「備中宮内岡田屋熊次郎親分のお娘御お志摩さんが、明日江戸へ着かれます」

知らせにはさらにこうあった。

「高輪大木戸《たかなわおおきど》の砂川で、八つ時（午後二時）にお迎えすることにしております。よかったらご同席ください」

江戸の人たちは、貴賤《きせん》を問わずに人を見送る暇《いとま》を惜しまなかった。なかには小田原から箱根辺りまで見送る人もいた。だがまあ多くは高輪大木戸までだった。

高輪大木戸は遠く安房上総《あわかずさ》の山々を遠望できる。月の名所でもある。そこで大木戸には料理屋や茶屋が軒を並べるようになり、見送り、見送られる人たちは、座敷に上がって別離の宴を張るようになった。いついつの何刻《なんどき》ごろ江戸に着くと便りがあれば、待ち受けて歓迎の宴も催すようになった。

両国広小路の顔役英五郎は、大木戸の料理屋砂川で八つ時に、お志摩さんをお迎えすることになっていると知らせてくれた。

お志摩は前夜神奈川か、川崎辺りに泊まることになっていて、川崎だと早くに着きすぎるから、お大師《だいし》さんにでも参ってから江戸に向かうと連絡を寄越したのだろう。

迎える者が遅れてはさまにならない。

半次は約束の刻限より、四半刻（三十分）ばかりも早くに着くように家を出た。

大木戸の手前にさしかかった。

右折する道がある。道を九十九《つづら》折りに歩いていくと、大崎様こと池田掃部助が住む下屋敷に辿り着く。

あれ以来一度も訪ねていない。もっとも、訪ねようにも約束を果たしていない。訪ねようがない。

推測は伝えることができる。若年寄林肥後守様と御小納戸頭取中野播磨守様が怪しゅうございますと。しかし根拠は薄弱だ。それぞれの下屋敷と抱屋敷の近くでロクを見かけたというにすぎない。

そんな根拠で、池田掃部助は、国にいる兄上総介に、——神奈川の夜の一件の首謀者はそれがしではありません、林肥後守か中野播磨守です、お間違いにならないように、ともに結束して守りを固めましょう——などといい送ることはできない。

掃部助にめったなことは知らせられず、約束が遅れ遅れになっていることに古傷を抉《えぐ》られるような思いで、半次は砂川の暖簾をくぐった。

英五郎は先にきていた。

「あっしらがここでお迎えするのはお志摩さんには内緒です。お志摩さんには道中師をつけておりますが、道中師が、ここに案内してくることになっております」

英五郎は岡田屋熊次郎のことを箱根から向こうでは一、二の親分といっていた。江戸で一、二の侠客である英五郎自身がこうまでして娘を迎えるのだ。たしかに岡田屋熊次郎はたいした親分に違いないと思われた。

「お着きになったようです」

英五郎は窓外を見やっていう。

道中師とおぼしき男のあとに続いている、杖を持った女はたしかにお志摩である。

道中師は窓の下で立ち止まり、なにごとかお志摩にささやき、お志摩が顔を上げた。

目と目があった。

予期しないことで、半次は苦笑いしながら軽く会釈をした。お志摩もにっこり微笑んで会釈を返す。

お志摩が上がってきて三者三様に挨拶を交わし、半次は丁重にその折の礼を述べ、英五郎は手を叩いて用意させている料理を出させた。

あのとき助五郎はこういった。

「お志摩さんって人はなんだ。おめえに気があって江戸へ出てくるんだ。いやきっとそうだ」

気があるもなにも、互いに話らしい話をしていない。心を通わせ合うなにごともなかった。お志摩の用は他にあるはずで、妙に気をまわしたりしていると、大恥をかく。

英五郎とお志摩は、熊次郎の近況についてあれこれ話し合っている。半次はいける口ではない。杯に嘗めるように口を近づけ、適当に料理に手をつけて話を聞いていると、

「ときに半次さん。あなたは熊次郎さんのことを命の恩人だといっていなすったが、あれはどういうことなのです？」

話に区切りがついたようで、英五郎は話題を変える。

熊次郎にはすべてを明かした。お志摩には当たり障りのないことしか話していない。ただお志摩にはこういった。

「あっしは江戸からの人足で、お殿様の御供をして岡山に下ってまいったのです。ところがなにか勘違いされたようで、勾引《かどわかし》に遭い、岡山から二里ばかり離れた人里に連れていかれ、逃げ出そうとしたところを後ろから切りつけられたのです。それで、なんとか躱《かわ》して云々」

辻褄を合わせなければならない。

「かねがね上方からその先、金比羅から安芸宮島辺りまで旅をしたいと思っておりまして、

へえ。ですがただぶらぶら歩いていくのも面白くない。そこで路用の節約にもなるし、なまってる身体を鍛え直すことにもなるしと、備前岡山松平様の御暇の供立てに潜り込んだのでございます。梅雨に入る前のことでした。ところが……」

とそれからの熊次郎に助けられるまでの、当たり障りのない経緯を語った。

英五郎は首をひねる。

「勘違いされてということですが、なにをどう勘違いされたのです？」

「しかとは分からないのです。あるいは岡っ引という素性がばれて、公儀隠密とでも誤解されたのかもしれません。身に覚えのないことで殺されかけたのですから、仕返しもと考えたのですが相手が分かりません。それでまあ、すごすご引き下がったような次第でございます」

「じゃあ旅は中止して」

「いえ。さすがに安芸宮島までは足を延ばせませんでしたが、金比羅さんにも寄らせていただきましたし、旅はしっかり楽しませていただきました」

顔役英五郎は、大名屋敷に陸尺《ろくしゃく》、手廻り、人足を送る人宿《ひとやど》の元締という表の顔を持っている。

「岡山様に通日雇《とおしひやとい》を入れているのは、檜物町亀徳の政吉だが、岡山様でなにかあったのかなあ」

とまた首をひねったところへ、日がすうーっと陰った。

「いけねえ。ずいぶん長居をしちまった。それで半次さん、お志摩さんは当分家《うち》でお預かりするんだが、どうかね、早速明日からでも名所見物にご案内して差し上げるというのは」

「お安い御用です」

日が傾くのに急かされるように、英五郎、半次、お志摩の三人は、住まいのある江戸の中心街に向かった。

二

五つ半（午前九時）に訪ねてきてくれませんかということだった。

翌日半次は刻限に英五郎の人宿を訪ねた。

英五郎は留守にしていてお志摩が一人、長火鉢の前にすわっていた。

「ご案内しましょう」

半次は声をかけた。

「お世話をおかけします」

お志摩はそういって駒下駄を履く。

「どこからにしましょう？　お望みのところはございますか？」

「今日は十五日でございますよね」

「さようでございます」

「江戸におられるお大名が総登城される日でございましょう」

「よくご存じで」

「英五郎おじさんがそういうておられました」

「それで？」

「これからでも千代田の御城に参れば、御城を下がられるお大名の行列を拝見することができるんでございましょう？」

「ぎりぎり間に合うと思いますが、またなぜ？」

「見たいんです」

　諸大名は朝六つ半時（七時）ごろから御城にやってくる。その光景を眺めに、御城の周辺に詰めかける在からのお上りさんも少なくない。彼等のための屋台も、いたるところに出没する。お上も別にそれを見咎めたりしない。

　とはいうものの、江戸見物の真っ先に登城風景を所望するのはよほどの物好きで、備中宮内からわざわざ出てきた三十女が真っ先に所望するのはむしろ異常といっていい。

　だが本人がそうしたいというのだ。望みどおりにさせればいい。

「じゃあ、参りましょう」

道順は、両側に商店がずらりと並ぶ江戸の目抜き、本町通りを、まっすぐ歩いていって常盤橋御門を抜けるのがいい。

御門をくぐり、見通しのいいように、銭瓶橋《ぜにがめばし》を渡って道三河岸《どうさんがし》を河岸沿いに歩いていった。

「この堀は道三堀というのですが、ほら」

と半次は前方を指さした。

「あそこで、水が滝のように落ちておりましょう」

「ええ」

お志摩はうなずく。

「千代田の御城をぐるりと取り囲んでいる御堀の余水といいますか、溢れた水が、あそこでこの道三堀に流れ落ちているのです。近づいてみれば分かりますが、余水が石造りの吐水口《とすいこう》から激しく落ちる様が、竜《たつ》の口から水が吐き出されているように見えるところから、あの一帯を竜ノ口といっております」

辰の字を当て、辰ノ口とも書く。

「この建物は？」

お志摩は振り返って聞く。

大きな門が、道三堀を挟んで、竜ノ口に向かって聳《そび》え立っている。

「評定所です。町奉行所、勘定奉行所、寺社奉行所の親玉のような御役所で、中にはもちろん御白洲もあります」

大きな門は、そこが幕府の最高評定機関であるのを誇示するように建てられている。

「隣接して、南に建物が建てられておりますよね」

半次は目をやっていった。

「ええ」

「あれが伝奏《てんそう》屋敷です」

「あれがですか」

「なにか思い当たられることでも?」

「赤穂義士に縁のある御屋敷でございましょう?」

「まあ、そうですねえ」

赤穂義士の話は、武家《ぶけ》伝奏という勅使《ちょくし》が江戸に下向してはじまるのだが、勅使が江戸滞在中泊まるのが伝奏屋敷である。

「備前備中も赤穂に近いせいか、大石内蔵助《くらのすけ》にいろいろ縁がございましてねえ」

「さようでございますか」

「たとえば、岡山の南、天城《あまぎ》に三万石の領地を持つ御国家老がおられます」

「岡山の南というと、瑜伽山蓮台寺に近いのですね?」

「手前になります。天城の御国家老のご当主は池田出雲といわれるんですが」

江戸にいる国老だ。

「その池田家は、大石内蔵助のお母さんの里なんですよ」

「ほう」

「大石内蔵助のお父さんは早くにお亡くなりになられて、一時お母さんは里帰りされた。お母さんは、岡山の町にある西川沿いの天城屋敷で育たれたんですが、そんなわけで大石内蔵助もその天城屋敷で育って、広大な庭には、大石内蔵助〝手植《てうえ》の松〟などというのもあるんだそうです」

「なるほど」

「宮内とおなじ備中に、松山という御城もございます。ご存じですか」

「名前だけは」

「元禄のころ松山のお殿様が御家断絶に遭われたんですが、御城を受け取りにいかれたのがまた、大石内蔵助なんです」

「へえー、そんなことがあったのですか」

「そんなわけで、なんでも松山城の坂道には、大石内蔵助が腰をかけて休んだという〝腰掛け石〟が残っておるそうです」

〝手植の松〟といい、〝腰掛け石〟といい、名所旧跡はそんな風に語られて作られていくのだろう。

お志摩は吐水口に近づき、橋の上から見下ろす。

「なるほど、おっしゃるとおり、竜が口から水を吐き出しておるようですねえ」

お志摩は、お大名が御城から下がる行列が見たいといっていた。さきほどから何組かが行列をととのえて三々五々下がってきているのに、さして興味を示す風でなく、ぶらぶら歩いていつしか大手御門《ごもん》の前に出た。

すでに大半の大名が下がったあとで、早朝は足の踏み場もないほど混雑する大手下馬先《げばさき》も、いまは閑散としている。

「内桜田《うちさくらだ》御門のほうにもまわってみますか？」

「それより、どこかに腰を下ろせませんか？」

大手御門の下馬先にも内桜田御門の下馬先にも腰掛けはあるが、それらはもちろんお武家がすわる腰掛けで、半次ら町人が腰をかけると下馬廻《げばまわ》りなどにどやしつけられる。

おでんなどを売っている屋台は腰掛けなど用意していない。この廓内でというと、南北の両町奉行所の前か、評定所の前くらいにしかなく、近いのは評定所のほうだが、この日は休みで、茶屋は開いていない。

「茶も出ない腰掛けですがよろしゅうございますか？」

「結構です」

元きた道をとり、評定所前の腰掛けに、距離をおいてすわった。

「最初に、半次さんにお謝りしておかにゃなりません」

「命をお助けいただいたのです。謝っていただくなどとんでもねえ」

「決して怒らんでくださいましね」

「怒るなんて、なにをおっしゃいます」

「わたしは半次さんをだしに使《こ》うたのです」

「だしに？」

「そうです。わたしはこの江戸に好きな人がおります」

なるほど、それで江戸に出てきたのか。

「十七の歳に知り合《お》うたのですが、そのお人とは身分が違いすぎて、添い遂げることができませんでした」

「婚期を遅らせなすったのはそのせいでござんすね？」

「さようでございます」

「お父っつぁん、じゃねえ、熊次郎親分はそのことをご存じなのですか？」

「ひた隠しに隠しておりましたから、存じておらんと思います」

英五郎の口ぶりによると、箱入りにしたから婚期を遅らせたということだった。事実は、お志摩に好きな男がいて、そのために婚期が遅れたのだ。

「もちろんそのお方とは、知り合うてすぐに男女の仲になったんですが、そのお方は、わたしが二十四のとき、奥方様をお貰いになられました」

出戻りか、いかず後家か、いずれにしろ未通女《おぼこ》ではないとも思ったが、それも正しかったのだ。

「以後も、わたしたちの関係はつづいておったんですが、そのお方は三年前に、江戸詰めになられました」

宮内での別れ際に、「江戸の話もろくろくうかがっていないし」と引き留めたのは、わりない仲の相手に、言伝《ことづて》でもしたかったのだろう。いずれにしろ、お志摩が惚れてやってきたなどと勘違いしなかったのは正解だった。

「お謝りせにゃならないのはこれからです。お父っつぁんは、とてもあなたのことが気に入ってしもうた。聞けば、亡くなられたお身内の女のお子を育てておられるが、お独り身。わたしは、三十まで婚期を遅らせている。それで、どうせろくな相手もあらわれんだろうから、半次さんに貰っていただけたらなどと口にするようになりました。ゆくゆくは宮内にきてもろうて、跡目を相続してもらおうなどという気もあるようです」

肌寒い風が吹いて、道三堀にさざ波が立ち、きらきらと晩秋の日を受けて揺れている。

「それでお父っつぁんの気を引くように、江戸見物にでも出かけてみようかなっていうたんです。すると、ぜひそうしろって。そしてすぐさま英五郎おじさんに手紙を送り、ばたばたと話をとりまとめた。多分、あなたになにくれと世話を焼かせて、わたしとあなたが仲よくなるように仕向けようとしたんです。今日だって英五郎おじさんは、さしたる用もないようなのに、早く二人きりにさせようと、宿を出ていかれたようなんです」

英五郎とは最初の出会いからしておかしかった。百川楼などに席をもうけなくともよかった。昨日だってそうだ。大木戸までの、わざわざの出迎えに誘うこともなかった。

「それでお父っつぁんと英五郎おじさんの段取りに乗ったような顔をして、わたしは江戸に出て参ったんです。そんなわけです。わたしは半次さんを利用したんです。どうかお許しください」

「結婚してしまわれたお方と、いまだにそんなお付き合いをなさっておられるのが、いいことなのかよくないことなのかはわたしには分かりません。ですが、あなたにはあなたのお考えがあってなさっておられること。とやかくいう立場ではありませんから、利用したとかそんなことは気になさらないでください」

「いえ、気にしなければならないんです」

「とおっしゃいますと？」

「これからも半次さんを利用させていただくことになるからです」

「どういうことです？」

お志摩は下唇を引き締めて川面に目を落とす。

銀の平打ち簪《かんざし》がさざ波とおなじように、晩秋の日にきらきら輝いている。

お志摩はつづける。

「お話し申したお方と、わたしゃこれからしばしばお会いします。そのことについて英五郎のおじさんには、あなたがわたしと会っているように、あるいはあなたがわたしをどこかに案内しているように、装っていただきたいんです」

「なんですって！」

踏みつけにした、ずいぶんな頼みだ。

「お願い、この通り」

お志摩は手を合わせる。

「英五郎親分だけでなく、命の恩人のあなたのお父さん、熊次郎親分をも騙すことになる」

「後生です」

立ち上がって頭を下げる。一途《いちず》なところが、哀れに思えなくもない。

「どのくらいの間です？」

「そのお方は、あと二年江戸におられます。できたら二年の間ずっと」

「そりゃあ無理だ。二年もの間、お二人を騙しきれるものではない」

「二年の間、適当な家を借家して、偽りでもいい、同居して夫婦《めおと》の気分を味わいたいんです」

「そんなことしたら、すぐにばれる」

「そこをなんとか」

「ばれたらどうするおつもりなのです？」

「お父っつぁんは激怒し、早駕籠でもすっ飛ばしてきて、わたしを折檻《せっかん》するに違いありません。遮二無二《しゃにむに》連れ帰り、髪を下ろさせ、尼寺にでも入れるかもしれません。でもいいんです。覚悟はできてます」

「二、三ヵ月とでもいうのならともかく、二年は無理です。二年もの間、わたしはお二人を騙しつづけられない」

「では、こうしていただけませんか。二月《ふたつき》で我慢します。ですからその間、気のきいた家を借家させてください。わたしの立場では、江戸で借家は叶いません」

愛の巣をいとなもうというのだろうが、

「そこへ住まわれるということになると、英五郎親分の家を空けなければならない。するとどこに泊まったかということになり、たちまちばれてわたしが責めを負う」

「そのお方も夜はだいたい暮れ六つに御屋敷にお帰りにならなければなりません。住むのは昼の間だけ。その間に、夫婦の夢をむさぼりたいんです。お願いします」

「うーん」

「なにとぞ、お聞き届けください」

「では、二月に限ると、必ずお約束いただけますね」

「もちろん。二月がすぎればおとなしく宮内に帰ります。それでまだお願いがあります」

「なんです？」

「二月の間、一日に一度は英五郎おじさんの家に、送りにか、迎えにか、きていただきたいんです」

英五郎親分の目をくらますためには、そのくらいのことはしなければならないだろう。

「分かりました」

「これで江戸にきた甲斐があった」

お志摩は腰を上げ、両手を天に突き上げて大きく伸びをする。

「うん。これでよし」

悩み事はすべて解決したといわんばかりだ。屈託がないといえばいえるが、おかしな用を押しつけられた半次には妙な気分だった。

「岡山池田様の御屋敷はここら辺りとうかがっていたんですが」

お志摩は振り向く。

「そうです。伝奏屋敷の向こうがいまをときめく御老中水野出羽守様の御屋敷。岡山池田様の御屋敷は八代洲河岸《やよすがし》沿いの向こうです」

「ぐるっと案内していただけません？」

「いいですが、内桜田御門のほうの下馬先にはまわらなくていいのですか」

「ええ」

もともとお大名の行列に興味などなかったのだ。

「それで、なんですね。お会いされようというお方は、岡山池田様の御家中のお方なのですね？」

「そうです」

〝色男〟のいる屋敷を眺めてみたかったからここへきたのだ。お相手はどなたですか、と聞けば答えそうだったが、聞いてみたところではじまらない。またその男が例の一件に関わっている偶然なども、まずなかろう。

連れ立って八代洲河岸沿いを歩いた。

「この通り沿いは池田様の御屋敷の裏側になっていて、表門は外堀沿い一本向こうの大名小路に面してます。また中屋敷も御屋敷に向かい合っております」

表門側にまわった。お志摩は、〝色男〟と偶然出会わないかといった期待があったようなのだが、そんな偶然はなく、昼も近いことだし、日本橋通りの気のきいた店で中食《ちゅうじき》にした。

午後は二丁町《にちょうまち》の市村座と中村座を外からだけだが、ざっと見物して送り届けた。

「さぞお疲れになったことでしょう」

英五郎はにこにこ迎えていう。

「今日はどこへご案内してあげなすった」

「大手御門の下馬先です」

「なんですって？」

　英五郎は目を丸くする。

「どうしてまたそんなところを？」

「お志摩さんは変わったお方で……」

　と適当にごまかした。

「上がって茶でも飲んでいきなせえ」

　英五郎は引き留める。

「このあと、ちょっと用がありますので」

　婉曲《えんきょく》に断って引き上げた。

　早合点《はやがてん》しなかった分、恥をかかなくてすんだが、これから気のきいた借家を探したり、二月の間、送ったり迎えたり、なにかと時間をとられる。その分、例の件、ロク探しに割く時間がなくなる。

　手がかりは唯一ロクである。妙な具合に邪魔が入ったものだと、半次は首を振り振り、材木町の我が家に向かった。

　口ぶりから察するに、お志摩はかねて〝色男〟と文の遣り取りをしていたようである。旅中もで、翌日迎えにいき、表に出るとこういった。

「今日は、昨日お話し申したお方とこれからお会いします。英五郎おじさんのところへは一人で帰ります。明日は四つ（午前十時）に迎えにきてください。借家のほうもできるだけ早くお願いします」

二月は仕方がない。なにごともなく宮内に帰ってくれれば、それで熊次郎親分には恩返しではないが、まあまあ義理は果たすことになる。

「お気をつけなすって」

右と左に別れた。

さてこのあとどうする？

半次は立ち止まって腕を組んだ。

お志摩がくる三日前まで、羅宇屋や鋳掛屋に身をやつしてロクを追っていた。狙いは外していないはずなのだが、行き会わなかった。昨日今日と、二日、間をおくことになった。考え直してみると、やっていることが、なにかとても馬鹿らしく思えてきた。

かりにである。おのれを、〝殺されることが確実な道具〟にした〝謀主〟が、林肥後守あるいは中野播磨守だと分かったとする。

弥太郎以下の身内も、我が身がかわいい。さすがにこの件には、手を貸せといっても貸しはしない。一人で始末をつけなければならない。

となると、ふん捕まえるだけでも大事《おおごと》だ。かりに首尾よくふん捕まえることができ、また狙いをつけていたとおりに吐かせることができたとしても、最後は闇から闇に葬らなければならない。生かして帰すと逆にこちらがやられる。

闇から闇に葬る——。

口にするのはたやすいが、これまた大事だ。万事うまく運べば溜飲は下がろうが、あまりにも手間暇がかかりすぎる。危険も大きすぎる。

たしかに大崎様こと池田掃部助に頭を下げられたときは、力を貸してあげよう、なんとかして差し上げようと思った。でも、まさかおのれ一人を頼りにされておられるわけではあるまい。それが証拠にこのところ、田端嶽右衛門は姿を見せなくなった。

この一件からはもう手を引こう。

そう思うと心がすーっと軽くなり、迷っていた足は、自然に仕事の本拠地である八丁堀に向かった。

三

お志摩は、半次と別れるとすぐ、駕籠屋に向かって駕籠をたのんだ。会う予定の男は、最後の夜の神奈川の宿に、こう文を送ってきていた。

「深川富岡八幡宮境内《けいだい》二軒茶屋の伊勢屋にてお待ちしております。駕籠舁きならたいてい二軒茶屋の伊勢屋は知っております。駕籠をたのむのが上首尾です」

いい送ってきたとおり、駕籠舁きは二つ返事で駕籠を走らせた。

「江戸の駕籠には気をつけなせえよ」

英五郎は昨夜お志摩にそういった。

「なぜです？」

と聞くと、

「道を知らねえと思うと、おなじ町内をぐるぐるまわって、酒手だけはせびりにせびる」

駕籠に揺られているお志摩は少々の酒手くらいはと思っている。口にもしている。駕籠舁きもそれで機嫌がいい。

「あねさん。ご覧なせえ。あれが佃島です」

隅田川が佃島にぶつかり、そこで左右に分かれていて、その先は海だ。

「あれが一の鳥居です」

親切に、次から次へと教えてくれる。

こうやって駕籠に乗って江戸中を走りまわれば、英五郎おじさんにも、あそこにもいった、ここにもいったと、適当にいい繕《つくろ》える。

「着きましたぜ」

酒手をはずみ、寄付《よりつき》のある玄関に入っていった。

「志摩と申します。中山様に」

お志摩が江戸まで会いにきた相手は、備前岡山池田家の小仕置、キレ者と評判の中山兵庫である。

「どうぞ」

仲居は先に立ち、廊下をいくつか曲がって、とある部屋の前でひざまずく。

「いらっしゃいました」

「お入りなさい」

声が返ってきて仲居が目でうながす。

「失礼します」

お志摩は声をかけ、障子を開けて中に入った。

「お懐かしゅうございます」

小仕置とはいえ、お志摩とは五つ違い。中山兵庫はまだ三十五である。

「よく参られた」

「お会いしたい一心でした」

「道中なにごともなく？」

「お陰様で」

「お茶をどうぞ」

仲居が茶を淹《い》れて聞く。

「お食事は何刻ごろにいたしましょうか？」

「時分どきに」

「承知いたしました」

中山兵庫はお志摩に向き直る。

「しかしまあ、よく江戸まで下ってくる気になられた」

「それが、ひょんなことから思いついたんでございます」

「と申されると？」

「ある日、江戸の岡っ引が命からがら宮内にあらわれたんです」

例の岡っ引に違いない。

中山兵庫にはピンときた。

〝対掃部助・紀伊守〟ということではいわゆる同志の、出府してきた側小姓頭伊佐恭之介も、その岡っ引については詳しく語って聞かせ、山の中で野垂れ死にしたはずですといっていた。そうでなく、無事逃げおおせて江戸に戻ってきているのだ。

偶然に驚いたが、中山兵庫はピクリとも顔色を変えずにいった。

「命からがらってどういうことです？」

「なんでも、上方見物をしたいとかで、池田のお殿様のお供をして岡山に下ったんだそうです。ところが、なにか勘違いされて勾引《かどわかし》に遭い、岡山から二里ばかり離れた人里に連れていかれ、逃げようとしたら背後からばっさり切りつけられたんですと」

「勘違いされただけでそんな目に遭うものでしょうかねえ？」

「岡っ引という素性がばれたので、公儀隠密とでも誤解されたらしいんです。身に覚えのないことです、と申しておりました」

「それで宮内にあらわれて、あなたとはどう関わったのです」

怪しまれないよう、世間話の相槌でも打つように中山兵庫は聞いた。

「兄の祥月命日に墓参りに出かけたお父っつぁんが、物置小屋でうめいているのを見つけ、これもなにかの縁と我が家に背負って連れ帰ったんです」

といってお志摩は、

「あら嫌だ」

と口に手をやった。

「どうしたのです？」

中山兵庫は微笑みかける。

「お父っつぁんはあんな稼業でございましょう。じゃもんですから、婆ややわたしに、このお方は、その筋から追われていなさるかもしれねえ、このことは内緒にしておくようにと。

つい口をすべらせちまって……」

「そのことを知っているのは？」

「その日は梅雨どきの土砂降りで、お父っつぁんがその方を我が家に連れ帰るのを誰にも目撃されていなかったこともあり、宮内でもこのことは誰も知りません」

なるほど。それで伊佐恭之介と配下は、姿をくらました岡っ引を追跡することができなかったのだ。

「稼業が似ているせいなんでしょう。肌が合うところがあったようで、お父っつぁんはとてもその方を気に入り、行き遅れのお前にふさわしい相手だと思うんじゃがなあなどと、折に触れて申すようになりました」

「そのことについては、わたしに罪がある。申し訳ない」

「なにをおっしゃいます。それでハッと思いつき、お父っつぁんの気を引くように、江戸見物にでもいってみようかなあというたんです。あとはとんとん拍子。江戸で一、二とかの俠客、両国広小路の英五郎おじさんとどんどん話をすすめ、半次さんというんですが、半次さんとくっつけようとすべて段取りをととのえてしまった。ええ、それで江戸へ出てくることができたんです」

「でもそうすると、英五郎おじさんとやらの手前も、あなたは半次さんという岡っ引と、のべつ鼻先を突き合わせていなければならない。こんなところへくるのは剣呑なんじゃないんですか」

お志摩は、

「それがねえ、おほ、ほほほ」

といってまた口に手をやる。

「昨日、そのお方とお話し合いをして、実はあなたをだしに江戸に参ったんです。本当はこうこうなんです。ですから毎日わたしと出かけるふりをして、あとはわたしの自由にさせていただきたいんですとお願いしたんです」

「半次さんとやらは？」

「お父っつぁんや英五郎おじさんを騙すことになると渋ってはおったんですが、最後はいいでしょうと」

「ずいぶんやさしいお方なのだ」

「わたしは命の恩人の娘です」

「なるほど」

「それでついでに……」

とお志摩は顔を赤らめる。

「なんです？」

「兵庫様と夫婦の真似事をしたいから、借家もさせてくださいと」

「わたしの名を明かされた?」

「いいえ」

「かりにも重役。できたらご内密に」

相手は御重役の中山兵庫様なのですよと、聞かれたらちょっぴり自慢げに口にするところだったが、

「もちろん、そのつもりです。お名を洩らしたりはしません」

「借家の件だけどねえ、お志摩さん」

中山兵庫は口調をあらためる。

「話は有り難いが、わたしはいまでは機密の金をふんだんに使える。だからそんなことしなくていい」

お志摩はだだをこねるようにいう。

「わたしは夫婦の真似事がしたいんです」

「あなたはどのくらい江戸におられる予定なのですか?」

「半次さんによれば、英五郎おじさんを騙しつづけられるのも二月《ふたつき》が限度じゃろうと。ですから二月」

「なんならその二月の間、この部屋を借り切ってもいい。そのくらいの金は使える」

中山兵庫にとって、半次のことはじっくり考えて対処しなければならない問題だった。半

次が世話する借家で、半次と面を突き合わせたりするわけにはいかない。

「それに毎日は屋敷を抜け出せない。借家するなど、ただただ面倒なだけですよ」

「分かりました。ですが、非番の日はできるだけお会いくださいますね」

「もちろん。必ず朝からここへきて待ってます」

「きっとですよ」

とお志摩が、目をうるませて中山兵庫に擦り寄ろうとしたところへ声がかかる。

「お食事の支度が出来上がりました。持参してよろしゅうございますか？」

「そうしてもらおう」

お志摩はうらめしそうに唇を嚙み、中山兵庫はいった。

「食事を終えるまでの、いましばしの辛抱です」

四

二月は風が吹き抜けるようにあっという間にすぎた。幸い、お志摩と〝色男〟のことは英五郎に気づかれなかった。

お志摩は半次に気があるようなないような、中途半端な態度を装い、相手としてはいまーつ、縁がなかったのだと英五郎に思わせて江戸をあとにすることになった。

だからもう、見送りもいいだろうと思ったのだが、最後まできちんと面倒をみておきたい、高輪大木戸までの見送りも付き合ってもらいたいと英五郎は誘う。強いて断ることでもない。真冬のその朝、半次は英五郎とともにお志摩を見送りに出かけた。

その日は川崎泊まりにするとかで、高輪大木戸砂川での送別の宴は九つ（正午）までたっぷり時間をとり、九つの鐘とともにお志摩を送り出した。

「半次さん」

東海道を下るお志摩の影が見えなくなって、英五郎は話しかける。

「お忙しいと思うのですが、少し時間をいただけませんか？」

「それはよろしゅうございますが……」

なんだろう？

「じゃあ、いま一度上がってください」

「へい」

片づけなくていいよ、とでも耳打ちしていたのか、座敷はそのままにしてあった。

英五郎は元の席にどっかと腰を下ろした。半次も元の席にすわった。

「二月の間、ご苦労さまでした」

英五郎は頭を下げる。

「親分に礼をいわれるほどのことではございません」

「本当をいうとねえ、ハラハラしていたのです」

「なぜです？」

「あーたが、いつケツをまくるかと思って」

「どうして？」

「分かってたんですよ。お志摩さんのお相手が違ってたってこと」

「ご存じだったのですか」

「なに、そういうことはすぐ感づきます」

「隠しててすみませんでした」

「謝ることはない。隠していたといえば、わたしもあーたに隠し事をしていたのですから」

「といいますと」

「熊次郎さんからたのまれていたことといえば、お分かりになるでしょう」

「そのことですか」

「お志摩さんをあーたに添わせて、ゆくゆくはあーたに縄張りを譲りたいなどともいい送ってこられたんです」

「お生憎でございました」

「お志摩さんがあれではどうにもなりません。でもそれにしても、二月、本当に辛抱して、お志摩さんのいうとおりにして差し上げなすった。あらためて礼をいいます。このとおりです」

　英五郎は深々と頭を下げる。

「とんでもねえ。そんな、頭など下げられたらあっしが困ります」

　半次はあわてて制した。

「まあそんなわけで、あーたにはすっかり世話をおかけした。これはといって礼を思いつかないが、これからも引き続きお付き合い願って、困ったことがあったらなんでもおっしゃってください。相談にのるくらいのことはして差し上げられます」

「有り難うございます。こちらこそ、今後ともお引き立ていただけますよう、よろしくお願いいたします」

「ときに半次さん。あなたは、お志摩さんのお相手がどなたかご存じでしたか？」

「いえ。まったく」

「興味がおありでなかった」

「この前お話し申し上げたように、岡山松平様の御暇《おいとま》の供立てに潜り込んで背後からばっさりという目に遭いました。それで、御家中の方とはなるべく関わりを持たないほうがいいだろうと、ええ、むしろ興味を持たないようにしていたのです」

「そうですか。じゃあお話ししてもしょうがないかな」

「耳の毒にはならないと思います。ついでです。お聞かせください」

「お相手はなんと、岡山松平様の小仕置だというのです」

「なんです。小仕置というのは？」

「仕置家老というのは耳にするでしょう？」

「ええ」

「家老でもとりわけ重い地位にある、万端取り仕切る家老のことです。その補佐のような役です。御公儀の御役でいうと、若年寄といったところなのですがもっと重い。老中格といったところでしょう」

「へえー。じゃあずいぶん年の功を積んでおられるのだ」

「それが、まだ三十の半ば。しかもキレ者と評判もとっている。岡山松平様には家老の御家筋が六家あり、家老にはなれないそうなのですが、その若さで実質家老のような仕事をなさっておられるそうです」

「お名は？」

「中山兵庫」

「小仕置中山兵庫。なるほどお名前からして、凛々《りり》しい感じがいたしますねえ」

「遠目にわたしも見かけたのですが、そのとおり。細面の苦み走ったいい男です」

「男好きするようなといってもいいようなお志摩さんが選びそうな相手ですね」

「まったく」

「ですがそういうお方がお相手だと、お志摩さんはいよいよ縁遠い?」

「熊次郎さんに、こうと教えるわけにもいかないし、熊次郎さんもいよいよ頭の痛いことだ」

「そういうことになりますねえ」

「そんなわけで、あーたにはたいそう世話になりました。あらためて礼をいいます」

「なにをおっしゃいます」

半次はむしろ恐縮して頭をさげた。

五

しかし思えばお志摩を世話した二月《ふたつき》は、頭を冷やすのにちょうどいい二月だった。

背後に大きな力が動いている。冷静に考えると、岡っ引風情が立ち向かえる相手ではない。それに相手は、こちらに追い打ちをかける気配を見せていない。生きて江戸に帰ってきたというのはロクから耳にしただろうが、やつらの狙いは岡山松平家の家中を疑心暗鬼に陥らせることで、それは達成している。おのれは用ずみ。構うこともないのだ。

とにかく忘れよう。忘れて、岡っ引稼業に精を出そう。

そう気持ちを入れ替えて、元の生活に戻った。心なし、弥太郎以下の手下も稼業に精が入りはじめたように思われた。一家は活気を取り戻した。

冬がすぎ、春を迎えた。春は参勤交代の季節である。六十余州のお殿様の半数が御暇で国に帰り、半数が参勤してくる。岡山松平様は参勤年だが、いつ参勤してきたのかも気がつかずに春がすぎた。池田掃部助の家来田端嶽右衛門も、年が変わってからはついぞ姿を見せなくなった。

梅雨に入り、両国の川開きを迎え、梅雨も終わって夏に入った。

この年文政九年は四月に閏月《うるう》をもうけて調整したせいか、季節の移り変わりと暦はまあまあ合っていて、八月に入ると同時に残暑も終わり、朝夕めっきり冷え込むようになった。

その日半次は、八丁堀の坂本町二丁目の引合茶屋高麗屋に出かけて、岡っ引仲間と引合一件について交渉していた。そこへ、手下の一人千吉が顔を見せて小声でささやく。

「池田掃部助様のご家来田端嶽右衛門さんとおっしゃる方が見え、至急お会いしたいと。表までご一緒しているんですが、どういたしましょう?」

「田端さんが?」

「へえ。とても急いでおられるご様子で」

中座してすむような用件ではなさそうで、半次は岡っ引仲間にいった。

「この一件は、並の事件と違ってちょっとやそっとで抜くことはならねえのだが、お前《めえ》さんの顔を立てて、一把《いっぱ》で我慢しておこう」

「有り難え。恩に着る」

岡っ引仲間は懐から紙入れを取り出し、南鐐（二朱）を二枚（一分）差し出す。半次は受け取り、素早く請取りを書いて渡し、表に出た。

眉も濃く、メリハリは十分にあるのだが、目だけはうっすらと線を引いたように細く、ためになんとなく無感動な様子の武骨者、田端嶽右衛門が、目を一杯に見開いていう。

「紀伊守様が亡くなられました」

「なんですって。紀伊守様がどうしたですって？」

信じられずに半次は畳みかけた。

「亡くなられたのです」

「いつ？」

「今朝」

「ご病死ですか。それとも……」

「立ち入って話ができるところはござらぬか？」

「西村に参りましょう。日本橋川に面した船宿です」

半次は先に立った。田端嶽右衛門はあとにつづく。

松平上総介の養子になり、従四位下侍従と、並び大名よりも高い位階に叙爵され、備前岡山三十一万五千石の相続が約束されている、掃部助の御子紀伊守斉成が亡くなられたと田端嶽右衛門はいう。

それを血相を変えて知らせにきたところをみると、変事があってのことに違いない。変事とは、掃部助が予想した通り、紀伊守は暗殺されたか、毒殺されたのだ。

「座敷を借りたい」

西村の女将《おかみ》は愛想よく応える。

「どうぞ」

茶が運ばれてきて仲居が下がり、田端嶽右衛門は切り出す。

「紀伊守様は今年で十八。若干脚気《かっけ》の気味はおありだったのだが、さしたる容体ではなく、いたってお元気でござった。四日前の九日は常式稽古日《じょうしきけいこび》で、道場でいつもと変わりなく武芸の稽古もなされておられた。それが昨夜突然苦しいと訴えられ、悶え苦しまれて今朝方息を引き取られたのでござる」

毒薬附子《ぶし》がとっさに頭に浮かんだ。例の〝謀主〟は、ロクを使って、おのれの薬の小箱にいが茄子だけでなく、附子を忍び込ませた。

稼業柄、附子がどれほどの毒薬なのかは十分に承知している。冠状青紫色の花が、茎の頂に連なり咲いて妖艶な風情を漂わせる。そんなトリカブトの塊根または支根を採って干した猛毒が附子である。どさくさ紛れに附子を飲ませたのではないか。

「それで田端さんは、紀伊守様が急死されたことを、どうお考えなのです？」

「それは……」

と口をつぐむ。

「あっしに知らせに見えたのは？」

「掃部助様は紀伊守様急変の知らせに大崎からすぐに駆けつけられた。だが手遅れで臨終に間に合わず、昼前にお戻りになられ、それがしに半次殿を今夜にでもお連れしろと」

「といいますと？」

「貴殿にお頼みした用件はあれっきりになっているが、これで終わりということになってしまった。いちおう礼はいっておかなければならないとおっしゃるのでござる」

「礼など。なにをおっしゃいます」

半次は冷や汗をかいた。

田端嶽右衛門は続ける。

「すぎたことは、もはやどうしようもござらぬが、これまで調べられたことをお聞きしたいとも」

半次はうっと言葉に詰まった。

掃部助はずっと待っていたのだ。

「いかがでござる。お出《いで》いただけますな」

「承知いたしました」

「わたしは、これからすぐに大崎へ駆けつけなければなりません。掃部助様はこの前貴殿をご案内した、裏山のお気に入りの建物で待っておられます。裏門は閉ざされているが、この前お話ししたように塀は低い。乗り越えて坂を上ってもらいたい」

「分かりました。刻限は？」

「なるべく人目につかぬようにとのことなので、日が暮れての六つ半（午後七時）ごろがいいでしょう。今日は幸い晴れているし、空には十三夜の月がかかっている。だから屋敷へは無灯でということで……」

「そうしましょう」

「では、これにて」

部屋住みとはいえ、三十一万五千石の大守の弟だ。このままの格好でというわけにはいかない。時刻はおよそ八つ半（午後三時）。まあまあ時間はある。

半次は材木町の家にとって返し、股引に丼《どんぶり》（腹掛け）を脱ぎ、着物を着替えて羽織をはおり、しかし十手だけは忘れずに懐に忍ばせた。

「今日は遅くなる」

下働きの種とお美代にいいおいて家を出た。

時間は少々早かった。周囲をうろついて時間をつぶし、裏門近くの塀を乗り越えて坂を上った。田端嶽右衛門は上がりきったところで待っていた。

茶室のように寂びてはいないが、どことなく落ち着いた佇まいの建物の、雨戸が一枚だけ開けてある縁側からこの前とおなじように上がった。

「遅くにきてもらって申し訳ない」

掃部助はそういって迎える。

「このたびは、まことになんと申していいやら。ご愁傷さまでございました」

「予測がついていないでもなかっただけに、なんとも……」

やりきれないのだろう。

「お気持ち、お察し申し上げます」

「それがしはずっと部屋住みですごしてきた。部屋住みは承知のように、人並みに妻を迎えることができない。また表舞台にも立てない。伜の欣之進だけはそんな目に遭わせたくないと、六つの歳に大番頭牧野若狭守の、三千石だ、義子にして、つづけて神尾《かんお》豊後守、これは七百石で小普請支配《こぶしんしはい》の養子とした。七百石だと堂々と幕府の重要な御役に就ける。それで十分だったのに……」

掃部助は喉を詰まらせる。

「兄の嫡男内蔵頭殿、その御子の本之丞殿と相次いで亡くなって、お鉢がまわってきた。伜は幸運に恵まれていると思ったのだが、それが不運のはじまりだった」

掃部助はこの前とおなじように、そこでまた〝はあー〟と溜め息をつき、

「倅はあたら、失わないでもいい命を失ってしまった」

「それで掃部助様は、紀伊守様がどなたかの手にかかったと思っておられるのですね？」

半次はあからさまに聞いた。

「多分、兄の取り巻きだ。この四月、参勤で兄が出府してきたとき、当然のように大勢の取り巻きが出府してきた。そのなかの誰か、だろう。油断をするでないぞと、倅や倅の取り巻きにはくどいほど申し聞かせておったのだが」

「指示を下したのは誰か、推測はついておられるのですか？」

「側小姓頭伊佐恭之介がその一人というくらいは分かっているのだが、伊佐恭之介以外は誰か分からぬ。国老池田出雲をはじめ、倅を煙たく思っていた者は少なくなかったから。またそれがしは、ことに奥の女どもに毛嫌いされておった。あるいは奥の女どもかもしれない。毒を盛ったのは」

「毒を盛ったと推測をつけておられるのですね？」

「それ以外に考えようがない。それも多分附子をだ。そなたが薬の小箱に忍び込まされた毒薬だ」

「あっしの小箱に附子を忍び込ませたのは、この前の掃部助様の推測では、上総介様の取り巻きではなく、家中に疑心暗鬼を起こして後釜を送り込もうとしている者たちということでした。すると上総介様の取り巻きではないということになりませんか？」

「ともに附子だったのは偶然かもしれない。あるいは後釜を送り込もうとしている者たちと、兄の取り巻きとはつながっているのかもしれない。いずれにしろ、このあと誰が伜の後釜にすわるかで、そこら辺りははっきりしよう」

「はっきりしたら、復讐される？」

「いや」

掃部助は首を振る。

「そのためにあっしをお呼びになったのではないのですか？」

「覆水盆《ふくすいぼん》に返らず。なにをどうあがいても伜は生き返らない」

「では手を束《つか》ねておられる？」

「それがしは、なんとか兄の跡を継ごうと部屋住みで頑張り、伜を兄の養子にするということで夢を実現しかけた。いまはその夢もついえた。それがし自身はとうが立っている。他に男子はいない。こうなれば夢をきっぱり捨て、頭を丸めて仏門に入り、伜の霊を弔って余生を送ろう。これ以上家中に紛争を起こすのは避けよう。時間がたったいま、そう思っている」

そうするのが賢明かもしれない。

「伜の取り巻きも伜という頭を失った。兄上総介や兄の取り巻きとはもう喧嘩にならない」

紀伊守の取り巻きの、〝紀伊守派〟は総崩れにならざるを得ない。

「あとはなにをやっても無駄な抵抗ということになる」

掃部助は田端嶽右衛門に目配せする。

田端嶽右衛門は脇にあった風呂敷包みを開く。掃部助は着物を手にとる。

「これは、亡き紀伊守がそれがしにと送ってくれた、綸子《りんず》の着物だ」

紗綾《さや》に似て、厚く滑らかで光沢と粘りがある。一反一両はする。

「伜のためにいろいろ働いてくれた礼だ。形見に受け取ってくれ」

「そんな」

結局なにもしなかったのだ。

「受け取らせていただくわけにはまいりません」

「堅いことをいわず」

「しかし」

「ではこうしよう。聞いても詮ないことだが、これまで調べたことで分かったことがあったら聞かせてくれ。そうすれば、ためらいなく受け取れよう」

「と仰せられても……」

「一つや二つくらいはあるだろう」

「まあ」

「気休めにはなる。聞かせてくれ」

「恥をかくような話をすることになると思いますが、それじゃ」

半次はあらたまった。

「実はいつぞやお問い合わせしましたロクという水たご担ぎ。こいつを捕まえたのです」

「ロクというのは、神奈川での最初の夜、料理人の水桶にいが茄子の末《こな》を忍び込ませたと思われる男だな？」

「そうです。それで、あっしと同様、伊佐恭之介に捕まったのですが、どういうわけか同様に江戸に舞い戻った男です」

「どこで捕まえたのでござる？」

田端嶽右衛門も身を乗り出す。

「向島の竹屋の渡しです。渡し舟から上がってきたところを」

「それで？」

「縄で縛って帰り舟に乗ったところが、ロクは身体をひねって隅田川の水中にどぼんと」

「身を投げたのか？」

「やつは縄抜けの術を知っていたようなのです。ころは逢魔が時で、暗闇にぷかりと縄が浮いて姿をくらましました。千慮の一失でした」

「惜しいことをした。やつさえ捕まえれば〝謀主〟が誰と分かったのに」

「ただ推測がつかないわけではないのです。向島というと、お分かりになりますよね」

「うむ」

掃部助はうなずく。

「林肥後守の下屋敷と中野播磨守の抱屋敷がある」

「そのどちらか、あるいはお二方ともではないか。そう見当をつけたのですが、お二方を捕まえて糺すわけにはいかない。そこでロクを捕まえて糺そうと、それから何日も羅宇屋、鋳掛屋などに身をやつし、辺りをうろついたのですが、ロクも警戒したか、以後そこいらに姿をあらわしませんでした」

半次は続ける。

「それでとりあえず、〝謀主〟は林肥後守か中野播磨守ではなかろうかとご報告に上がろうかと思ったのですが、あいにく証拠はロクをその辺りで見かけたというものでしかない。いいかげんな話と思われても仕方がないので、お知らせするのは控えておりました。いいわけになりますがそのあと、備中宮内の、命の恩人のお娘御が江戸へこられて長逗留されたり、また稼業がおろそかになってしまったこともあって、いったんロクを追うのは中止し、申し訳ありません、その後は動いておりません」

「そうか。林肥後守と中野播磨守だったか」

掃部助は呻くようにいう。

「なにか、思い当たられるふしでもおありなのですか?」

「一年前のことになる。林肥後守は万石の大名になり、若年寄になった。居屋敷は当家中屋敷の東隣。万石の若年寄には狭いというのだろう。我が屋敷の一部を削り取ろうと、普請方下奉行や地割棟梁などを寄越して不届きにも間竿《けんざお》を入れた。当家に対してなにやら見下したようなところがあったが、多分見下していて、紀伊守を亡き者にし、後釜をいれようとしたのだ。そうか……」

掃部助はそこですべての謎が解けたようにうなずく。

「後釜というのは公方様の御子だったのだ。恒之丞君、民之助君……」

と指折り数え、

「たしか五人おられる。林肥後守はそのうちの誰かを、我が家中に押しつけようとしているのだ。水野出羽守が、因幡鳥取の池田家に乙五郎君を押しつけたようにだ。そうだ。そうに違いない」

掃部助は同意をもとめるように田端獄右衛門を見やる。田端獄右衛門もうなずく。

「〝謀主〟は薩摩につながる者ではないかと思っていた」

といって掃部助は半次に説明するように、

「薩摩の次男丈之助殿は、おなじ時期に、伜と同様に兄上総介の養子に擬されたことがある。だから、糸をたぐっていけば〝謀主〟は薩摩にいきつく。そう思っていた。違った。若年寄林肥後守だった」

「思わぬ相手でございましたなあ」

田端嶽右衛門が相槌を打つ。

「兄上総介の取り巻きは、林肥後守の術中に嵌《は》まって忰紀伊守を亡き者にした。それでどうなるかというと、御家は因幡鳥取と同様に公方様の御子を押しつけられる。御家は将軍家に乗っ取られる。備前岡山池田家は、三十一万五千石を将軍家に献上することになる。なるほど乙五郎君はこの三月に亡くなられ、跡は当主因幡守殿の実子誠之進殿が継がれることになったが、まるで入れ替わるように我が池田家が将軍家の餌食となるわけだ。こいつはおかしい。お笑い草だ。長久手で戦死された勝入《しょうにゅう》公も、両家の祖である輝政公も、ともに草葉の陰で歯軋りしておられることだろう。ウワッハッハ」

悔しさを何にぶつけていいのか分からない、掃部助のやりきれない高笑いだった。それが半次の耳朶《じだ》に強く焼きついている。掃部助の無念も一入《ひとしお》だったのだろう。

ふいに辺りが暗くなり、空を見上げた。

月に群雲《むらくも》というやつだ。墨を刷《は》いたような雲が流れて、満月に近い十三夜の月を曇らせている。

と思う間もなく、月ははちきれんばかりの姿をあらわし、辺りを煌々《こうこう》と照らす。気がつかなかったが、今年も豊作なのか、稲は黄金色に色づきかけている穂を実らせ、穂は頭《こうべ》を垂れようとしている。

道は松平家の下屋敷と一定の距離をおいていて、田は右に広がる。左の下屋敷側は畑だ。所々に百姓家もある。

松虫。鈴虫。轡虫《くつわむし》。蟋蟀《こおろぎ》。馬追《うまおい》。いろんな虫がいたるところで、心行くばかりに秋の調べを奏でている。

たまにはお美代をこんなところへ連れてきて、秋を満喫させるのも悪くない。

そんなことを思ってのんびり歩いていると、向こうから、気分をぶち壊すかのように、無粋な鼻唄が聞こえてくる。腹に力を入れているところから察するに、唄っているのは謡《うたい》で、どうやらお武家の酔っ払いらしい。

お武家は鼻唄も高らかに近づいてくる。

「今晩は」

軽く会釈をして通りすぎようとした。

瞬間、鼻唄が乱れた。背後に凍りつくような殺気を感じて身体をひねった。そこへ振り向きざまの大刀が振り下ろされた。

殺《や》られた、と思ったがそうでなかった。抱えるのも面倒なので背中に担いでいた、掃部助からの形見の風呂敷包みを大刀は真っ二つにした。

とっさに結び目をほどき、風呂敷包みを男に投げつけ、十手を持って構えた。

人の気配がする。振り向くと、物陰から武士《さむらい》が三、四人ばらばらっと駆けってくる。物陰にいま一人男が身を隠している。ロクだ。

多勢に無勢。逃げるしかない。稲が穂を実らせている田に逃げ込んだ。先に目黒川があり、渡るとその向こうは目黒不動。目黒不動には、面倒を見ている手先がいる。

半次は稲を掻き分けながら考えた。

昼間なら風呂敷包みを肩にかけるなどという、みっともない真似はしない。夜で、誰も見ていないと思ったから、在からのお上りさんよろしく背中に担いだ。それで助かった。運がよかったというより、あるいは亡き紀伊守の御加護だったのかもしれない。

しかしそれにしても、ロクはなぜあいつらと一緒にいた？　半次にはロクがなにか化け物のように思えてきた。


（下巻につづく）

本書は、一九九八年九月に、小社より刊行されたものです。

|著者|佐藤雅美　1941年1月兵庫県生まれ。早大法学部卒。会社勤務を経て、'68年からフリー。'85年『大君の通貨』で第4回新田次郎賞を受賞。'94年『恵比寿屋喜兵衛手控え』で第110回直木賞を受賞。主な作品に『四両二分の女　物書同心居眠り紋蔵』『老博奕打ち　物書同心居眠り紋蔵』『百助嘘八百物語』『樓岸夢一定』『密約　物書同心居眠り紋蔵』『隼小僧異聞　物書同心居眠り紋蔵』(以上、講談社)、『八州廻り桑山十兵衛』(文藝春秋)、『槍持ち佐五平の首』(実業之日本社)などがある。

揚羽《あげは》の蝶《ちょう》 半次捕物控《はんじとりものひかえ》(上)

佐藤雅美《さとうまさよし》

2001年12月15日第1刷発行

発行者――野間佐和子
発行所――株式会社 講談社
東京都文京区音羽2-12-21　〒112-8001
電話 出版部 (03) 5395-3510
販売部 (03) 5395-5817
業務部 (03) 5395-3615

Printed in Japan

講談社文庫
定価はカバーに
表示してあります

デザイン―菊地信義
製版――豊国印刷株式会社
印刷――豊国印刷株式会社
製本――株式会社大進堂

ISBN4-06-273329-3

講談社文庫刊行の辞

二十一世紀の到来を目睫に望みながら、われわれはいま、人類史上かつて例を見ない巨大な転換期をむかえようとしている。

世界も、日本も、激動の予兆に対する期待とおののきを内に蔵して、未知の時代に歩み入ろうとしている。このときにあたり、創業の人野間清治の「ナショナル・エデュケイター」への志を現代に甦らせようと意図して、われわれはここに古今の文芸作品はいうまでもなく、ひろく人文・社会・自然の諸科学から東西の名著を網羅する、新しい綜合文庫の発刊を決意した。

激動の転換期はまた断絶の時代である。われわれは戦後二十五年間の出版文化のありかたへの深い反省をこめて、この断絶の時代にあえて人間的な持続を求めようとする。いたずらに浮薄な商業主義のあだ花を追い求めることなく、長期にわたって良書に生命をあたえようとつとめるところにしか、今後の出版文化の真の繁栄はあり得ないと信じるからである。

同時にわれわれはこの綜合文庫の刊行を通じて、人文・社会・自然の諸科学が、結局人間の学にほかならないことを立証しようと願っている。かつて知識とは、「汝自身を知る」ことにつきていた。現代社会の瑣末な情報の氾濫のなかから、力強い知識の源泉を掘り起し、技術文明のただなかに、生きた人間の姿を復活させること。それこそわれわれの切なる希求である。

われわれは権威に盲従せず、俗流に媚びることなく、渾然一体となって日本の「草の根」をかたちづくる若く新しい世代の人々に、心をこめてこの新しい綜合文庫をおくり届けたい。それは知識の泉であるとともに感受性のふるさとであり、もっとも有機的に組織され、社会に開かれた万人のための大学をめざしている。大方の支援と協力を衷心より切望してやまない。

一九七一年七月

野間省一

講談社文庫 最新刊

佐藤雅美
揚羽の蝶 (上)(下)
〈半次捕物控〉
松平家の継嗣争いをめぐる陰謀に巻き込まれた岡っ引半次の活躍を描く、傑作長編捕物帳！

土屋賢二
哲学者かく笑えり
人間は「笑う」動物である。本書を楽しみ、笑うがよい。しかしそのまえに購入すべし。

佐川芳枝
寿司屋のかみさん とっておき話
旬の魚を味わい尽すレシピを大公開！ おまけに寿司の謎に迫るQ＆Aが付いてお得な一冊。

藤田紘一郎
サナダから愛をこめて
〈信じられない「海外病」のエトセトラ〉
狂牛病も炭疽菌もよく分かる！ 海外旅行で病気から身を守るための、お役立ちエッセイ。

蔵前仁一
旅人たちのピーコート
南インドの定食探求、香港の結婚式、沙漠の摩天楼イエメン……蔵前仁一のほのぼの旅日記。

川上信定
本当にうまい朝めしの素《もと》
鶏卵、味噌、豆腐、梅干など12の有機食材を徹底取材。取り寄せ情報付きルポ・エッセイ。

ジェーン・ハミルトン
紅葉誠一 訳
マップ・オブ・ザ・ワールド
幸せな家庭が陥った絶望からの再生を描く感動作。S・ウィーバー主演で映画化、来春公開。

ダグラス・ケネディ
玉木亨 訳
どんづまり
豪州を旅行中に拾った若い娘の身体を貪るニック。それは身も凍る悪夢の始まりだった。

橘蓮二
文・吉川潮
高座の七人
〈当世人気噺家写真集〉
昇太、たい平、花緑、志の輔、喬太郎、談春、そして小朝。平成の名人はここから生まれる。

嵐山光三郎
ざぶん
〈文士温泉放蕩録〉
日本の近代文学は温泉から生まれた。漱石、鷗外をはじめ、スター総登場の異色交遊録。

村上春樹・文
安西水丸・絵
ふわふわ
命あるものにとって、ひとしく大事なことを教えてくれた、年老いた大きな雌《めす》猫の物語。